Wolf S. Dietrich

# Fische lügen nicht

*Die Handlung des Romans spielt im Sommer 2011, ihre Vorgeschichte beginnt im Jahr 1983. Das Geschehen in beiden Teilen – ebenso wie alle Figuren – entspringt der Phantasie des Autors. Das gilt auch für die Verquickung mit tatsächlichen Ereignissen. Darum sind eventuelle Übereinstimmungen mit lebenden oder verstorbenen Personen zufällig und nicht beabsichtigt. (Dieses trifft nicht für bekannte Personen der Zeitgeschichte zu.)*

*Für die Dramaturgie der Vorgeschichte war es notwendig, von der örtlichen Praxis bei den staatlichen »Sicherheitskräften« abzuweichen: Die in der Handlung beschriebene Zusammenarbeit von Volkspolizei und Staatssicherheitsdienst der DDR (anderenorts als »politisch-operatives Zusammenwirken – POZW« praktiziert) hat es in Waren in dieser Form in den 80er Jahren nicht (mehr) gegeben. Die Dienststellen auf dem Mühlenberg waren in getrennten Gebäuden untergebracht. Zwischen ihnen befand sich der Sitz der SED-Kreisleitung. Und der – höchst bürokratische – Dienstweg.*

*Das Gebäude der Volkspolizei wird heute als Polizeidienststelle genutzt, in dem ehemaligen Haus der Stasi befindet sich eine Anwaltskanzlei. Von deren Dienststelle ist noch ein Eisenträger sichtbar, der die Sicherheitsschleuse begrenzt hat, in der Fahrzeuge und ihre Insassen überprüft wurden, bevor sie den Innenhof erreichen konnten. Im früheren Sitz der SED-Kreisleitung befindet sich heute ein Hotel.*

*Nicht erfunden sind alle anderen Institutionen sowie Straßen und Schauplätze rund um die Müritz. Kamerun ist der Name eines Warener Ortsteils, der von einem Afrika-Heimkehrer der Kolonialzeit stammt.*

*Die Protokolltexte der Stasi-Akteure sind den Dokumenten möglichst originalgetreu nachempfunden, die von der Behörde des Bundesbeauftragten für die Unterlagen des Staatssicherheitsdienstes der ehemaligen Deutschen Demokratischen Republik veröffentlicht wurden.*

Wolf S. Dietrich

# Fische lügen nicht

Müritz Krimi

Prolibris Verlag

**Der Autor**

Wolf S. Dietrich studierte in Göttingen Germanistik und Theologie, arbeitete als Lehrer, als wissenschaftlicher Mitarbeiter an der dortigen Universität und als Didaktischer Leiter einer Gesamtschule. Er lebt heute als freier Autor in Göttingen. Der Müritz-Kreis gehört zu seinen bevorzugten Reisezielen. Sie finden Wolf S. Dietrich auf Facebook und unter www.Müritz-Krimi.de.

Originalausgabe Juni 2011


Tel.: 0561/766 449 0, Fax: 0561/766 449 29

Lektorat: Anette Kleszcz-Wagner
Korrektorat: Christiane Helms
Umschlagfoto: © Wolf-Dieter Schmid, Neuruppin
Rücken-Vignette: © Fotolia.com - fancyfocus
Druck: GGP Media, Pößneck
ISBN: 978-3-935263-83-2

www.prolibris-verlag.de

**Ich danke**

Jutta Donsbach, Christine Parr und Dr. Lili Seide für die kritische Durchsicht des Manuskripts. Kriminalhauptkommissar Michael Artmann und Oberstaatsanwalt Dr. Wilfried Ahrens danke ich für fachliche Beratung in polizeilichen und ermittlungstechnischen Fragen, Letzterem auch für wertvolle inhaltliche Hinweise.

Ein besonderer Dank gilt Detlef Werner vom Müritz-Kreis, der mich mit Informationen zu Lebensverhältnissen und Behördenstruktur der Region heute und während der achtziger Jahre unterstützt und mir etliche Türen zu informativen Gesprächspartnern geöffnet hat.

Hilfreiche Unterstützung aus der Region habe ich auch durch die Leitung des Polizeihauptreviers in Waren erhalten, wofür ich den beteiligten Beamten herzlich danke.

Ulrich Paetsch von den Müritzfischern bin ich für lebendige historische und aktuelle Informationen zum Fischereiwesen dankbar.

Dieser Roman wäre ohne die Hilfe von Gudrun Thomas-Ziebuhr und Thomas Ziebuhr nicht entstanden. Sie haben mich in zahlreichen Gesprächen zu »Fische lügen nicht« motiviert und als ortsansässige und mit der Region vertraute und verbundene (Neu-)Mecklenburger tatkräftig bei der Recherche unterstützt. Dafür gebührt ihnen herzlicher Dank.

Nicht zuletzt danke ich meiner Frau Kristine für freimütige Kritik am Manuskript und Geduld mit dem schreibenden Ehemann.

Wolf S. Dietrich

## Prolog

Gegen den Strom zu schwimmen, war ein seltsames Gefühl. Die Menschen, die ihr entgegenkamen, waren auf eine unwirkliche Weise ausgelassen. Mit erwartungsvollen, neugierigen, hoffnungsfrohen Gesichtern zogen sie in Richtung Westen.

Es herrschte ein unbeschreiblicher Lärm. Zweitaktmotoren knatterten. Ihre bläulichen Abgase schwebten über der endlosen Karawane von Trabbis und Wartburgs und über den Menschen, die neben den Autos liefen. Wie bei einem Karnevalsumzug winkten, riefen und johlten junge Männer und Frauen, Kinder und Alte. Nur dass sie keine bunten Kostüme trugen, sondern Alltagskleidung. Ost-Kleidung. Marmor-Jeans, darüber helle, wattierte Jacken oder dunkle aus Kunstleder.

Wildfremde Menschen umarmten sie, eine Frau küsste sie auf den Mund. Sie schmeckte nach Erdbeeren. Unwillig wischte sie sich über die Lippen.

Aus ihrer Richtung drängten Westdeutsche, die ihre Landsleute aus dem Osten mit lautem Hallo, Flaschenbier und knallenden Sektkorken begrüßten. Nicht wenige stürzten sich auf den nächstbesten Ostler, um ihn wie eine Beute abzuschleppen.

An allen Grenzübergängen strömten in diesen Tagen die Menschen aus der untergehenden DDR in den Westen, vor allem in die grenznahen Städte. Das Ende der DDR beherrschte die Gespräche und Nachrichten. Täglich berichteten Rundfunk, Fernsehen und Zeitungen über die großen und kleinen Ereignisse während und nach der Grenzöffnung. Es schien nur noch eine Bewegungsrichtung zu geben. Von Ost nach West.

Sie wollte in die andere Richtung.

Auf diesen Tag hatte sie gewartet. Auf das Wunder gehofft, an das niemand so recht zu glauben vermochte. Auch sie hatte es nicht für möglich gehalten, zurückkehren zu können. Aber nun fieberte sie dem Augenblick entgegen, in dem sich der See vor ihren Augen ausbreiten würde. Dort, im Wasser der Müritz, würde sie ihre Albträume ertränken.

Schon bald.

Drei Wochen musste sie noch warten. Drei Tage dauerte die Suche. Dann hatte sie ihn gefunden. In der Nacht zum vierten Tag schlug sie zu.

Mit einem Fischmesser unter der Jacke hatte sie ihm aufgelauert. Als er sich der Haustür näherte, ließ sie die Klinge hervorschnellen und richtete die Spitze gegen den Kehlkopf ihres Opfers.

Er war so überrascht, dass er kaum Gegenwehr leistete. Blitzschnell knebelte und fesselte sie ihn. In einem alten Renault 4, aus dem sie die hintere Sitzbank entfernt hatte, transportierte sie ihn zum See. Das Motorboot, das sie nach ihrer Ankunft organisiert hatte, war an einer einsamen Stelle vertäut. Unter großer Anstrengung schleifte sie den Mann zum Steg, ließ ihn ins Boot gleiten und startete den Außenborder.

Es war eine klare Nacht, der See war ruhig.

Nach einer halbstündigen Fahrt drosselte sie den Motor, stellte ihn ab und beugte sich über das Opfer. Mit einem schnellen Griff zog sie den Knebel aus seinem Mund. »Erkennst du mich?«

Aus aufgerissenen Augen sah der Mann sie an. Er röchelte, brachte aber kein Wort heraus. Angst stand ihm ins Gesicht geschrieben. Todesangst.

Zu mehr als einem Nicken schien er nicht fähig.

»Gut. Dann weißt du, warum du jetzt sterben wirst.«

Entsetzt schüttelte der Mann den Kopf. »Ich war es nicht«, krächzte er. »Ich habe nur auf Befehl ...« Er verstummte, als das Messer vor seinen Augen aufblitzte.

»Auf Befehle wirst du in Zukunft nicht mehr hören.« Die Klinge fuhr an seiner Schläfe entlang. Erst, als auch sein zweites Ohr ins Wasser flog, begann er zu schreien.

Sie packte den gefesselten Mann und zerrte ihn zur Bordwand. Schwer atmend wuchtete sie den Körper über die Reling. Es klatschte, die Schreie gingen in ein Gurgeln über, schließlich herrschte Stille über dem See.

Nur die Wellen plätscherten leise gegen das Boot.

# 1

Schwer lag die Nacht über dem Wasser. Als die Wolkendecke aufriss und blaues Mondlicht die eben noch schwarze Oberfläche des Sees in eine bleigraue Landschaft verwandelte, konnte er für einen Augenblick seine Verfolger erkennen. Ihre Silhouetten hoben sich nur schwach gegen die grauen Häuser im Hintergrund ab. Zu dritt standen sie auf dem Weg, der an den Bootshäusern entlangführte, sprachen halblaut und gestikulierten. Einer ließ den Lichtkegel einer Taschenlampe über den Uferbereich wandern. Warum gingen Volkspolizisten immer zu dritt auf Streife? Ungewollt kam ihm die Frage aus der Schulzeit in den Sinn. Und auch die Antwort: Einer kann lesen, der andere schreiben, und der dritte überwacht die beiden Intellektuellen.

Frank Peters grinste und versuchte, seinen rasselnden Atem zu bändigen, drückte sich tiefer in die schmale Türnische. Der schwache Lichtstrahl der Handlampe tanzte im Uferbereich umher, erreichte ihn aber nicht. Dass er sich in einem Bootshaus verstecken würde, um später mit einem gestohlenen Ruderboot über den See zu entkommen, hatten sich sogar die Vopos zusammenreimen müssen. Nachdem er zum See gelaufen war, gab es für ihn nur noch diesen einen Weg. Das wussten sie wahrscheinlich auch. Um die Bootshäuser durchsuchen zu können, brauchten sie eine Genehmigung von oben. Aber die dürfte auf sich warten lassen. Denn unter den Eigentümern befanden sich etliche Parteifunktionäre. Darunter der Erste Sekretär der SED-Kreisleitung, Herbert Jähn. Und der würde seine Hütte niemals filzen lassen. Schon gar nicht von einfachen Vopos. Sein Atem beruhigte sich; beim Gedanken an Jähns Geheimnis umspielte wieder ein kurzes Lächeln seinen Mund. Im nächsten Augenblick schob sich eine Wolke vor die Sichel des Mondes. See, Ufer und Bootshäuser verschmolzen zu einer schwarzen Masse.

Als die Stimmen leiser wurden und sich entfernten, tastete er nach dem Schlüssel. Zu seiner Erleichterung lag er noch immer an seinem Platz. Er hielt den Atem an und lauschte in die Nacht. Bald erklang das charakteristische Knattern eines Wartburgs. Rasch öffnete er die Tür, schlüpfte ins Bootshaus und schloss hinter sich ab. Um keine Aufmerksamkeit zu erregen, verzichtete er darauf, Licht einzuschalten.

Herbert Jähn hatte seine Hütte komfortabel eingerichtet. Mit Stromanschluss für Beleuchtung, für den tragbaren Kühlschrank der Marke Monsator. Der war gut gefüllt. Statt Ochsenblut, Eselsmilch oder Balkanfeuer - Sorten, die für den normalen DDR-Bürger vorgesehen waren - enthielt er guten sächsischen Wein. Frank hätte gern Wasser getrunken, doch es gab weder Selters noch Margon, also öffnete er eine Flasche Pillnitzer Müller Thurgau und ließ sich auf dem bequemen Sofa nieder.

Während er trank, fiel sein Blick auf das Telefon. Sekundenlang starrte er auf den grauen Tischapparat Variant. Wie gern würde er jetzt Kathrin anrufen. Der Anschluss von Herbert Jähn wurde wohl kaum von der Stasi überwacht. Oder doch? Das Risiko war nicht kalkulierbar. Außerdem war es viel zu spät. Ein nächtlicher Anruf könnte Kathrins Eltern auf den Plan rufen. Und sie beunruhigen. Er sah auf die Uhr und gähnte. Statt zu träumen sollte er sich ausruhen und versuchen, ein wenig zu schlafen. Der neue Tag würde anstrengend genug werden. Er musste sich verstecken. Für mehrere Tage. Es gab nur wenige Freunde, die es riskieren würden, ihn unterzubringen und ihm weiterzuhelfen.

Vielleicht lag es am Wein, vielleicht an der überstürzten Flucht. Frank fand keine Ruhe, döste zwischen Wachen und Schlafen, schreckte gelegentlich auf, wenn irgendwo ein Hund bellte. Seine Gedanken kreisten um die Erlebnisse der letzten Monate.

Angefangen hatte alles mit einem Flugblatt, das ein Mitschüler aus Berlin mitgebracht hatte. »Fordert Volksdiskussion über das neue Wehrdienstgesetz!«, war darauf zu lesen. Unbekannte hatten die Blätter in der Hauptstadt und in Dresden verteilt. Sie verlangten eine Debatte über die Verschärfung des Gesetzes und bezogen sich dabei auf die Verfassung der DDR. Staatssicherheit und Volkspolizei, wurde gemunkelt, suchten die Urheber in kirchlichen Kreisen, blieben aber erfolglos. Es gab keine Verhaftungen.

In seiner Klasse an der EOS Richard-Wossidlo löste das schwarze Blättchen mit den weißen Blockbuchstaben heftige Diskussionen aus. Einige hätten es gerne vervielfältigt und verteilt, andere warnten vor den damit verbundenen Gefahren. Der Kreis derer, die es zu sehen bekamen, war begrenzt. Trotzdem flog die Sache auf. Es gab eine Untersuchung, alle Schüler der Klasse wurden verhört. Von einem Hauptmann der Staatssicherheit, den keiner zuvor gesehen hatte. Doch die Nachforschungen verliefen im Sande, da niemand Angaben zur Herkunft des staatsfeindlichen Pamphlets machen konnte oder wollte. Staatsfeindlich? In der Verfassung stand doch: »Entwürfe grundlegender Gesetze werden vor ihrer Verabschiedung der Bevölkerung zur Erörterung unterbreitet.« Als Frank im Staatsbürgerkundeunterricht nach diesem Artikel 65 fragte, wurde er scharf zurechtgewiesen. An der Verfassung der DDR habe niemand zu zweifeln, schon gar nicht ein vorlauter Schüler.

Ihm wurden die Widersprüche zwischen offiziellen Aussagen und der Wirklichkeit bewusst. Plötzlich verstand er die sarkastischen Zweideutigkeiten eines Lehrers, der im Gegensatz zu seinen Kollegen über eine eigene Meinung zu verfügen schien, während die anderen nur wiedergaben, was im Neuen Deutschland und in der Zeitung des Bezirks Neubrandenburg, Freie Erde, zu lesen war. Von Tag zu Tag stieß Frank auf neue Propagandalügen, und von Tag zu Tag hasste er sich mehr dafür, dass er im Strom der Unwahrheiten mitschwamm.

Zu Hause musste er seine neue Sicht der Welt vor dem Vater verbergen, der für den FDGB-Feriendienst arbeitete, viel unterwegs war und im übrigen den SED-Staat völlig in Ordnung fand. Seine Mutter vermied es, über Politik zu reden, und war stets darauf bedacht, den Familienfrieden zu erhalten. Sie arbeitete halbtags im großen Konsum, so dass es bei den alltäglichen Bedürfnissen für die Familie kaum Engpässe gab. Aber sie besaß eine Schwester im Westen. Und wenn sie von ihr sprach, glaubte Frank, einen sehnsüchtigen Unterton in ihrer Stimme zu spüren.

Seine Eltern reagierten sehr unterschiedlich, als es in der Schule Ärger gab und der Vater zum Direktor zitiert wurde. Voller Wut kehrte er von dem Besuch zurück und versetzte Frank eine gewaltige Ohrfeige. Schweigend. Die Mutter schien verängstigt, fragte ihren Sohn immer wieder, von wem er sich habe verleiten lassen.

»Warum ist das Wirtschaftssystem der DDR gut, modern und erfolgreich, und warum ist das Wirtschaftssystem der BRD schlecht, unmodern und ohne Aussicht auf Erfolg?«, hieß das Aufsatzthema im Fach Staatsbürgerkunde. »Die Frage ist falsch formuliert«, hatte Frank geschrieben. »Richtig muss sie lauten: Warum ist das Wirtschaftssystem der DDR schlecht, unmodern und ohne Aussicht auf Erfolg, und warum ist das westdeutsche Wirtschaftssystem gut, modern und erfolgreich?«

Sein Vater versuchte, den Skandal unter den Teppich zu kehren, und schickte ihn zu einer FDJ-Schulung nach Leipzig. Dort betreute ihn eine Physikstudentin mit dem schönen Namen Angela – Frank schwärmte zu dieser Zeit noch für Angela Davis. Sie gehörte dem FDJ-Leitungskader für Agitation und Propaganda an der Akademie der Wissenschaften an. Und von ihr wurde er über die Tugenden eines klassenbewussten Sozialisten aufgeklärt, der die entwickelte sozialistische Gesellschaft in der Deutschen Demokratischen Republik mitgestalten sollte.

Der Nachhilfeunterricht bewirkte eher das Gegenteil. Frank perfektionierte zwar sein Vokabular zur Theorie des Marxismus-Leninismus, erkannte jedoch zunehmend Widersprüche zur Lebenswirklichkeit der Menschen. Nach seiner Rückkehr eckte er noch öfter an. In der Schule, in der FDJ, in der Familie. Während Lehrer, Jugendfunktionäre und sein Vater von Fortschritten bei Produktion und Warenangebot sprachen, hatte seine Mutter immer größere Schwierigkeiten, die gewohnte Versorgung mit Lebensmitteln, Haushaltswaren oder Kleidung aufrechtzuerhalten. An Jeans oder bestimmte Schallplatten aus dem Westen war ohnehin nicht zu denken. Wie gern hätte er Udo Lindenbergs »Sonderzug nach Pankow« auf den Plattenteller gelegt. Wer über Westgeld oder reichlich DDR-Mark verfügte, konnte die gesamte Warenpalette aus der Produktion der offiziell verhassten BRD kaufen. In Intershop-, Exquisit- und Delikatläden. Für Frank hatte es diese Möglichkeit nicht gegeben.

Irgendwann musste er doch eingeschlafen sein, denn als er hochschreckte, war es draußen hell. Er sprang auf und hastete zum Fenster. An den Bootshäusern war es ruhig, in Richtung Osten leuchtete der Himmel rötlich. Offenbar war es noch sehr früh am Morgen. Ein Blick auf die Uhr bestätigte den Eindruck. Halb fünf. Trotzdem musste er so schnell wie möglich verschwinden. Die ersten Werktätigen würden sich schon bald auf den Weg zur Arbeit machen. Und jeder würde sich über einen jungen Mann wundern, der sich um diese Zeit bei den Bootshäusern der Bonzen herumtrieb.

Nachdem er sich mit Wein den Mund ausgespült und seine Blase an der Außenwand der Hütte erleichtert hatte, untersuchte er das Schlauchboot mit dem Außenbordmotor. Den zugehörigen Benzintank fand er auf einer Abstellfläche unter dem Bootshaus. Er war fast voll.

Frank zog noch zwei Ruder heraus und warf sie ins Boot. Dann stieg er mit dem Tank in der Hand hinein und schloss die Benzinleitung an. Der Motor brauchte einige Versuche, bis er ansprang, doch schließlich tuckerte das kleine Boot in Richtung Müritz hinaus, folgte dem "Binnensee", diesem Arm der Müritz, der sich weit ins Land bis zum großen Wünnow erstreckte. In einer guten Stunde würde er Eldenburg erreichen.

Zuerst hörte er nur ein fernes Brummen. Dann sah er den Punkt auf dem Wasser, der rasch größer wurde. Das Motorboot hielt direkt auf ihn zu. Rasch änderte er den Kurs, lenkte das Schlauchboot in Richtung Ufer. Plötzlich stotterte der Motor, blieb schließlich ganz stehen. Hastig schob er die Ruder in die Dollen und zog mit aller Kraft durch. Schweiß lief ihm in die Augen und tropfte von der Stirn. Wenn es ein Polizeiboot war, hatte er schlechte Karten. Aber wer sonst sollte um diese Uhrzeit über den See rasen? Vielleicht waren die Vopos doch nicht so blöd.

Wenn er das Schilf rechtzeitig erreichte, wurde er für die Bootsbesatzung unsichtbar. Zumindest vorübergehend. Diese Chance musste er nutzen, es war seine einzige. Schon kratzten die ersten Halme an der Bordwand. Er warf einen Blick in Richtung des Motorbootes. Noch war nicht auszumachen, ob Uniformierte an Bord waren.

Ein Ruder verhakte sich im Schilf, das Boot drehte zur Seite, schwankte bedrohlich. Frank spürte Panik aufsteigen, zerrte an dem widerspenstigen Riemen. Schließlich gelang es ihm freizukommen. Doch an Rudern war nicht mehr zu denken. Er sprang über Bord. Das Wasser reichte bis zu den Oberschenkeln, seine Füße versanken im morastigen Untergrund. Trotzdem gelang es ihm, tiefer in das Schilf vorzudringen. Es reichte jetzt deutlich über seinen Kopf hinaus. Das Boot zog er hinter sich her, es sollte vom Wasser aus nicht mehr zu sehen sein. Allerdings hatte auch er nun keine Sicht auf den See. Dafür war das Motorboot zu hören.

Die Drehzahl des Motors wurde zurückgenommen. Wahrscheinlich hatten sie die Stelle erreicht, an der er verschwunden war. Er sah die Szene vor sich. Ein Mann steuerte, die anderen hatten sich erhoben, um nach ihm Ausschau zu halten.

Plötzlich erstarb der Motorenton. Frank hörte Kommandos, dann ein rhythmisches Klatschen. Offenbar benutzten die Männer Paddel, um in das Schilf vorzudringen.

Frank sah sich um. Das Ufer war noch zu weit entfernt. In wenigen Sekunden würden die Vopos ihn erreichen. Er ließ die Leine fahren, an der er das Boot durchs Schilf gezerrt hatte, hastete weiter, suchte in seiner Hosentasche nach dem Klappmesser. Hinter ihm ertönte ein Ruf. Hatten die Männer ihn entdeckt? Ihm blieb keine Zeit, sich zu vergewissern. Er schnitt aus einem kräftigen Schilfrohr ein Stück heraus, ließ sich unter die Wasseroberfläche gleiten und benutzte das Rohr als Schnorchel. Die Luft reichte nicht für seinen schnellen Atem. Frank zwang sich, ruhig und flach zu atmen. Er spürte den Drang, aufzutauchen, kämpfte dagegen an und hoffte, dass seine Verfolger rasch aufgaben.

Das Wasser übertrug ihre Geräusche. Sie verrieten ihm, dass die Männer das Boot gefunden hatten. Dumpf, aber unverständlich vernahm er ihre Stimmen. Schließlich entfernten sie sich. Nach einer endlos erscheinenden Weile startete der Motor, einige Zeit tuckerte er im Leerlauf, dann wurde die Drehzahl erhöht, und das Motorengeräusch wurde leiser. Frank tauchte auf und schnappte nach Luft. Keuchend watete er in Richtung Ufer. Er musste die nassen Klamotten loswerden und sich die Haare trocknen. So würde er auffallen. Nach Hause zu gehen, war zu riskant. Also musste er zu Kathrin. Ihre Eltern würden ihn nicht verraten. Sie waren nicht in der SED. Und Kathrins Vater hielt wenig von Partei- und Gewerkschaftsbonzen.

Ein ungutes Gefühl ergriff sie, brachte ihr Herz zum Rasen, als es in aller Frühe an der Haustür klingelte und der Ton sie aus dem Schlaf riss. Kathrin Bergmann warf einen schnellen Blick auf ihren Wecker: noch nicht einmal sechs Uhr. Sie setzte sich auf und lauschte nach unten. Würde ihr Vater öffnen, oder war er schon zum Fischen hinausgefahren? Die Treppe von ihrem Zimmer unter dem Dach führte direkt zum Flur im Erdgeschoss. Wenn an der Tür gesprochen wurde, konnte sie die Worte meistens gut verstehen.

Es klingelte erneut und anhaltend. Schließlich vernahm sie Schritte, die Kette wurde ausgeklinkt, dann hörte sie die raue Stimme ihres Vaters. Er klang verärgert. »Was soll das? Um diese Zeit sollten anständige Leute ...«

»Wir müssen Ihre Tochter sprechen, Herr Bergmann. Machen Sie keine Schwierigkeiten!« Der unbekannte Besucher klang herrisch und befehlsgewohnt.

»Kathrin? Um diese Zeit. Was wollt ihr von ihr?«

»Das werden wir ihr schon sagen. Und nun lassen Sie uns bitte rein. Oder schicken Sie Ihre Tochter raus.«

Ihr Vater schwieg einen Moment, dann hörte sie ihn wieder. »Kommt nicht in Frage. Nicht um diese Zeit. Kommt später wieder. Oder sagt mir, was ihr wollt!«

Kathrin befiel eine Ahnung. Sie sprang aus dem Bett, stürzte zur Tür und streckte den Kopf hinaus. »Lass gut sein, Papa! Ich komme. Zieh mir nur schnell was über.«

»Na gut«, knurrte Heinrich Bergmann. »Wenn du es willst.« Er hob die Stimme. »Aber ihr bleibt draußen!«

Hastig warf sie das Nachthemd von sich, schlüpfte in Unterwäsche, Jeans und Pullover und spülte ihren Mund mit Odol. Kathrin war sicher, dass die Männer Vopos oder Stasi-Beamte waren. Wer sonst klingelte im Morgengrauen an Haustüren und trat so bestimmt auf? Der respektlose Umgang ihres Vaters mit den Besuchern war Ausdruck seiner Verachtung für die Handlanger des Systems und zugleich seines Selbstbewusstseins als alteingesessener Müritz-Fischer. Während sie ihr Haar mit einem Gummiband zu einem Pferdeschwanz zusammenband, dachte sie an Frank. Bestimmt kamen die Männer seinetwegen. Irgendwann musste es ja mal so kommen. Seine staatskritischen Äußerungen hatten ihm schon viel Ärger eingebracht. Und wenn, wie sie vermutete, mehr als nur Worte dahintersteckten, war er jetzt wohl zu weit gegangen. Oder jemand hatte ihn angeschwärzt.

Ihr entgingen die anerkennenden Blicke nicht, mit denen der Uniformierte und sein Begleiter in Zivil sie musterten, als sie aus der Haustür trat. Gern hätte sie in diesem Augenblick darauf verzichtet, denn ihr Herz schlug bis zum Hals. Sie musste sich sehr bemühen, ihrer Stimme einen gelassenen Klang zu geben.

»Worum geht es?«, fragte sie und fixierte die Männer nacheinander.

Der Jüngere, der kaum älter als sie selbst war, starrte sie unter seiner Uniformmütze mit großen wässrig-blauen Augen an, öffnete den Mund und schloss ihn wieder. Der Ältere räusperte sich. Er mochte um die dreißig sein – schwer zu schätzen, sein Gesicht war voller Narben. Als er zu sprechen begann, bewegte er kaum die Lippen. Seine Stimme klang schnarrend. Mundgeruch schlug ihr entgegen. Kathrin wich unmerklich zurück.

»Kathrin Bergmann?«

Sie nickte.

»Bekannt mit ... äh ... Frank Peters?«

»Warum wollen Sie das wissen?«

»Die Fragen stellen wir.«

Kathrin zuckte mit den Schultern.

»Also kennen Sie den Bürger Peters?«

»Seit der Schulzeit. Wir sind zusammen auf die Polytechnische in Waren gegangen. Friedrich-Engels ...«

»Und sonst? Keine weitere Be ... äh, nähere Bekanntschaft?«

»Wir kennen uns eben.« Erneut hob Kathrin die Schultern.

»Wissen Sie, wo sich Peters aufhält?«

Es kostete Kathrin einige Mühe, den unbeteiligt neutralen Ton ihrer Stimme zu halten. »Nein. Ich nehme an, dass er zu Hause ist. Er wohnt in Röbel, in der Straße des Friedens.«

Das Narbengesicht verzog sich missbilligend. »Ich muss Sie darauf aufmerksam machen, dass Sie sich mit falschen Angaben verdächtig machen, staatsabträgliche Umtriebe zu unterstützen.«

Kathrin nickte wortlos und ließ die Augen erneut zwischen den Besuchern hin- und herwandern. Dem jüngeren Vopo schien die Situation unangenehm zu werden. In seiner Miene las sie eine Mischung aus Anerkennung, Unbehagen und Entschuldigung. Er warf seinem Kollegen einen Blick zu. »Das war's dann wohl, Genosse Leutnant. Oder?«

Der Angesprochene machte eine unwillige Bewegung. »Wenn ... der ... Peters versucht, mit Ihnen Kontakt aufzunehmen, haben Sie sich unverzüglich bei uns zu melden. Ist das klar?«

Kathrin nickte schwach. In ihrem Inneren brodelte es, am liebsten hätte sie laut geschrien. Haut ab! Verschwindet und lasst uns in Ruhe! Ich liebe Frank. Ich weiß, dass er nichts Unrechtes tut. Ihr seid diejenigen, die ...

Als die uniformierten Besucher außer Sichtweite waren, schloss sie die Haustür und stürmte die steile Treppe zum Dachgeschoss hinauf. Sie warf sich aufs Bett, schlug mit verzweifelter Wut auf die Kissen.

Wenig später klingelte es erneut an der Tür. Waren die widerlichen Kerle zurückgekehrt? Sie presste ihr Kopfkissen auf die Ohren. Noch einmal würde sie nicht mit denen reden können, ohne die Beherrschung zu verlieren. Sollte ihr Vater sich mit ihnen auseinandersetzen.

Frank hatte den Volkspolizisten und seinen zivilen Begleiter aus sicherer Entfernung beobachtet. Nachdem sie in ihren Lada gestiegen und losgefahren waren, hatte er die Straße noch eine Weile im Auge behalten und war dann zum Eingang des alten Fischerhauses gehastet. Die Tür wurde sofort geöffnet.

Heinrich Bergmann starrte ihn an wie eine Erscheinung. Doch dann packte er blitzschnell zu und zog ihn ins Haus. »Wie siehst du denn aus?«, brummte er. »Warst du um diese Zeit schon am See?«

Frank nickte. »Ich hatte ... habe ... ein kleines Problem.«

»Das sehe ich«, knurrte der Fischer. »Und das besteht nicht nur aus nassen Klamotten. Trotzdem musst du dich erst mal umziehen. Kathrin kann dir was von mir raussuchen. Alles andere besprechen wir später. Ich muss mich um meine Netze kümmern.«

»Danke«, murmelte Frank.

Bergmann winkte ab und musterte ihn von oben bis unten. »Wir hatten gerade Besuch von zwei Vopos. Ich nehme an, dein Zustand und das Interesse der staatlichen Organe hängen irgendwie zusammen. Ich weiß nicht, was sie wollten. Sie haben mit Kathrin gesprochen.«

»Ist sie oben?« Frank deutete auf die Stufen der Treppe.

»Geh rauf!« Der Fischer öffnete die Tür und verschwand.

Als es wenig später klopfte, schreckte Kathrin zusammen. Standen die Männer schon vor ihrer Tür? Sie verwarf diese Möglichkeit. Das würde ihr Vater nicht zulassen. Andererseits hatte sie oft genug von Fällen gehört, bei denen Volkspolizei und Stasi in Häuser eingedrungen waren und sich nicht um die Einwände der Bewohner gekümmert hatten. Sie rollte sich leise aus dem Bett und schlich zur Tür, um den Schlüssel herumzudrehen. Da hörte sie ihren Namen. War das Franks Stimme? Im nächsten Augenblick rief er erneut. »Kathrin? Bist du da? Ich bin's.« Sie riss die Tür auf und breitete die Arme aus.

Frank stand auf der Schwelle und rührte sich nicht. Statt sie zu umarmen, grinste er und sah verlegen an sich hinab. Erst jetzt schaute sie ihn genauer an. »Du bist ja nass! Und wie du riechst!«

»Tut mir leid«, murmelte er. »Ich müsste wohl dringend aus den feuchten Sachen und mich waschen.«

Kathrin half ihrem Freund aus den Kleidern, die sich nur mit Mühe abstreifen ließen. »Du bist ganz kalt«, stellte sie fest. »Am besten nimmst du erst mal eine heiße Dusche. Ich suche dir etwas zum Anziehen heraus. Und dann erzählst du mir alles. Vorhin waren schon zwei Vopos hier und haben nach dir gefragt.«

»Ich weiß.« Während er auch die nasse Unterhose abstreifte und auf den Stapel mit den übrigen Sachen warf, fuhr er fort. »Sie waren hinter mir her. Ich musste mich am See und zeitweise unter Wasser verstecken.«

Kathrins Blick wanderte über Franks Körper. Es war nicht das erste Mal, dass sie ihn so sah. Dennoch erschien er ihr heute begehrenswerter als je zuvor. Seine Haut war leicht gebräunt und glänzte von der Feuchtigkeit. Die sonst ungebändigten Locken klebten am Kopf. Aus dem nassen Haar fiel ein einsamer Wassertropfen in den Nacken, rann wie in Zeitlupe den Rücken hinab und verschwand zwischen den Gesäßmuskeln. Die entblößten Schultern und Arme ließen die athletische Figur stark und verletzlich zugleich erscheinen. Sie spürte das Klopfen ihres Herzens und ein sehnsüchtiges Ziehen unter der Bauchdecke. Am liebsten wäre sie aus den Kleidern geschlüpft und hätte sich an ihn gepresst. Stattdessen deutete sie zum Vorhang, hinter dem sich die Dusche befand. »Ich bin gleich wieder da.«

Als sie mit Unterwäsche, Hemd und Hose aus dem Schrank ihres Vaters zurückkehrte, trat Frank gerade aus der Dusche hervor, ein Handtuch, mit dem er sich über die Haare fuhr, verdeckte sein Gesicht. Kathrin warf die Sachen auf einen Stuhl und schlüpfte rasch aus ihren Kleidern.

Frank ließ das Handtuch fallen und sah sie erstaunt an.

»Komm!«, murmelte sie heiser und streckte die Arme aus. Ihre Fragen verschob sie auf später.

## 2

»Fünf Kilometer können ganz schön lang sein.« Der Fahrer des silbergrauen Passats warf einen Blick in den Rückspiegel. »Ob wir hier noch richtig sind? Ich sehe weit und breit kein anderes Auto.« Misstrauisch betrachtete er die Anzeige auf dem Navigationsgerät. »Das Ding sagt auch nichts mehr. Zeigt nur einen geraden Weg.«

»Ich find's herrlich«, seufzte Hanna Wolf. »Schau mal, schon wieder ein Hase. Fahr langsam, ich möchte nicht, dass wir ...« Sie deutete nach vorn. »Ein Reh! Ich glaub es nicht. Die haben nicht zu viel versprochen. Das Hotel liegt wirklich mitten in der Natur. Fantastisch! Überhaupt, diese Landschaft ...«

»Da kommen noch mehr.« Jonas Roth bremste vorsichtig ab. Dem Tier, das in Sichtweite die Straße überquert hatte, folgten weitere Artgenossen. Eine ganze Herde kreuzte ihren Weg. Schweigend beobachteten sie den Zug der Tiere. »Damwild«, flüsterte Hanna. »Oder?«

Ihr Freund nickte. »Beeindruckend. Wie der ganze Landstrich, durch den wir gefahren sind. Wieso sind wir nicht schon früher auf die Idee gekommen, an die Seenplatte zu fahren?« Während er den Wagen anrollen ließ, öffnete Hanna das Schiebedach.

»Besser spät als nie. Aber wir hätten doch mein Kabrio nehmen sollen«, seufzte sie und lehnte sich zurück, um durch die vorüberziehenden Baumkronen den blauen Himmelsstreifen zu betrachten.

»Dann wären wir noch nicht hier«, widersprach Jonas. »Wenn wir überhaupt angekommen wären. Von Benzinverbrauch und Umweltbelastung ganz zu schweigen.«

Hanna schwieg. Jonas hatte Recht. Aber sie hing an ihrem alten Käfer-Kabrio und hätte sich nie davon trennen können, selbst wenn sie es nur noch gelegentlich benutzte. An kalten und regnerischen Tagen für den Weg zur Dienststelle. Oder wenn sie direkt von ihrer Wohnung zu einem Tatort fahren wollte. Ausflüge in die heimatliche Umgebung fanden immer seltener statt.

Sie arbeiteten zu viel und gönnten sich zu wenig Zeit für gemeinsame Unternehmungen. Kein Wunder bei den Berufen, für die sie sich vor vielen Jahren entschieden hatten. Jonas war bei der Zeitung, hatte häufig noch am Abend Termine, und sie konnte ihren Dienst im Polizeipräsidium Nordhessen auch nicht auf die üblichen Bürozeiten beschränken.

Diese Ferien waren überfällig. In den fünf Jahren, in denen sie zusammen waren, hatten sie fast nur Kurzreisen unternommen. Einmal hatten sie sich zwei Wochen Südfrankreich gegönnt, eine zweite Urlaubsreise hatte sie nach Italien geführt. Aber die war nicht besonders erholsam gewesen, weil Jonas nicht nur Rom und Florenz, Mailand und Monza, sondern zudem noch Neapel und Palermo hatte sehen wollen. Auch diesmal hatte er sich zahlreiche Ziele vorgenommen, aber sie hatten verabredet, dass er einen Teil seiner Erkundungen rund um die Müritz allein unternehmen und sie diese Tage im Hotel oder am Seeufer verbringen würde.

Hoffentlich hielt die Küche des Hauses, was auf seinen Internetseiten versprochen wurde. Eigentlich müsste sie abnehmen. Sie hatte gemerkt, dass mit der unaufhaltsamen Annäherung an die fünfzig ihr Gewicht immer schwerer zu halten war. Hatte sie früher vier oder fünf Kilo zu viel noch gut kaschieren können, brachte sie es inzwischen auf fast zehn. Und die waren erstens unübersehbar und saßen zweitens ziemlich fest. Mit Bikini konnte sie sich nicht mehr sehen lassen. Hanna hatte jedoch nicht vor, während der nächsten Wochen zu darben oder gar an einer im Hotel angebotenen betreuten Fastenwoche teilzunehmen. Mit dem Abnehmen würde sie später beginnen. Nach dem Urlaub. Zum Glück stand Jonas nicht auf dünne Frauen.

Im Autoradio erklang die Stimme von Anna Loos. »Hör mal«, sagte Hanna und drehte den Ton lauter. »Silly.« Halblaut summte sie mit.

Als das Lied verklungen war, stellte sie den Ton leiser. »Ich freue mich so auf entspannte Tage. Ausschlafen, lesen, faulenzen, gut essen.« Sie warf Jonas einen Blick zu und berührte seinen Arm. »Ich bin schon sehr gespannt auf das Hotel.«

»Hoffentlich finden wir's überhaupt«, murmelte er und starrte auf das Navi. »Langsam frage ich mich ...«

»Da kommt ein Schild.« Hanna kniff die Augen zusammen. »Ich kann nur nicht erkennen ...«

»Noch zwei Kilometer.« Jonas atmete auf. »Wir sind richtig.«

»Na also.« Hanna lehnte ihren Kopf an seine Schulter. »Schau mal, wie die Baumstämme in der Sonne leuchten. Als wären sie aus Kupfer oder Gold.«

Ihr Freund brummte zustimmend. »Aber ziemlich dunkel ist es hier schon. Hoffentlich liegt das Hotelzimmer nicht den ganzen Tag im Schatten.«

»Das kann nicht sein. Wir haben doch die Fotos gesehen.« In ihrer Handtasche kramte Hanna nach dem Prospekt. »Außerdem haben wir ein Zimmer nach Süden. Mit Seeblick. Ich stelle mir vor ...« Sie deutete nach vorn. »Da wird's schon heller.«

Ganz plötzlich ließen sie die Dämmerung des Waldes hinter sich, vor ihnen öffnete sich ein malerisches Panorama. Im blauen Wasser eines schilfgerahmten Sees schlug warmes Sonnenlicht goldene Schneisen in den Blätterwald, ließ rote Dächer über gelben Mauern leuchten, spiegelte sich in Fensterscheiben, zeigte tanzende Mückenschwärme. Unter einer ausladenden Kastanie fand Jonas Schatten für den Wagen. Mit dem ersterbenden Motorenton drangen die Geräusche der Natur an Hannas Ohren. Die Luft schien zu schwirren. Insekten summten, Grillen zirpten, zahllose Vogelarten gaben ihren Beitrag zum Konzert. »Das ist das Paradies!«, rief sie und stieg aus dem Wagen.

Am Empfang wurden sie von der Hotelchefin begrüßt. Hanna hatte wegen der Buchung mit ihr telefoniert und fand sie nun genauso sympathisch, wie sie am Telefon geklungen hatte.

»Möchten Sie sich in den nächsten Tagen erst einmal ausruhen oder wollen Sie etwas unternehmen?«, fragte sie, nachdem die Formalitäten erledigt waren und sie den Zimmerschlüssel erhalten hatten. »Wenn Sie möchten, stelle ich Ihnen ein paar Tipps und Empfehlungen zusammen.«

»Beides«, antwortete Hanna gut gelaunt. »Erst ausruhen, dann die Müritz erkunden. Und alles drum herum. Vielleicht teilen wir uns auch auf. Ich lege mich in die Sonne, und mein Freund geht auf Entdeckungsreise. Mal sehen.«

Die Frau lächelte verständnisvoll. »In jedem Fall wünsche ich Ihnen einen angenehmen Aufenthalt. Und zögern Sie nicht, wenn Sie Fragen haben.«

»Danke, sehr freundlich.« Jonas griff nach seinem Koffer. »Jetzt packen wir erst mal aus.«

In diesem Augenblick betrat eine Frau im roten Sportdress den Eingangsbereich. Zu ihrem Trainingsanzug trug sie rote Sneakers und eine rote Schleife im hellblonden Haar. Ihr folgte im Gänsemarsch eine Reihe von Frauen mittleren Alters, die ebenfalls mehr oder weniger sportlich gekleidet waren. Das Schlusslicht bildete ein Mann, dessen sportlich-asketische Figur Hanna auf einen etwas jüngeren Jahrgang tippen ließ, dessen graues Haar in Verbindung mit einem faltigen Gesicht ihn jedoch als älteres Semester auswiesen.

Die Frau in Rot stoppte, trat ein wenig auf der Stelle und wedelte mit den Händen. Offenbar das Signal für ihre gut zehnköpfige Herde, sich um sie zu versammeln und sie erwartungsvoll anzuschauen.

»Das habt ihr ganz wunderbar geschafft«, lobte die Blonde ihre Gruppe. »Alle haben die Wanderung durchgehalten und auch noch die Entspannungsgymnastik. Jetzt gehen wir auf unsere Zimmer, machen uns ein wenig frisch und ruhen uns aus.« Sie deutete auf ihre Armbanduhr. »In einer Stunde treffen wir uns im Tagungsraum. Und besprechen weiter die Ergebnisse eurer Bio-Impedanz-Analysen.« Erneut wedelte sie mit den Händen und schien damit ihren Schäfchen zu signalisieren, sich zu zerstreuen. »Ach ja«, rief sie der auseinanderstrebenden Gefolgschaft nach, »heute gibt es Artischockensaft.«

»Bio-Impedanz-Analyse? Artischockensaft?« Hanna sah dem älteren Herrn nach, der als Letzter, aber erstaunlich flott, die Treppe zu den oberen Zimmern erklomm.

»Das ist unsere Fastengruppe«, erklärte die Hotelchefin.

»Und die Dame in Rot ...«

»... leitet das Seminar.«

Hanna deutete auf eine Tafel vor dem Restaurant mit der Empfehlung des Tages: Rehfilet in Blaubeersauce mit Pfifferlingsknödel. »Und die essen gar nichts?«

»So gut wie nichts«, bestätigte die Hotelchefin lächelnd.

»Erstaunlich«, murmelte Hanna. »Ich hab ja schon davon gehört. Aber bei diesem Angebot? In dieser Umgebung? Das ist ja schon irgendwie ...«

»Wollen wir nicht erst mal auf unser Zimmer gehen und uns frisch machen?«, unterbrach Jonas sie. »Vielleicht auch ein wenig ruhen.«

»Natürlich.« Hanna schnappte ihre Reisetasche und deutete zur Treppe. »Nach oben, richtig?«

Das Zimmer war wie der Flur mit einem flauschigen türkisfarbenen Teppichboden ausgelegt. Durch die geöffneten Flügeltüren strömte Helligkeit. Es roch nach Sauberkeit und Natur. Bett, Sitzmöbel und ein Schreibtisch aus Pinie wirkten gepflegt und behaglich.

Hanna ließ ihre Tasche fallen und trat auf den Balkon. Zum Greifen nah breitete sich der See vor ihr aus. Eine leichte Brise kräuselte die Wasseroberfläche und ließ das Sonnenlicht wie tausend kleine Scheinwerfer glitzern. Weiter hinten lag das Wasser ruhig und spiegelte Himmel und Wolken, und vor dem jenseitigen Ufer zeichnete sich der Wald als dunkles Profil darin ab.

»Zimmer mit Blick auf den See. Ist das nicht wunderbar?«

Jonas ließ ein zustimmendes Murmeln hören. Er hatte bereits sein Notebook aus einer Seitentasche des Koffers gezogen und klappte es auf. »Ich muss mal sehen, ob das WLAN funktioniert. Ohne Internet und E-Mail ...«

»Bist du aufgeschmissen. Ich weiß.« Hanna breitete die Arme aus. »Aber du solltest wenigstens mal einen Blick nach draußen werfen. Das ist hier wirklich paradiesisch. Und nachher möchte ich mit dir auf der Terrasse einen Eiskaffee nehmen. WLAN hin oder her.«

Erneut brummte Jonas so etwas wie eine Zustimmung.

Während er seinen Computer anschloss, in Betrieb nahm und mit den Zugangsdaten für das Internet fütterte, begann Hanna mit dem Einräumen.

Für den ersten Besuch auf der Terrasse wählte sie ein blaues, auf Figur geschnittenes Sommerkleid mit verstellbaren Trägern und schmalem Rock. Es saß allerdings ein wenig eng.

»Vielleicht sollte ich auch mal eine Fastenwoche einlegen«, murmelte sie, während sie sich vor dem Spiegel drehte.

Jonas sah auf und lächelte. »Du sprichst vom Fasten? Aber doch nicht jetzt. Oder? Willst du dich etwa bei der Fastengruppe einreihen und mich das Rehfilet allein essen lassen?«

Hanna schüttelte den Kopf. »Natürlich nicht. Aber ganz abwegig ist der Gedanke ja wohl nicht. Was meintest du denn? Du hast gesagt: nicht jetzt. Also soll ich vielleicht später ...?«

»So habe ich das nicht gemeint«, seufzte Jonas. »Meinetwegen brauchst du überhaupt nicht abzunehmen. Schon gar nicht hier. Die Küche soll ja richtig gut sein, und dann wäre es doch schade ...«

»Ich will ja gar nicht fasten.« Hanna sah an sich hinunter. »Mich stört nur ...«

Der Computer meldete sich mit einer kleinen Melodie. Jonas konzentrierte sich auf den Bildschirm und bewegte die Hand über dem Touchpad. Für die nächsten Minuten wäre sie abgemeldet, und wenn etwas nicht funktionierte, wohl auch länger. Richtig zufrieden war Hanna nicht. Jonas' Widerspruch hätte ruhig ein bisschen deutlicher sein können.

Erneut drehte sie sich vor dem Spiegel. Sie war noch immer gut proportioniert, nach heutigen Maßstäben vielleicht etwas füllig, aber in den sechziger Jahren hätten sich die Männer nach ihr umgedreht. Noch vor zehn Jahren – oder waren es fünfzehn? – hatte ein Verehrer sie mit Marilyn Monroe verglichen. Und ihr junger Kollege Florian Stöber hatte ihr einmal gestanden, dass sie ihn an Claudia Cardinale erinnerte. Der Junge hatte eine Schwäche für alte Filme. Anscheinend auch für überkommene Schönheitsideale. Leider verhielt sich der Spiegel weniger subjektiv. Und Stöbers Geständnis lag etliche Jahre zurück.

Kurz entschlossen schlüpfte sie aus dem Kleid und entschied sich für ein schwarzes Top und eine helle Marlene-Hose, zu der sie eine kurze Jacke überziehen konnte, wenn es kühl werden sollte.

»Ich gehe schon mal vor. Soll ich dir etwas bestellen?« Jonas antwortete mit Verzögerung. »Ja, auch Eiskaffee, oder du suchst was aus. Ich bin gleich fertig. Internet funktioniert. Will nur noch eben E-Mails checken.«

Auf dem Weg durch die Hotelhalle begegnete Hanna wieder der Fastengruppe. Ihre Mitglieder strebten zu einer Tür mit der Aufschrift »Tagungsraum«. Neugierig riskierte sie einen Blick durch die offene Tür. Dort waren Flipcharts aufgebaut, wie Hanna sie von polizeilichen Fortbildungsveranstaltungen kannte. Bekannt erschienen ihr auch die stilisierten Gesichter, die offenbar von den Teilnehmern aufgemalt worden waren. Unter der Überschrift »Wie ich mich heute fühle« zeigten fast alle Mundwinkel nach unten. Nein, fasten wollte sie wirklich nicht. Auf was für blöde Ideen sie manchmal kam. Armer Jonas. Wieder einmal sollte er Erwartungen erfüllen, von denen er nichts ahnen konnte.

Rasch setzte sie ihren Weg fort, griff im Vorbeigehen den Nordkurier mit der Müritz-Zeitung von einer Ablage an der Rezeption und trat hinaus auf die Terrasse.

Als Jonas wenig später an den Tisch kam, war Hanna in das Blatt vertieft. Offenbar ging es im Landkreis hoch her. Der Kreistag hatte sich im vergangenen Jahr mit großer Mehrheit für eine Klage gegen die Kreisgebietsreform ausgesprochen. »Hör mal!«, sagte sie, während Jonas sich setzte. »Die wollen den berühmten Müritzkreis vergrößern und umbenennen. Er soll Landkreis Mecklenburgische Seenplatte heißen. Wenn das bedeutet, dass dazu alle Städte und Gemeinden in dieser Seenlandschaft gehören sollen, wird das ein Monstrum. Außerdem fände ich es schade, wenn der Name Müritz verschwände.«

Jonas hob die Schultern. »Kreisgebietsreformen gibt's überall. Manche Kreise sind einfach für ihre Aufgaben zu klein. Bei uns zum Beispiel ...«

Er wurde von einer jungen Frau unterbrochen, die zwei Getränkekarten brachte. »Haben Sie einen Wunsch?«

»Oh ja. Ich brauche eine Erfrischung. Können Sie etwas empfehlen?«

»Ich würde Ihnen unsere Pina Colada vorschlagen. Aber vielleicht schauen Sie selbst?«

Hanna gab die Karte mit einem Lächeln zurück. »Pina Colada ist genau richtig, danke.«

»Für mich bitte doch lieber ein Bier«, ergänzte Jonas. »Ein großes Pils.« Er deutete auf die Zeitung. »Und was bewegt die Menschen hier sonst noch?«

»Im Prinzip nichts anderes als uns.« Hanna faltete die Blätter zusammen und legte sie zur Seite. »Es gab Auseinandersetzungen um eine genmanipulierte Kartoffelsorte mit dem schönen Namen Amflora, die für BASF hier in einer dünn besiedelten Gegend angebaut wird. Und in der Kreisstadt streiten sich Händler und Gastronomen mit der Stadtverwaltung um Werbung, Möbel und Sonnenschirme an den Straßenrändern. Außerdem gibt es Aufregung um einen Wolf. Die einen wollen ihn hegen, die anderen vertreiben.«

»Auch ein Stück Normalisierung. Angleichung der Lebensverhältnisse in West und Ost«, grinste Jonas.

Durch die großen Scheiben sah Hanna in das Restaurant hinein. Ein weiß gekleideter Mann durchquerte den Raum und beschriftete die Tafel mit den Tagesempfehlungen neu.

»Der Koch ändert gerade das Angebot. Rehfilet ist gestrichen, vielleicht gab es das heute Mittag. Schade.«

Jonas winkte ab. »Es gibt wunderbare Alternativen. Ich habe schon mal in die Karte geschaut. Wir können jeden Tag ein anderes Schlemmermenü genießen. Wild ist auch dabei. Falls du nicht fasten willst.«

Bevor Hanna etwas erwidern konnte, erschien die Bedienung und servierte die Getränke. »Wissen Sie«, fragte Hanna, »welche besondere Empfehlung die Küche heute Abend für uns bereithält?«

Die junge Frau nickte. »Unser Koch hat einen frischen Wels mitgebracht. Das kommt nicht so oft vor. Darum hat er das Tagesangebot geändert. Rehfilet gibt's dann morgen.«

»Auch nicht schlecht.« Hanna schluckte. »Ich liebe Fisch. Und Wels habe ich lange nicht mehr gegessen. Wissen Sie, wie er serviert wird? Ich meine ... die Zubereitung.«

»Tut mir leid«, lächelte die Bedienung. »Meistens gibt es den Wels als Filet auf einem Gemüsebett mit Tomaten-Bärlauch-Sauce. Oder auf Pilzen. Jedenfalls gebraten. Aber was er heute vorhat, weiß ich nicht. Soll ich fragen?«

»Danke, nicht nötig. Ich lasse mich gerne überraschen.« Hanna griff zu ihrem Glas. »Auf einen schönen ruhigen Urlaub.«

Auf die Pina Colada ließ Hanna einen trockenen Weißwein folgen, Jonas bestellte ein weiteres Lübzer Pils. Allmählich wich die Anspannung, die von der langen Autofahrt geblieben war, und machte einer zunehmend gelösten Stimmung Platz.

»Ich freue mich schon aufs Abendessen.« Hanna lehnte sich zurück, schloss die Augen und ließ ihre Zungenspitze genüsslich über die Lippen gleiten.

»Ich mich auch.« Zufrieden betrachtete Jonas sein frisches Bier. Plötzlich wandte er den Kopf. »War das ein Schrei?«

Hanna fuhr auf. »Hörte sich fast so an.«

Im Hintergrund des Restaurants entstand Unruhe. Das Bedienungspersonal drängelte in Richtung Küche. Im nächsten Augenblick kam eine junge, weiß gekleidete Frau aus der Schwingtür gerannt. Sie hielt eine Hand vor den Mund und hastete durch den Raum, verschwand schließlich in der Hotelhalle. Nach ihr erschien ein Koch, der den Kellnerinnen und Kellnern mit ärgerlichen Gesten bedeutete, vom Küchenzugang zu verschwinden. Dann kehrte er in die Küche zurück, erschien kurz darauf wieder, sprach eindringlich mit einer Kollegin vom Service und verschwand erneut in seinem Reich. Die Servicekraft eilte hinaus. Ihre Kolleginnen und Kollegen blieben zurück und steckten die Köpfe zusammen.

»Hoffentlich ist dem Wels nichts passiert«, unkte Jonas.

»Wahrscheinlich ist der Küchenhelferin nur schlecht geworden.«

»Oder einem der Köche ist das Messer ausgerutscht. Zum Beispiel in den Bauch eines Kollegen. Dann hättest du gleich einen Fall, um den du dich kümmern könntest. Köche sollen zum Jähzorn neigen.«

»Dass ihr Journalisten immer Sensationen wittert.«

»Berufskrankheit«, gab Jonas zu und hob sein Bier. »Prost!«

Von den übrigen Gästen auf der Terrasse schien keiner den kleinen Zwischenfall bemerkt zu haben. Offenbar hatte sich die Aufregung bereits gelegt, denn die Servicekräfte strebten auseinander und kümmerten sich wieder um die Wünsche der Gäste.

Hanna leerte ihr Glas und warf einen Blick auf die Uhr. »Vor dem Essen gehe ich kurz aufs Zimmer. Bleibst du hier?«

Jonas nickte. »Ich genieße noch ein wenig den Blick aufs Wasser. Und vielleicht noch ein kleines Lübzer Pils. Das schmeckt wirklich gut.«

Als er sich nach der Bedienung umsah, erschien die Hotelchefin. Sichtlich verlegen wandte sie sich an Hanna. »Entschuldigen Sie bitte, Frau Wolf. Könnte ich Sie einen Moment sprechen?«

Hanna erhob sich. »Ich wollte sowieso gerade aufbrechen.«

»Wenn ich Sie nur einen Augenblick aufhalten dürfte ...«

»Aber gern. Was kann ich für Sie tun?«

Die Frau sah zu den anderen Gästen hinüber. »Können wir das drinnen besprechen? Vielleicht in meinem Büro?«

»Als wir wegen Ihrer Buchung telefoniert haben«, begann die Hotelchefin, »haben wir kurz über Ihre beruflichen Verpflichtungen gesprochen. Wenn ich es richtig behalten habe, sind Sie Kriminalhauptkommissarin?«

»Das ist richtig«, nickte Hanna und dachte an Jonas. Siehst du, würde er jetzt sagen, kaum bist du da, hast du schon einen Kriminalfall, wahrscheinlich einen Koch mit einem Messer im Rücken. Laut fuhr sie fort: »Sollte mein Beruf irgendeine Rolle spielen?«

»Eigentlich nicht«, bestätigte ihr Gegenüber. »Aber ich würde Ihnen gern etwas zeigen... Wir haben etwas gefunden und wissen nicht recht, wie wir damit umgehen sollen.«

Hanna zuckte mit den Schultern. »Wenn ich Ihnen helfen kann, gern. Was haben Sie denn gefunden?«

Die Hotelchefin erhob sich. »Ich zeige es Ihnen. Könnten Sie mir in die Küche folgen?«

»Da bin ich aber gespannt«, murmelte Hanna. »Eine Hotelküche wollte ich schon immer mal von innen sehen.«

Was sie zuerst wahrnahm, war die Anhäufung riesiger, silbrig glänzender Maschinen. Die Einrichtung hatte wenig mit einer privaten Küche gemein. In der Mitte des Raumes befand sich ein langer Tisch aus Edelstahl. Er erinnerte sie an ihre Besuche im Sektionssaal anlässlich verschiedener Leichenöffnungen. Es roch jedoch nicht so unangenehm. Nur ein wenig nach frischem Fisch. Und statt grün gekleideter Rechtsmediziner standen zwei Köche in weißer Berufskleidung am Tisch. Einer hielt ein Messer in der Hand. Vor ihm lag ein riesiger Fisch. Rasch schob Hanna die Erinnerung beiseite und trat näher an den Tisch heran.

»Das ist Hauptkommissarin Wolf«, erklärte die Hotelchefin. »Bitte zeigen Sie ihr, was Sie gefunden haben.«

Die Köche nickten stumm. Der mit dem Messer deutete auf ein blutiges Häufchen neben dem Fisch. »Normalerweise bekommen wir den Wels küchenfertig. Aber dieser war gerade erst aus der Müritz gezogen worden. Wenn ich ihn nicht mitgenommen hätte, wäre er für uns verloren gewesen. Also haben wir ihn ausnahmsweise selbst ausgenommen. Und dabei sind wir auf das da gestoßen. Das ist der Mageninhalt.«

Die Messerspitze zeigte auf einen Gegenstand, dessen Form an ein menschliches Ohr erinnerte. Hanna beugte sich darüber und betrachtete den seltsamen Fund von allen Seiten. »Das ist das Ohr eines Menschen«, stellte sie fest. »Mit einem Sticker im Ohrläppchen.« Sie richtete sich auf. »Wir müssen die Polizei informieren.«

Erneut nickten die Köche wortlos. »Das habe ich befürchtet«, seufzte die Hotelchefin. »Ich rufe gleich an.« Sie wandte sich zum Gehen. »Kommen Sie mit?«

»Was ist mit dem Wels?«, fragten die Köche wie aus einem Mund.

»Packen Sie den Fund vorsichtig in eine sterile Plastiktüte«, antwortete Hanna Wolf. »So etwas haben Sie doch sicher hier. Legen Sie die Tüte in einen Kühlschrank. Den Fisch können Sie weiter verarbeiten, außer dem Magen natürlich, aber das hatten Sie sicher sowieso nicht vor. Der Rest ist unbedenklich und wird Ihren Gästen nicht weniger gut schmecken als sonst.«

Hanna bestellte dann doch lieber etwas anderes. Während sie eine Garnelenpfanne genoss und Jonas sich mit einem Fitnessteller begnügte, beobachtete sie eine Szene am Nachbartisch. Ein Gast beschwerte sich über den gebratenen Wels, der ihm serviert worden war. Er bevorzuge Fisch in vollständig gegartem Zustand. Missbilligend deutete er mit dem Finger auf seinen Teller. Dieser sei ja innen noch rosa.

Freundlich erklärte die Bedienung, dass das Fleisch des Welses seine natürliche Farbe behalte, wenn er zubereitet werde. Dies sei allenfalls ein Zeichen für Frische.

Mit skeptischer Miene stocherte der Gast in seinem Gericht herum. Doch schließlich gewann der Appetit über die schlechte Laune, und der Mann ließ nichts von seiner Mahlzeit zurück.

Als ihr Zwerchfell zu kitzeln begann, griff Hanna rasch zum Weinglas.

# 3

»Nun erzähl mal! Was ist passiert?« Kathrin lag in Franks Armbeuge und ließ ihre Hand über seinen Brustkorb wandern.

»Jemand hat mich angeschwärzt. Anders kann ich es mir jedenfalls nicht erklären. Als die Vopos bei uns geklingelt haben, bin ich hinten raus.«

»War das nicht voreilig? Eigentlich kann doch gar nichts gegen dich vorliegen. Oder gibt es etwas, von dem ich nichts weiß?«

»Hast du eine Zigarette für mich?«, fragte Frank statt einer Antwort. »Meine sind hinüber.«

»Greif mal in die Nachttischschublade. Da muss noch eine angefangene Packung KARO liegen. Die hast du neulich vergessen.«

Nachdem er einen tiefen Zug getan hatte, wandte er sich zu Kathrin um. »Es gibt nichts Konkretes. Du hast Recht. Es war ein Fehler abzuhauen. Ich bin ein solcher Idiot, ich weiß auch nicht, warum ich das gemacht habe, das war völlig unüberlegt. Aber ich hatte Angst. Die kamen ziemlich spät am Abend. Man erzählt, sie lassen einen erst mal eine Nacht in einer Zelle schmoren. Oder länger. Mist, ich habe einfach Angst gehabt, verstehst du? Und jetzt denken sie natürlich erst recht, ich hätte etwas zu verbergen.«

»Und wie soll's jetzt weitergehen? Was hast du vor? Die kommen doch wieder.«

Frank zuckte betont gleichgültig mit den Schultern. »Vielleicht fahre ich nach Schwerin. Oder nach Rostock. Da habe ich Freunde, bei denen ich für eine Weile untertauchen kann. Bis die Sache erledigt ist.«

»Erledigt? Das verstehe ich nicht. Für die ist doch nie was erledigt. Außerdem – was wird aus uns, wenn sich das länger hinzieht? Ich werde dich vermissen.« Kathrin richtete sich auf und rutschte mit ihrem Oberkörper halb auf Franks Brust.

»Ich dich auch, mein Schatz. Aber es wird nicht lange dauern. Wenn du an der Uni in Greifswald bist, sehen wir uns auch nicht. In ein paar Tagen haben die das Interesse an mir verloren. Und am übernächsten Wochenende bin ich wieder hier.«

»Was macht dich so sicher?« Kathrin zweifelte hörbar.

»Die wissen natürlich, was ich von diesem Staat halte. Aber sie können mir nichts Konkretes vorwerfen.« Frank bemühte sich um einen gelassenen Tonfall. »Es geht nur um ein Gerücht. Einer aus unserer Gruppe hat ein bisschen herumgesponnen, er plane, in den Westen zu gehen. Jemand muss darüber geredet haben. Wenn die Stasi wüsste, um wen es sich dabei handelt, hätte sie ihn schon verhaftet. Jetzt machen sie Jagd auf alle, von denen sie vermuten, dass sie dazugehören. Um sie auszuquetschen. Aber Unterstützung bei der Republikflucht können sie keinem von uns nachweisen, weil es sich in Wahrheit nur um Spinnerei handelt.«

»Hoffentlich behältst du Recht.«

Kathrin ließ einen Finger um Franks Brustwarzen kreisen. »Mach doch mal die Zigarette aus«, murmelte sie. »Ich hab was Besseres für deinen Mund.«

»Der Peters ist entwischt? Das kann doch nicht wahr sein!« Missmutig starrte Major Kaltenbach seinen Leutnant für besondere Aufgaben an.

»Bedauere außerordentlich, Genosse Major. Aber er ist in der Müritz abgetaucht. Da hatten die Kollegen keine Möglichkeit ...«

»Abgetaucht? In der Müritz? Ich höre wohl nicht recht.«

Der Leutnant hob entschuldigend die Arme. »Im Schilf, unter Wasser. Dafür war die Patrouille nicht ausgerüstet. Wir hätten eine andere Einheit hinzuziehen müssen. Es sollte ja kein Aufsehen erregt werden.«

»Und nun?«

»Es gibt einen Weg, Genosse Major. Wenn Sie wollen ...«

»Schießen Sie los, Mann!« Kaltenbach lehnte sich zurück und kniff die Augenlider zusammen.

»Die Freundin dieses Peters. Eine gewisse Kathrin Bergmann. Man könnte sie mit bestimmten ... Aussagen oder Beweisstücken konfrontieren und dadurch den Aufenthaltsorts des Gesuchten in Erfahrung bringen.«

»Gute Idee, Leutnant Jakubzik. Woran denken Sie?«

»Irgendetwas wird sich gegen sie doch finden lassen. Wir müssten nur einige Erkundigungen einziehen. Und die Akte konsultieren.«

»Tun Sie das! Und erstatten Sie mir Bericht. Aber bitte Beeilung! Wir müssen diese Bande so schnell wie möglich knacken.«

Jakubzik verließ das Büro seines Chefs und eilte in die Registratur. Er hätte niemals gewagt, diesen Vorschlag auszusprechen, wenn er nicht gewusst hätte, dass es eine Akte gab. Die junge Frau hatte er schon einmal gesehen. Auf einem Passfoto. Ihr Gesicht war einfach zu hübsch, um es zu vergessen.

Wenig später saß er an seinem Schreibtisch und öffnete einen braunen Aktenordner. Er enthielt 21 mit Maschine geschriebene Seiten, von denen die ersten lediglich Termine und Namen von operativen Mitarbeitern enthielten. Er überflog den einleitenden Text.

*Die Gewinnung eines IM aus dem Konzentrationspunkt EOS Richard-Wossidlo ergibt sich aus der Notwendigkeit, diese Bildungseinrichtung aus vorbeugender Sicht zu durchdringen und zu sichern, insbesondere zur Verhinderung feindlich-negativer Aktivitäten im Rahmen der Freizeitgestaltung der Schüler. Mit der Zielsetzung einer umfassenden Einschätzung der Eignung der IM-Kandidatin für die Lösung der vorgesehenen Aufgaben und der im Anforderungsbild fixierten subjektiven und objektiven Voraussetzungen, die für eine inoffizielle Zusammenarbeit erforderlich sind, sowie der zu erwartenden Bereitschaft zur konspirativen Zusammenarbeit mit dem MfS sind folgende Aufklärungs- und Überprüfungshandlungen durchzuführen.*

Jakubzik blätterte weiter. Solche Sätze hatte er schon oft genug selbst formuliert. Interessanter wurde es auf den folgenden Seiten, im »Bericht über die zweite Phase der Kontaktierung des IM-Kandidaten«.

*Zunächst wurde der IM-Kandidatin veranschaulicht, warum sich Angehörige des MfS mit ihr unterhalten wollten. Diesbezüglich wurde ihr erläutert, dass man an der EOS Richard-Wossidlo Kader rekrutiere und ausbilde, die in einigen Jahren führende und bedeutende Stellungen und Positionen in unserem Staat beziehungsweise in der Wirtschaft übernehmen würden, wobei bestimmte sicherheitspolitische Momente und Faktoren zu beachten seien und diese deshalb in den Aufgabenbereich des MfS fielen.*

*Der Kandidatin wurde verdeutlicht, dass Reaktionen von EOS-Schülern auf bestimmte politische Ereignisse für uns von Interesse seien, da uns Erkenntnisse vorlägen, wonach nicht alle Jugendlichen für die staatlichen Maßnahmen Verständnis zeigten. In diesem Zusammenhang wurde auf ein staatsfeindliches Pamphlet hingewiesen, in dem das Wehrdienstgesetz in Frage gestellt wurde, und ausgeführt, dass es im Interesse des Staates notwendig sei, die Urheber derartiger Verfehlungen zur Verantwortung zu ziehen.*

*Hierauf entgegnete die Kandidatin in erregtem Zustand, dass sie nicht spionieren könne.*

*Ihr wurde vorgehalten, die in Aussicht genommene Aufgabe falsch verstanden zu haben. Von »Spionieren« könne keine Rede sein, vielmehr gehe es um den Schutz von Personen und um vorbeugende Arbeit, mit der Schaden für die Gesellschaft abgewendet werden solle. Uns sei daran gelegen, mit ihrer Hilfe einzelne Menschen und deren Handlungen besser und objektiver einzuschätzen.*

*An dieser Stelle zeigte die Kandidatin erneut eine negative Haltung. Sie fragte, ob sie bei einer ablehnenden Einstellung zum Anliegen des MfS mit Nachteilen zu rechnen habe, z. B. bei der Studienbewerbung. Es wurde ihr versichert, dass es ihre eigene und freie Entscheidung sei und ihr daraus keine Nachteile erwüchsen. Mit ihrer Unterstützung würde sie jedoch einer gerechten Sache dienen, wovon sie in weiteren Gesprächen noch überzeugt werden würde.*

Den folgenden Seiten entnahm Jakubzik, dass die weiteren Versuche, auch unter Einbeziehung der Eltern, die Schülerin als IM zu gewinnen, gescheitert waren.

Er seufzte. Wenn »Fischerin« ihre Haltung nicht geändert hatte, würde er keinen leichten Stand haben. Seine Hoffnungen setzte er nun auf die Erkundungen im Lebensumfeld der Bergmann. Er wollte diesen Fall unbedingt zu einem erfolgreichen Abschluss führen. Seine Beförderung zum Oberleutnant war überfällig. Ein positives Ergebnis der Angelegenheit Bergmann/Peters konnte einen geeigneten Anlass dafür liefern. Zur Not musste er zu anderen Mitteln greifen.

Er griff zum Telefon und wählte die Nummer der Abteilung für die abwehrmäßige Bearbeitung gegnerischer Presseerzeugnisse. Dort saß ein Freund, der ihm das erforderliche Material zur Verfügung stellen würde.

Unterleutnant der Volkspolizei Andreas Palkow ging die Begegnung an der Haustür nicht aus dem Sinn. Kathrin Bergmann. Unaufhörlich kreiste der Name in seinem Kopf. Ihr Gesicht. Ihre Augen. Ihr Blick war kühl und abweisend gewesen. Sie hatte ihn nicht erkannt. War wohl zu lange her. Als Kinder waren sie sich häufig begegnet. Wenn sein Großvater bei Bergmanns frischen Fisch gekauft hatte. Barsch, Hecht, Zander oder Aal, zum Jahresende regelmäßig Karpfen. Doch dann, nachdem der Großvater gestorben war, hatten seine Eltern das alte Haus in Waren-Kamerun aufgegeben und waren nach Rechlin gezogen. Erst als er seine Ausbildung beendet und die Ernennung zum Unterleutnant in der Tasche hatte, war er wieder nach Waren zurückgekehrt. Da hatte er Kathrin schon längst aus den Augen verloren und seit vielen Jahren nicht mehr an die Bergmanns gedacht.

Als er mit dem Leutnant vom MfS auf das Haus in Eldenburg zugegangen war, hatte der Anblick die Erinnerung ausgelöst. Die Begegnung mit Kathrin hatte ihm einen Stich versetzt. Irgendwo in seinem Inneren war etwas Seltsames geschehen. Es hatte sich angefühlt, als hätte ihm jemand für einen kurzen Augenblick die Luft abgedrückt. Und nun war in seiner Brust ein Hohlraum entstanden, von dem ein leicht schmerzhaftes Ziehen ausging.

Am liebsten wäre er noch einmal zu ihr gegangen. Privat, ohne Uniform. Um ihr zu sagen, dass sie sich von früher kannten. Ich bin Andreas. Kannst du dich erinnern? Wir haben bei euch Fisch geholt. Während dein Vater und mein Opa den Fisch ausgesucht haben, sind wir hinter das Haus geschlichen. Zu den Ziegen. Du hast mir gezeigt, wie man sie streicheln kann.

Kindheitserinnerungen. Wahrscheinlich würde sie die Augenbrauen hochziehen. Was soll das? Oder, schlimmer, sie würde sich über ihn amüsieren. Er wollte sich aber nicht lächerlich machen. Außerdem hatte sie einen Freund. Diesen Frank Peters. Der steckte in Schwierigkeiten. Vielleicht war das ein Ansatzpunkt. Wenn Peters verschwand, hatte er, Andreas, möglicherweise eine Chance. Oder war es klüger, ihr Hilfe anzubieten? Um sie auf diese Weise für sich einzunehmen?

Leutnant Jakubzik rieb sich die Hände. Erfolg auf der ganzen Linie. Die Bergmann wohnte während der Woche in einem Studentenheim der Universität Greifswald. Für die Kollegen dort war es ein Leichtes, unter einem Vorwand ihr Zimmer zu durchsuchen. Dabei würden sie auf belastendes Material stoßen. Die Kunststudentin hatte Zugang zu drucktechnischen Geräten, mit denen sich subversive Pamphlete herstellen und vervielfältigen ließen. Der Hausmeister hatte bereits einen Blick in das Zimmer geworfen und festgestellt, dass sie eine Optima-Schreibmaschine besaß. Damit konnte ein solches Papier im Original hergestellt werden. Falls es notwendig werden sollte, würde ein Vergleich der Schrifttypen den Beweis erbringen, dass das Dokument von der Bergmann gefertigt worden war.

Sobald es in der Dienststelle eingetroffen war, würde er sie damit konfrontieren. Und mit den Folgen ihres staatsgefährdenden Handelns. Relegation von der Universität, ein Verfahren wegen staatsfeindlicher Hetze. Am Ende Gefängnis. Es sei denn, sie zeigte sich kooperativ.

»Ich möchte nicht, dass du so weit weggehst.« Kathrin Bergmann schüttelte energisch den Kopf. »Es muss auch noch eine andere Möglichkeit geben. Wenn es wirklich nur um ein paar Tage geht, könntest du dich in der Datsche von meinem Opa verstecken. Ich könnte dich besuchen und versorgen. Bis sich alles beruhigt hat.«

»Keine schlechte Idee.« Frank Peters lächelte. Doch dann schüttelte er den Kopf. »Kommt nicht in Frage. Ich möchte dich nicht in die Sache hineinziehen. Es ist besser, wenn du gar nicht weißt, wo ich bin.«

»Ich will aber wissen, wo du bist.« Kathrin schlang ihre Arme um seinen Hals und küsste ihn. »Außerdem brauche ich dich«, flüsterte sie an seinem Ohr. »Wir machen das so. Keine Widerrede.

Ich weiß, worauf ich mich einlasse.« Sie schob die Hand unter die Bettdecke und tastete nach seinem Bauch. »Und jetzt will ich dich.«

»Das ist Erpressung«, grinste Frank, als Kathrins Hand über seine Bauchdecke abwärts wanderte. »Also gut«, murmelte er. »Ich bin einverstanden. Wann wollen wir gehen?«

»Am Abend. Wenn es dunkel ist.« Die Hand erreichte ihr Ziel. »Heute bist du mein Gefangener. Wir bleiben den ganzen Tag im Bett.«

Andreas Palkow war zu keiner Entscheidung gekommen. Unschlüssig hatte er mal die eine, mal die andere Lösung in seinen Überlegungen bevorzugt. Fest stand für ihn nur, dass er Kathrin wiedersehen musste. Privat. Wie das unverfänglich geschehen konnte, war ihm unklar.

Nach Dienstschluss lieh er sich den Trabant seines Bruders und fuhr nach Röbel. Er stellte den Wagen am Kirchplatz ab und wanderte die Straße des Friedens entlang. In der Nähe des Hauses, in dem der gesuchte Peters wohnte, verlangsamte er seinen Schritt und sah sich unauffällig um. Es gab keinerlei Anzeichen, die erkennen ließen, ob sich jemand im Haus befand. Um nicht aufzufallen, ging er weiter in Richtung Hafen, kehrte dort um und passierte das Anwesen noch einmal. Wiederum ohne Ergebnis.

Einige Male wiederholte er seinen Gang. Bis es zu dämmern begann und sein Magen knurrte.

Enttäuscht strebte er zum Kirchplatz zurück und setzte sich ins Auto. Was machte er hier eigentlich? Peters würde sich wohl kaum am Haus oder auf der Straße zeigen. Natürlich konnte er bei seinen Vorgesetzten punkten, wenn er den Gesuchten entdeckte. Und dann war auch klar, wie er Kathrin gegenübertreten könnte. Zuerst würde er ihr erklären, dass er auf Befehl und nach Vorschrift habe handeln müssen. Dass er persönlich jedoch auf ihrer Seite stehe und ihr helfen würde, wenn sie Hilfe brauche.

Aber die Vorstellung, diesen Peters auf eigene Faust zu stellen, war unrealistisch. Palkow seufzte und startete den Wagen. Im Moment konnte er hier nichts ausrichten. Also sollte er nach Hause fahren. Während er den knatternden Trabbi in Richtung Waren lenkte, erschien vor seinem inneren Auge die Szene an der Haustür der Bergmanns. Kathrins kühle und abweisende Miene. Die barschen Worte des Leutnants von der Staatssicherheit.

Obwohl sich das Hungergefühl verstärkte, änderte er auf der Höhe von Klink seine Pläne und bog kurz darauf von der Straße ab. Zu den Fischerhäusern an der Elde. Vielleicht lief ihm Kathrin ganz zufällig über den Weg.

Den Wagen stellte er etwas abseits ab und schlenderte die Straße *An der Reek* entlang. Als das Haus der Bergmanns in Sicht kam, wechselte er die Straßenseite und verlangsamte seinen Schritt. Außer ihm war hier niemand unterwegs. Wenn Kathrin herauskam, musste sie ihn sehen.

Im Obergeschoss brannte Licht. Ob dort ihr Zimmer war? Vor seinem inneren Auge sah er sie mit einer Zeitschrift am Tisch sitzen. Vielleicht lag sie auch auf dem Bett und las eine Zeitschrift. Für Dich. Oder Sybille.

Während er zu dem erleuchteten Fenster hinaufstarrte, wurde ihm klar, dass er nichts ausrichten konnte. Er konnte nicht bei ihr klingeln, denn er hatte nichts in der Hand, womit er ihr Interesse gewinnen konnte. Es war also sinnlos, hier herumzustehen. Dennoch verharrte er. Ihm war, als hielte ihn ein Magnetfeld gefangen.

Plötzlich erlosch das Licht. Wenig später öffnete sich die Haustür. Rasch trat Palkow in den Schatten eines Torbogens. Kathrin verließ das Haus. Sie war nicht allein. Ein junger Mann folgte ihr. Das musste der gesuchte Peters sein.

Palkow wartete, bis die beiden an einer Biegung der Straße verschwanden. Dann eilte er ihnen nach.

Die Datsche des alten Bergmann lag am Waldrand oberhalb der Elde. Es war eine einfache Hütte mit einem etwas vernachlässigten Gemüsegarten davor. Vom Freisitz des kleinen Holzhauses hatte man einen Blick auf Elde und Kölpinsee, die trotz der fortschreitenden Dämmerung noch gut zu erkennen waren, weil sich in den Gewässern das letzte Licht des Himmels spiegelte.

»Sonntags kann man hier wunderbar die Boote beobachten, die zwischen Müritz und Kölpinsee unterwegs sind«, erklärte Kathrin ein wenig außer Atem.

Frank Peters hatte keinen Blick für die Schönheit der Landschaft und der Seen. Kritisch musterte er die Hütte. Darin konnte er nicht mit einem Wasseranschluss, elektrischem Strom oder gar einem Telefon wie im Bootshaus des Bezirkssekretärs rechnen. Verwittert und etwas windschief wirkte die Behausung. »Und hier kann man übernachten?«

»Als Kinder haben meine Geschwister und ich oft in der Hütte geschlafen. Es gibt zwei Betten. Eins für uns, eins für Opa.«

»Betten?«, fragte Frank ungläubig.

Kathrin lachte. »Natürlich keine richtigen Betten. Nur einfache Liegen. Opa nennt sie Feldbetten. Aber man kann wunderbar darauf schlafen. Wirst schon sehen.« Sie tastete einen der Balken ab, die ein kleines Vordach stützten, und zog einen rostigen Schlüssel hervor. Wenig später lotste sie Frank in den niedrigen Innenraum des Gartenhauses. Es dauerte eine Weile, bis sich die Augen an die Dunkelheit gewöhnt hatten.

Innen wirkte die Hütte geräumiger, als es von außen den Anschein hatte. Die Wände waren solide und an den Innenseiten sorgfältig geglättet. Kathrin hantierte in einem Winkel des Raumes, im nächsten Augenblick flammte ein Licht auf. Sie hatte eine gasbetriebene Lampe entzündet. Aus der Dunkelheit tauchte die Einrichtung auf.

Frank sah die schmalen Liegen, die im rechten Winkel zueinander in der gegenüberliegenden Ecke aufgestellt waren, einen Tisch mit vier Stühlen, einen älteren Küchenschrank, ein Regal mit Büchern und eine Runddeckeltruhe, die Kathrin nun öffnete. Sie zog einen Gegenstand heraus und hielt ihn hoch. »Damit es dir nicht zu langweilig wird.«

»Ein Kofferradio! Damit hätte ich hier wirklich nicht gerechnet.«

»Wahrscheinlich geht es gar nicht. Weil die Batterien leer sind. Aber ich bringe dir nächstes Mal welche mit.«

Kathrin stellte das Gerät auf den Tisch. »Damit hört Opa immer Westsender.«

Frank drückte auf den Knöpfen des Radios herum. Der Lautsprecher gab ein schwaches Rauschen ab, verstummte aber wieder. »Und was ist, wenn dein Großvater kommt?«

»Opa ist zurzeit im Krankenhaus. Musste am Knie operiert werden. Er kommt frühestens in vier Wochen wieder her.«

»Und wann kommst du wieder her?«

»Morgen.« Kathrin trat zu ihm, stellte sich auf die Zehenspitzen und küsste ihn auf die Lippen. »Jetzt muss ich aber gehen. Bald ist es richtig dunkel. Meinst du, du kommst zurecht?«

Frank sah sich um und nickte. »Ich denke schon.«

»Gut.« Kathrin deutete auf die Truhe. »Bettzeug findest du da drin. Bevor ich gehe, zeige ich dir noch das Bad.«

»Bad?«

»Na ja«, lachte sie. »Draußen gibt es einen Platz zum Waschen mit fließendem Wasser. Es kommt aus einem Tank auf dem Dach. Aber bitte nicht trinken! Komm, ich zeige es dir. Daneben ist das Plumpsklo.«

Als Kathrin Bergmann sich wenig später noch einmal umdrehte, um zur Hütte zurückzuwinken, verließ Andreas Palkow seinen Beobachtungsposten und eilte rasch voraus, um ihr nicht zu begegnen. Er wusste jetzt, wo sich Peters befand. Schon morgen konnten er und seine Kollegen ihn festnehmen. Aber wollte er das wirklich?

In Gedanken nahm er den Ablauf vorweg. Er würde Leutnant Jakubzik anrufen und ihm seine Beobachtungen mitteilen. Der würde seinen Vorgesetzten informieren, und dann würde der Leutnant oder sein Chef die Aktion leiten. Als kleiner Volkspolizist würde er, Andreas Palkow, nichts weiter als eine Hilfskraft sein. Den Erfolg würden sich die Kollegen vom MfS auf ihr Konto schreiben, und was dann mit Peters geschehen konnte, war ihm völlig unklar. Er wusste ja nicht einmal, weswegen er gesucht wurde. Womöglich ließen sie ihn nach einem Verhör auf freien Fuß. Und alles wäre wie vorher.

Also musste er herausfinden, was gegen den Mann vorlag. Und falls es nichts war, weswegen er – zumindest für eine Weile – aus dem Verkehr gezogen würde, konnte man ja etwas nachhelfen.

Als er den Trabant erreicht hatte und den Motor startete, wusste er, was er zu tun hatte, um den Konkurrenten für eine längere Zeit loszuwerden.

# 4

Der erste Kontakt mit den Kollegen war etwas irritierend gewesen. Die Hotelchefin hatte bei der Polizei in Malchow angerufen, und erfahren, dass es dort keine Kripo gab. Zuständig sei die Außenstelle Röbel des Kriminalkommissariats Neubrandenburg.

Dort schien man wenig geneigt, die Information über den Fund ernst zu nehmen. Erst als Hanna das Gespräch übernommen und darauf hingewiesen hatte, dass sie Erste Kriminalhauptkommissarin und Leiterin eines Fachkommissariats für Tötungsdelikte war, hatte man sie durchgestellt. Der Kollege hatte sich ihren Bericht schweigend angehört. Schließlich hatte er Hanna zugestimmt. Auszuschließen war ein Todesfall mit Fremdverschulden wohl nicht. »Wir schicken morgen jemanden vorbei, der das ... die ... den Fund abholt.«

»Warten Sie!« Hanna hatte sich überlegt, wie sie den Vorgang beschleunigen konnte. »Ich komme zu Ihnen und bringe das Ohr mit.«

Damit war ihr Gesprächspartner sofort einverstanden. Er schien sogar erleichtert. Wahrscheinlich, vermutete Hanna, gab es an der Müritz die gleichen Personalprobleme wie im Polizeipräsidium Nordhessen. Und vielleicht war die Situation während der Saison noch angespannter.

»Ich begleite dich«, hatte Jonas ohne zu zögern entschieden. »Dann können wir uns gleich ein wenig umsehen. Und auf dem Rückweg über Klink fahren. Das Schlosshotel dort würde ich mir gerne ansehen. Und lass uns den Weg über Malchow nehmen. Durch die Altstadt. Sie liegt auf einer Insel.«

»Mit dem Auto über eine Insel?« Hanna war skeptisch gewesen. Doch dann erinnerte sie sich, von den Besonderheiten Alt-Malchows gelesen zu haben. Eine Drehbrücke verband die Insel mit der übrigen Stadt.

»Hier müssen wir unbedingt noch mal herkommen«, hatte sie mehr als einmal begeistert ausgerufen, als sie den Hafen und den mittelalterlichen Stadtkern auf holprigem Pflaster passiert hatten.

»Gerne, Frau Hauptkommissarin«, hatte Jonas gegrinst. »Wenn Ihre Ermittlungen es erlauben.«

Hanna hatte schuldbewusst geschwiegen, denn sie spürte ihre innere Neugier und Ungeduld, dem Geheimnis des mysteriösen Fundes auf die Spur zu kommen.

Von Malchow aus waren sie einem Stück der Deutschen Alleenstraße gefolgt. Sie hatte die Fahrt genossen und die unappetitliche Fracht fast vergessen, die sich samt einem Kühlkissen in einem Isoliergefäß aus dem Hotel zwischen ihren Füßen befand.

Der Frühsommer machte seinem Namen alle Ehre. Unbeschreiblich erschien ihr das Licht über dem Land der tausend Seen. Niemals zuvor war ihr der Löwenzahn so gelb, das Laub so grün, der Himmel so blau erschienen. Und wenn Wälder und Wiesen den Blick auf türkisfarbene Wasserflächen freigaben, hatte sie den Atem angehalten angesichts der vollendeten Harmonie dieser Landschaft.

Jonas hatte die Fahrt verlangsamt, und sie hatte das Schiebedach geöffnet, um das Blätterdach der schnurgeraden, endlos erscheinenden Allee vorbeifliegen zu sehen und um den Duft der Blüten, die Farben der Natur, die Wärme des Lichts mit allen Sinnen aufnehmen zu können.

Überrascht musterte Hanna Wolf nun die Polizeidienststelle in Röbel. Sie hatte ein eher tristes Zweckgebäude erwartet. Zumal die Adresse – Bahnhofstraße – nicht auf die beste Lage hindeutete. Stattdessen leuchtete ein rotes Backsteinhaus im Sonnenlicht. Es schien aus der Zeit der vorigen Jahrhundertwende zu stammen, wirkte aber gepflegt und freundlich. Die Symmetrie der Fensterfront wurde von runden Erkern des Dachgeschosses betont. Ohne den Schriftzug »Polizei« über dem Eingang hätte Hanna das Haus für eine Dorfschule gehalten.

»Das sieht ja richtig gemütlich aus.« Sie deutete auf die Parkfläche für Besucher. »Willst du hier warten?«

Jonas schüttelte den Kopf. »Das dauert mindestens eine halbe Stunde, vielleicht länger. Ich sehe mich inzwischen ein wenig im Städtchen um.« Er sah auf die Uhr. »In einer Dreiviertelstunde hole ich dich wieder ab. Wenn es doch schneller gehen sollte, kannst du mich anrufen. Okay?«

Hanna nickte und öffnete die Wagentür. »Also gut. Falls es hier ein schönes Plätzchen am Wasser gibt, können wir ja nachher noch was trinken. Bis dann.«

Sie nahm ihre Handtasche, hangelte das Isoliergefäß aus dem Fußraum und stieg aus.

An der Wache im Eingangsbereich wurde sie von einer uniformierten Polizistin empfangen. Die junge Frau war recht hübsch. Sie hatte ihr blondes Haar zu einem Pferdeschwanz gebunden. Freundlich fragte sie nach Hannas Wünschen, dabei sah sie der Besucherin aufmerksam entgegen.

Hanna reagierte nicht sofort. Der Anblick der jungen Kollegin erinnerte sie an ihre eigene Anfangszeit bei der Polizei. Wie lange war das her? Fast dreißig Jahre! Damals hatte sie die Haare genauso getragen wie die Polizeianwärterin hinter der Scheibe, die geduldig auf ihre Antwort wartete, und – bis auf die Uniform – fast genauso ausgesehen. Schlank und hübsch. Auf der Polizeischule hatte es etliche Kollegen gegeben, die ...

Sie schob die Erinnerungen zur Seite. »Mein Name ist Hanna Wolf.« Sie zog ihren Dienstausweis aus der Tasche und hielt ihn an die Scheibe. »Ich bin mit Hauptkommissar Königstein verabredet.«

Die Polizistin nickte und lächelte verhalten. »Er erwartet Sie.« Sie drückte auf einen Knopf, neben Hanna summte es, und die Tür zum Inneren des Gebäudes sprang auf.

Hauptkommissar Königstein war nach Hannas erstem Eindruck ein Gemütsmensch. Sie schätzte ihn auf Mitte fünfzig, eine Halbglatze mochte ihn älter erscheinen lassen, als er tatsächlich war. Das Gesicht war rund und rosig, der Blick freundlich und aufmerksam. Er erhob sich, als Hanna das Büro betrat und streckte die Hand aus. Seine Bewegungen waren langsam, und sie registrierte die beachtliche Leibesfülle des Mannes. Offenbar war der Kollege im Laufe vieler Dienstjahre auch auseinandergegangen. Wieso *auch*?, schalt sie sich in Gedanken. So viel habe ich ja nun doch nicht zugelegt.

»Herzlich willkommen, Frau Kollegin.« Königstein deutete auf einen Besuchersessel und ließ sich – vorsichtig, wie es Hanna schien – wieder auf seinem Bürostuhl nieder. Seine Augen ruhten auf Hanna. In seinem Blick las sie verhaltene Bewunderung. Offenbar war dieser wenig attraktive Kollege für das Erscheinungsbild einer gut erhaltenen vollschlanken Blondine empfänglich.

»Das ist ja ein erstaunlicher Fund, den Sie uns da präsentieren.« Er löste seinen Blick und deutete auf das Gefäß, das seine Besucherin in der Hand trug. »Und Sie sind sicher, dass es sich um ein menschliches Ohr handelt?«

»Ich kenne keine Tierart, die sich Sticker ins Ohr machen lässt.« Hanna stellte den Behälter auf dem Schreibtisch vor Königstein ab. »Schauen Sie selbst!«

Der Hauptkommissar schaute nicht. Stattdessen fragte er skeptisch: »Dieses ... Ohr ... befand sich im Magen eines Fisches? Das ist ja ... wie ...«

»Im Märchen?«, ergänzte Hanna Wolf.

»Na ja«, murmelte Königstein. »Jedenfalls klingt es ziemlich unwahrscheinlich.«

Erneut richtete er seinen Blick auf Hanna und musterte sie mit einem schwer zu deutenden Blick. Schließlich setzte er eine Lesebrille auf und zog einen Stapel dünner Aktenordner zu sich heran. »Was immer die Untersuchungen dieses« – er nickte dem Behälter zu – »Objektes ergeben werden, es muss ja jemandem gehören, äh, gehört haben. Ich habe mir deshalb schon mal die Unfälle und Vermisstenmeldungen der letzten Zeit heraussuchen lassen. Wenn wir Glück haben, können wir darüber das Ohr einem Menschen zuordnen. Und damit wäre die Sache erledigt. Es muss sich ja nicht um ein Verbrechen handeln. In und an unseren Seen gibt es immer mal einen Unvorsichtigen, der sein Leben aufs Spiel setzt und verunglückt, besonders auf der Müritz. Bei Sturm kann es auf dem See richtig ungemütlich werden. Manche unterschätzen die Gefahr. Surfer, Segler, Schwimmer. Und Leute, die mit motorisierten Nussschalen unterwegs sind. Jedes Jahr müssen einige von ihnen aus Seenot gerettet werden. Und hin und wieder kommt es – wie gesagt ...«

»Der oder die Tote kann noch nicht sehr lange im Wasser gelegen haben«, warf Hanna ein. »Ich weiß zwar nicht, wie sich Welse ernähren, aber die knabbern bestimmt nicht an einer Leiche herum, wenn die Fäulnis bereits eingesetzt hat. Wir können uns also auf vermisste Personen aus den letzten Tagen und Wochen beschränken.«

»Wir?« Königstein sah sie über den Rand seiner Lesebrille hinweg fragend an.

Hanna biss sich auf die Unterlippe. »Die Ermittlungen sind natürlich Ihre Sache, Herr Kollege. Aber es würde mich schon interessieren, wie ...«

»Ich mache Ihnen einen Vorschlag, Frau Wolf.« Der Hauptkommissar nahm seine Brille wieder ab. »Sie lassen uns unsere Arbeit machen und genießen unser schönes Mecklenburg-Vorpommern. Wenn Sie wollen, informiere ich Sie, sobald das Ergebnis der rechtsmedizinischen Untersuchung vorliegt oder sich neue Erkenntnisse ergeben haben.«

Hanna nickte. Wahrscheinlich würde sie nicht anders handeln. Trotzdem brannten ihr zahlreiche Fragen auf der Seele. Am liebsten hätte sie darum gebeten, in die Ermittlungsgruppe aufgenommen zu werden. Aber offenbar würde es die gar nicht geben. Sie kramte in ihrer Handtasche nach einer Visitenkarte. »Hier ist meine Handynummer. Die Nummer vom Hotel haben Sie ja.« Sie legte die Karte auf Königsteins Schreibtisch ab und erhob sich. »Dann verabschiede ich mich jetzt.«

Mit überraschender Beweglichkeit kam Hauptkommissar Königstein hinter seinem Schreibtisch hervor und streckte Hanna die Hand entgegen. »Auf Wiedersehen, Frau Kollegin. Ich wünsche Ihnen einen angenehmen Aufenthalt im Land der tausend Seen.«

Sein Händedruck war nicht unangenehm, doch hielt er ihre Hand ein wenig zu lange.

Als Hanna bereits in der Tür stand, meldete er sich noch einmal. »Die Fälle der vermissten Personen sind übrigens alle älter. Der jüngste Fall liegt über ein Jahr zurück.«

Das Gespräch hatte nur eine Viertelstunde in Anspruch genommen. Jonas holte sie ab und sie fuhren ins Zentrum des Städtchens, wo sie die Straßen des mittelalterlichen Stadtkerns erkundeten. Dabei stießen sie auf zwei mächtige frühgotische Backsteinkirchen und besichtigten eine alte Mühle, in der Zeichnungen und Aquarelle ausgestellt wurden.

Hanna fotografierte eine Reihe schöner alter Haustüren, und Jonas hatte das Aushängeschild einer Bäckerei eingefangen – die figürliche Darstellung eines Bäckers am Backofen, mit einer vergoldeten eisernen Brezel und einer wie aus Teig geformten Beschriftung. »Hier gifft dat gode Backwoorn.« Dann folgten sie – an alten Bootshäusern entlang – der Müritzpromenade und ließen sich schließlich auf der Terrasse des Seglerheims nieder, um dort das An- und Ablegemanöver eines Fahrgastschiffes der Weißen Flotte zu beobachteten. Auf dem offenen Oberdeck des Dampfers befanden sich zahlreiche Menschen. Die meisten saßen an Tischen, hatten Getränke oder Kuchenteller vor sich. Andere hatten sich erhoben und strebten zum Niedergang. Hanna gefiel die Vorstellung, bei Sonnenschein und lauwarmem Fahrtwind über den blauen See gefahren zu werden und die Ortschaften und Küstenlinien vom Wasser aus zu betrachten.

»Ein hübsches Städtchen«, stellte Hanna fest. »War eine gute Idee, den Besuch bei den Kollegen mit einem Ausflug zu verbinden. Ich glaube, rund um die Müritz gibt's noch viel zu entdecken. Vielleicht werde ich dich doch öfter mal begleiten.« Sie nahm einen ordentlichen Schluck von ihrer Weißweinschorle. »In der Wärme herumzulaufen ist aber auch ganz schön anstrengend.«

»Was hat dein Kollege eigentlich gesagt? Passiert jetzt irgendwas?«

Hanna hob die Schultern. »Sie werden das Ohr sicher untersuchen lassen. Wenn ich es richtig verstanden habe, gibt es hier weit und breit keine rechtsmedizinische Untersuchungsstelle. Es muss wohl nach Rostock gebracht werden. Die medizinische Fakultät der Uniklinik hat ein Institut für Rechtsmedizin.«

»Und dann?« Jonas hob sein leeres Glas und gab der Bedienung ein Zeichen.

»Das frage ich mich auch. Mein Kollege Königstein schien nicht sonderlich beunruhigt wegen des Fundes. Angeblich hat es in letzter Zeit keine unaufgeklärten Todesfälle oder vermisste Personen gegeben. Also dürfte es schwierig werden, das Ohr einem Menschen zuzuordnen. Solange das nicht möglich ist, wird es wohl keine Ermittlungen geben.«

»Und das wurmt dich, stimmt's?«

»Ja«, nickte Hanna. »Am liebsten würde ich auf eigene Faust nachforschen. Aber ich habe keinen Ansatzpunkt.« Ihre Vorstellungen vom Erholungsurlaub waren plötzlich in den Hintergrund gerückt.

»Vielleicht kann ich dir ja helfen.« Jonas nahm von der Bedienung ein frisches Bier entgegen und trank ein paar Schlucke.

»Du?« Hanna lachte und deutete auf sein Glas. »Das muss am Bier liegen. Ich kann mir nur nicht vorstellen, wie du mir helfen willst.«

Jonas schloss die Augen und runzelte die Stirn, als müsse er nachdenken. »Mir ist auch etwas aufgefallen.«

»Ach ja?« In Hannas Stimme schwangen unüberhörbar Zweifel mit.

»Heute Morgen beim Frühstück. In der hiesigen Zeitung. Dem Nordkurier, beziehungsweise der Müritz-Zeitung. Ich schaue bei jedem Blatt, das ich zum ersten Mal in die Hand bekomme, ins Impressum. Und da ist mir ein Name begegnet, den ich von früher kenne. Rainer Ürdinger. Wir haben zusammen studiert und das Volontariat bei der Frankfurter Rundschau gemacht. Er ist dann nach Berlin gegangen. War zuletzt bei der Morgenpost. Kann mir gut vorstellen, dass er nach der Wende sein Glück in den neuen blühenden Landschaften gesucht hat. Wenn er es ist, hat er jetzt den Job des Redaktionsleiters in Waren.«

»Und was soll deiner Meinung nach dein Kollege tun können?« Hanna war noch immer skeptisch.

Jonas öffnete die Augen. »Zeitungsarchive sind wahrscheinlich nicht so umfangreich und umfassend wie Ermittlungsakten. Aber wenn die hier ein gut gepflegtes Archiv haben, finden wir darin alle Berichte über aufgeklärte und unaufgeklärte Todesfälle. Ich könnte Rainer anrufen.«

»Das ist eine geniale Idee, Jonas.« Hanna war elektrisiert. Die Vorstellung, aus alten Zeitungsberichten einen Fall zu rekonstruieren, den sie dem Kollegen Königstein unter die Nase reiben würde, erschien ihr ungeheuer reizvoll.

»Wann kannst du diesen Redaktionsleiter erreichen? Hast du die Nummer?«

»Natürlich nicht.« Jonas grinste. »Dazu müsste ich noch mal einen Blick in die Zeitung werfen. Wenn wir heute Nachmittag ins Hotel kommen, schaue ich nach.«

Hanna sah sich um. »Hier sollte es doch irgendwo eine Zeitung geben.« Sie griff nach ihrer Handtasche und stand auf. »Ich gehe mal zur Toilette. Bis gleich.«

Jonas Roth nahm das Bier entgegen, das die Bedienung in diesem Augenblick brachte, und trank. Über den Rand des Glases hinweg sah er seiner Freundin nach. Wenn Hanna sich jetzt in den Fall verbiss, würde es spannende Tage geben. Fragte sich nur, ob man die dann noch Urlaub nennen konnte. War es ein Fehler, Rainer Ürdinger erwähnt zu haben? Hanna war leidenschaftliche Kriminalistin. Sie würde keine Ruhe geben, bevor der Fall nicht aufgeklärt war oder unumstößlich feststand, dass es keinen Fall gab.

Als sie zurückkehrte, trug sie eine Zeitung in der Hand. Triumphierend legte sie die Seiten vor Jonas auf den Tisch. »Die Müritz-Zeitung. Du kannst gleich anrufen.«

Bereits für den nächsten Tag hatten Hanna Wolf und Jonas Roth eine Verabredung mit dem Redaktionsleiter. Der Ableger des Nordkuriers war in einer modernen Stadtvilla mit rosafarbener Front untergebracht. An den Fenstern prangte das blau-weiße Emblem des Zeitungsverlags. Über ein gläsernes Treppenhaus erreichten sie die Etage mit den Redaktionsräumen.

Rainer Ürdinger nahm sie in Empfang. Er hatte die leicht gebeugte Haltung sehr großer Männer. Aus einer Höhe von geschätzten zwei Metern sah er freundlich auf die Besucher hinab und begrüßte sie. Die Freunde umarmten sich. »Das war ja eine echte Überraschung.« Ürdinger ließ seine Pranke auf Jonas' Schulter krachen. »Damit habe ich nun wirklich nicht gerechnet, dass es dich alten Paparazzo mal zu uns an die Müritz verschlagen könnte.« Er wandte sich Hanna zu. »Und in so charmanter Begleitung. Kann man mit einem Zeitungsschreiber überhaupt in Urlaub fahren? Die haben doch immer die Nase im Wind und wittern ständig große und kleine Sensationen.«

Hanna lachte. »In dieser Hinsicht nehmen wir uns nichts. Ich bin schuld daran, dass wir Sie behelligen.«

»Behelligen? Ich freue mich über euren Besuch. Kommt erst mal mit in mein Büro. Ich heiße übrigens Rainer. Jonas und ich kennen uns schon so lange ... Ist das in Ordnung, wenn wir uns auch duzen?«

»Gern.« Hanna war erleichtert, dass sich Jonas' Freund als so unkompliziert erwies.

Ürdinger nickte und deutete auf eine Tür. »Geht schon mal rein und nehmt Platz! Ich besorge uns Kaffee.«

Nachdem die Männer einige Erinnerungen ausgetauscht hatten, kam Jonas zur Sache und berichtete von dem Fundstück aus dem Fischmagen. Hanna schloss eine kurze Einschätzung über den zu erwartenden Fortgang der polizeilichen Ermittlungen an.

Rainer Ürdinger hörte aufmerksam zu.

»Das ist ja eine unglaubliche Geschichte«, kommentierte er den Bericht. »Auf jeden Fall auch eine hübsche Story für uns. Vor allem, wenn sich daraus noch etwas ergibt.« Er lehnte sich zurück und breitete die Arme aus. »Ich sehe schon die Schlagzeilen. Grausiger Fund im Fischmagen. Oder: Dem Müritz-Mörder auf der Spur. Am besten: Fische lügen nicht. Herrlich!«

Er beugte sich vor, sein Blick wanderte zwischen Hanna und Jonas hin und her.

»Warum wollt ihr nur nach verschwundenen Personen beziehungsweise unaufgeklärten Fällen suchen?«, fragte er. »Theoretisch könnte das Ohr doch auch zu einem Opfer gehören, dessen Ableben aufgeklärt wurde.«

Hanna und Jonas sahen sich an.

»Stimmt«, gab Hanna zu. »Daran habe ich noch nicht gedacht. Ist aber auch eher unwahrscheinlich.«

Ürdinger nickte. »Wir müssen eben genau recherchieren. In den Meldungen der letzten Tage. Aber solch ein fehlendes Ohr ist ja auch etwas Außergewöhnliches. Wir sollten deshalb auch in der

Vergangenheit weiter zurückgehen und nach anderen oder ähnlichen außergewöhnlichen Vorkommnissen suchen. Das sind vielleicht Strohhalme, an die ich mich da klammere, aber ich habe schon oft mit Hartnäckigkeit und Phantasie, keine noch so verrückte Idee auslassend, als investigativer Journalist Erfolg gehabt. Was meint ihr?«

Jonas warf Hanna einen zufriedenen Blick zu. »Heißt das, du steigst ein?«

»Genau das heißt es.« Ürdinger grinste. »Gebt mir einen Tag Zeit. Die neueren Ausgaben nach irgendwelchen Vorfällen, Vermissten oder Verunglückten durchzusehen, dürfte ich schnell erledigen. Und dann versuche ich einfach bei den Bestattungsunternehmen nachzufragen, ob sie eine Leiche hatten, denen ein Ohr fehlte.«

»Glaubst du ernsthaft, die verraten dir mehr als die Polizei?«, fragte Hanna ungläubig.

»Ich kann mir vorstellen, dass dir dieser Gedanke nicht gefällt«, grinste Rainer, »aber wir Journalisten haben manchmal ganz andere Informanten. Aber allzu große Hoffnungen mache ich mir nicht, dass die Polizei ... Es sei denn ...« Ürdinger kippte auf seinem Stuhl nach hinten, wandte den Blick zum Fenster und richtete ihn gegen den blauen Himmel.

»Es sei denn ...?«, fragten Hanna und Jonas fast gleichzeitig und sahen ihn erwartungsvoll an.

Mit einem dumpfen Laut ließ er seinen Stuhl nach vorn fallen und beugte sich vor. »Es sei denn, sie weiß mehr, als sie preisgibt. Vielleicht verbirgt sich eine alte Geschichte dahinter. Das habe ich immer mal wieder mitbekommen. Wir leben zwar im Jahr einundzwanzig nach der Wende, aber hin und wieder treten alte Seilschaften und Abhängigkeiten in Erscheinung. Es wäre jedenfalls nicht das erste und einzige Mal, dass eine Behörde versucht, für sie peinliche oder unangenehme Informationen unter Verschluss zu halten. Denkt nur an den Schweriner Stadtpräsidenten, der seinen Laptop bei einer Prostituierten gelassen hat. Oder an die Steinzeit-Boote von Stralsund. Eine wissenschaftliche Sensation. Aber unser Landesamt für Archäologie hat sie einfach verrotten lassen. Jedes Mal haben die Behörden so lange wie möglich gemauert.«

»Wie bei uns«, nickte Hanna, »beim hessischen Polizeiskandal. Trotzdem verstehe ich noch nicht ...« Sie sah Jonas' Freund zweifelnd an. »Was könnte die Polizei für ein Interesse daran haben, einen dubiosen Fall mit einer Leiche mit zumindest einem fehlenden Ohr zu den Akten zu legen? Das kann ich mir nicht vorstellen.«

»Ist es nicht so, dass über die Einstellung eines Ermittlungsverfahrens der Staatsanwalt entscheidet?«, entgegnete Ürdinger. »Und kommt es nicht gelegentlich vor, dass Staatsanwälte durch die politische Führung beeinflusst werden?«

Hanna dachte an die Ermittlungen gegen die Chefin des Landeskriminalamtes in ihrer Heimat. »Ausschließen kann man das wohl nicht«, gab sie zu.

»Seht ihr!« Ürdingers Miene wurde ernst. Nach einer Pause fuhr er fort: »Wenn wir anfangen, in einem solchen Fall zu bohren, kann es allerdings heikel werden. Für uns alle.«

# 5

»Was liegt eigentlich gegen diesen Peters vor?« In möglichst beiläufigem Ton hatte Andreas Palkow die Frage an Leutnant Jakubzik gerichtet, als er ihm auf dem Flur der Dienststelle begegnet war.

»Nichts Konkretes«, hatte der Leutnant geantwortet. »Der junge Mann hat sich durch seine Flucht verdächtig gemacht. Wir wollten ihn nur informell befragen. Zu einem Bekannten oder auch Freund von ihm, der verdächtigt wird, eine Republikflucht vorzubereiten. Aber nun sieht die Sache anders aus. Wer sich der Einvernahme entzieht, hat etwas zu verbergen. Wahrscheinlich steckt er mit da drin. Also werden wir ihn vorführen.«

»Und den Aufenthaltsort ...?«

»Kennen wir nicht. Noch nicht. Aber seine Freundin, eine gewisse Bergmann, Kathrin, wird uns zu ihm führen.« An dieser Stelle hatte Jakubzik gelacht. »Sie weiß es nur noch nicht.«

»Wird sie unter Beobachtung gestellt?«

»Nicht nötig«, hatte der Leutnant geantwortet, seinen Weg fortgesetzt und mit einem Aktenordner gewedelt, den er bei sich trug. »Es liegt genug gegen sie vor, um sie gefügig zu machen.«

Nun lehnte Andreas Palkow am Fenster und starrte hinunter auf den Hof, wo sein Kollege Thomas Möller gerade den Wartburg, der ihnen als Streifenwagen diente, auf seine Einsatzfähigkeit überprüfte. Der Lada stand nur den Stasi-Offizieren zur Verfügung. Doch was dort unten geschah, drang nicht zu ihm durch. Vor seinem inneren Auge sah er Kathrin Bergmann, sah sie mit Peters erst im Wald, später in der Hütte verschwinden. Sah sie nach einiger Zeit wieder herauskommen, den Arm heben, winken. Dann schob sich ihr Gesicht in den Vordergrund. So wie er es an der Haustür der Bergmanns gesehen hatte. Kühl und abweisend im Ausdruck, aber von hinreißender Schönheit.

Sollte er sie warnen? Würde sie ihm dankbar sein, wenn er andeutete, dass sie ins Visier der Kollegen vom MfS geraten war? Er versuchte sich ihre Reaktion vorzustellen. Irritiert würde sie ihn ansehen. Nachfragen. Was der Grund wäre. Warum er mit der Information zu ihr käme.

Ich bin Andreas, würde er antworten. Wir kennen uns, Kathrin. Wir haben als Kinder ... Ja, was eigentlich? Zusammen gespielt? Irgendwie auch blöd. Vielleicht sollte er seinen Großvater erwähnen, der regelmäßig Fisch gekauft hatte. Wenn sie sich erst einmal an den erinnerte, würde sie ihn, Andreas, wiedererkennen und ernst nehmen. Seine Warnung zumindest. Doch was würde dann geschehen. Würde es ihm selbst etwas nutzen? Sie wäre auf Jakubziks Befragung vorbereitet. Wenn sie ihm den Aufenthaltsort ihres Freundes nicht verriet, kam sie vielleicht in Schwierigkeiten. Aber das würde wohl nichts an ihrer Beziehung zu diesem Frank Peters ändern.

Er müsste dafür sorgen, dass Peters verschwand. Möglichst weit weg und möglichst lange. Wenn der erst aus dem Weg war, würde er sich um Kathrin kümmern können. Mit der Zeit würde sie den anderen vergessen.

Fluchthilfe war ein schwerwiegender Tatbestand. Beihilfe ebenfalls. Dafür landete man im Gefängnis. Andererseits hatte der Leutnant gesagt, es liege nichts Konkretes gegen Peters vor. Die Kollegen des MfS taten immer sehr geheimnisvoll, ergingen sich in Andeutungen und behandelten die Männer von der Volkspolizei wie Hilfskräfte, die nicht unbedingt wissen mussten, warum dieser oder jener Einsatz befohlen wurde.

Wenn er Gelegenheit hätte, einen Blick in die Akte von Frank Peters zu werfen, könnte er einschätzen, was man dem nun konkret vorwerfen wollte. Einfach danach fragen durfte er nicht. Jakubzik würde sich über seine Neugier wundern und allenfalls eine belanglose Antwort geben. Es gab nur eine Möglichkeit. Er musste einen günstigen Augenblick abwarten und auf dem Schreibtisch des Leutnants nachsehen.

Palkow nahm seine Mütze und verließ das Büro. Auf dem Gang war alles ruhig. Gemächlich schlenderte er in Richtung Ausgang. Vor Jakubziks Tür verharrte er einen Moment und lauschte. Der Leutnant schien zu telefonieren. Palkow ging weiter. Am Ende des Ganges öffnete er die Tür zu den Toiletten und schloss sie wieder. Unschlüssig wanderte sein Blick über die Anschlagtafel, die auf der gegenüberliegenden Seite »Aktuelle Mitteilungen« präsentierte, die dort schon seit Wochen hingen. In der Mitte prangte ein Artikel aus dem Neuen Deutschland. Alexander Schalck-Golodkowski war in diesem Jahr als »Held der Arbeit« ausgezeichnet worden. Mit dem Ministerpräsidenten von Bayern hatte er die Bedingungen für einen Milliardenkredit der BRD ausgehandelt. An den Besuch von Franz Josef Strauß bei Erich Honecker erinnerte sich Palkow noch gut. Die Titelseite des Neuen Deutschland mit einem Foto der beiden Staatsmänner hatte ebenfalls lange am Schwarzen Brett gehangen. Ausgerechnet jener Mann, der in den Sendungen der Aktuellen Kamera oder in der Freien Erde als Inbegriff des Kommunistenhassers, Revanchisten und DDR-Feindes präsentiert worden war, hatte sich mit dem Staatsratsvorsitzenden getroffen, den West-Kredit im Reisegepäck. Weshalb die DDR überhaupt einen solchen Betrag benötigte, hatte Palkow nie verstanden.

Auf dem Flur öffnete sich eine Tür. Rasch wandte er sich um und strebte zum Büro der Volkspolizei zurück. Kurze Zeit später wiederholte Palkow seinen Weg zur Toilette. Beim dritten Versuch hatte er Glück. Jakubziks Tür war angelehnt. Aus dem Raum von Major Kaltenbach drangen Stimmen. Offenbar hatte der Leutnant sein Büro verlassen, um seinen Chef aufzusuchen.

Vorsichtig ließ Palkow die Tür aufschwingen und überzeugte sich, dass niemand im Raum war. Mit wenigen Schritten war er an Jakubziks Schreibtisch. Nur zwei dünne Ordner lagen dort, beschriftet mit »Bergmann, Kathrin« und »Peters, Frank«. Rasch schlug er die Akte Peters auf. Es befanden sich nur drei Blätter darin. Ein mit Maschine geschriebener Bericht eines IM über einen Mann, dessen Namen er zwar nicht nennen konnte, der aber zu einer Gruppe junger Musiker gehörte. Angeblich wurde dort eine Republikflucht geplant. Auf einem weiteren Blatt standen drei Namen, jeweils mit Adressen, darunter der von Frank Peters. Er war mit einer Anmerkung versehen: »Freundin Kathrin Bergmann, Eldenburg, mit belastendem Material konfrontieren.« Das dritte Blatt enthielt ebenfalls handschriftliche Notizen. »Die o. g.

Namen können einer Gruppe Studenten zugeordnet werden, die sich Underwear nennt. Alle Mitglieder sind zu überprüfen. Bisher sind die Studenten durch musikalisch fragwürdige Neigungen (Westmusik - sog. Punk) aufgefallen, jedoch konnte keinem Mitglied ein Verstoß gegen Gesetze und Grundsätze unseres Staates nachgewiesen werden. Meldung an K1 ist erfolgt.«

Palkow wusste, das K1 war eine Abteilung des Ministeriums des Innern zur Bekämpfung von Verbrechen gegen die DDR sowie Straftaten gegen die staatliche und öffentliche Ordnung. Wenn Frank Peters zu diesen Musikern der Untergrund-Szene gehörte, war die Notiz widersprüchlich. Wer sich dem abartigen Punk verschrieben hatte, verstieß sehr wohl gegen die öffentliche Ordnung. Aber wahrscheinlich war aus Berliner oder Leipziger Sicht das Geschehen an der Müritz zu weit weg oder zu unbedeutend. Wer in der Hauptstadt interessierte sich schon für Waren, Röbel oder Malchow?

Palkow ließ den Aktendeckel zufallen und öffnete den Ordner »Bergmann, Kathrin«.

Darin befanden sich mehrere Seiten. Ganz oben lag ein Flugblatt. »Frauen für den Frieden. Gegen Frauenwehrdienst. Für atomare Abrüstung - auch in den sozialistischen Ländern.«

Er schob das staatsfeindliche Pamphlet zur Seite, darunter kam ein Formular der Universität Greifswald zum Vorschein. »Bericht über eine Operative Personenkontrolle. Auf Ersuchen der hiesigen Dienststelle des MfS wurde am 30. August 1983 in Gegenwart von Hauptmann Suckow das Zimmer der Studentin Bergmann, Kathrin durchsucht. Dabei wurden folgende Gegenstände und Unterlagen beschlagnahmt.«

Ein Geräusch auf dem Flur ließ Palkow zusammenzucken. Rasch trat er vom Schreibtisch zurück und drückte sich in eine Nische hinter einem Schrank. Schritte näherten sich, die Tür wurde aufgestoßen. Leutnant Jakubzik erschien, griff nach der Akte Bergmann und verließ den Raum.

Mit klopfendem Herzen folgte Palkow ihm wenig später. Der Flur war leer. Hastig kehrte er ins Büro der Volkspolizei zurück und ließ sich aufatmend auf seinen Stuhl fallen. Das wäre beinahe schiefgegangen. Nicht auszudenken, wenn der Leutnant ihn in seinem Büro angetroffen hätte.

Immerhin wusste er nun, dass gegen Kathrin etwas vorlag. Offenbar hatte sie sich für die Gruppe »Frauen für den Frieden« betätigt. Von dieser Bewegung hatte Palkow schon gehört. Eine gewisse Bärbel Bohley, Malerin aus Berlin, sollte zu den Rädelsführerinnen gehören.

Wenn Kathrin sich dieser Frau angeschlossen hatte, musste sie mit Problemen rechnen. Seltsam nur, dass Jakubzik bisher nicht nach dieser Erkenntnis gehandelt hatte. Es wäre ein Leichtes gewesen, die Problematik bei ihrem Besuch anzusprechen. Bei den Verdachtsmomenten, die sich aus der Akte ergaben, hätte Kathrin Bergmann vorgeladen werden können. Oder der Leutnant hätte sie sofort auf die Dienststelle mitnehmen können.

Waren die Erkenntnisse aus Greifswald erst danach aufgetaucht? Das wiederum wäre ein erstaunlicher Zufall. Für Jakubzik allerdings eine glückliche Fügung. Denn nun konnte er Kathrin unter Druck setzen.

Andreas Palkows Gedanken wurden unterbrochen, als die Bürotür aufsprang.

»Kommen Sie, Kollege! Wir haben einen wichtigen Auftrag zu erledigen.« Der Stasi-Leutnant winkte mit einer Akte.

Es war warm in der Hütte. Frank lag auf dem Feldbett, las in einem Buch und rauchte.

»Du solltest hier drin nicht rauchen.« Kathrin ließ den Beutel mit Batterien und Butterbroten, Cola und Zigaretten auf den Boden gleiten. »Schon gar nicht im Bett.«

»Schön, dass du da bist.« Frank drückte die Zigarette in einer Untertasse aus, und sprang auf. Das Buch legte er auf dem Tisch ab. Der Titel kam Kathrin bekannt vor. Reiner Kunze: Die wunderbaren Jahre. Verbotene West-Literatur aus Opas Bibliothek.

Sie ließ ihre Jacke von den Schultern gleiten und umarmte ihn. Erst jetzt registrierte sie, dass er nichts anhatte. Ihre Hände glitten über seinen Rücken abwärts. »Es ist ziemlich warm hier«, flüsterte sie an seinem Ohr.

Frank küsste sie. »Dagegen lässt sich etwas tun. Soll ich das Fenster aufmachen?«

Kathrin schüttelte den Kopf. »Warte einen Augenblick.« Sie befreite sich aus seinen Armen und zog ihr T-Shirt über den Kopf. »So ist es besser.« Sie umarmte ihn erneut und presste ihre Brust gegen seine.

Er tastete nach ihrem Hosenbund. Sekunden später hatte Kathrin sich mit Franks Hilfe von ihren Kleidern befreit. Sie schob ihn zu einer der Liegen und dirigierte seinen Körper in die Waagerechte. Ihre Hände glitten über seinen Bauch. Frank stöhnte leise und sah sie an.

»Lass mich machen«, beantwortete sie seine unausgesprochene Frage. Sie kletterte über ihn, setzte sich auf seinen Oberschenkel und betrachtete ihn mit einer Mischung aus Lust und Erwartung.

Sie hätte nicht sagen können, wie viel Zeit vergangen war, als Frank sich vorsichtig von ihr befreite und nach der Packung Karo angelte. »Eigentlich ist es gar nicht so schlecht hier«, grinste er, nachdem er eine Zigarette herausgeklopft und angezündet hatte. »Ein paar Tage kann ich es wohl aushalten.« Er blies den Rauch in Richtung Hüttendach. »Natürlich nur, wenn du mich jeden Tag besuchst.« Er stand auf und öffnete die Tür.

»Komm noch ein bisschen zu mir«, seufzte Kathrin.

»Sofort.« Frank kramte in Kathrins Beutel und zog die Batterien hervor. Er schob sie ins Batteriefach des Kofferradios und drückte auf den Einschaltknopf. Es rauschte. »Ich suche uns Musik.« Frank drehte an der Sendereinstellung. Plötzlich dröhnte ein Lied der Puhdys durch die Hütte. Perlenfischer »Morgens fahrn sie hinaus«, sang er mit. »Blieben lieber zu Haus. Doch das Meer ruft ...«

»Komm wieder ins Bett«, murmelte Kathrin. »Und mach die Musik leiser.«

»Das Geschnulze kann ich sowieso nicht ertragen. Warte.« Frank drehte erneut am Einstellknopf. Er musste eine Weile suchen, dann erklang die Stimme eines Sängers aus dem Westen. Udo Lindenberg hatten Frank und Kathrin schon öfter gehört. Doch diesmal lauschten sie fasziniert dem noch unbekannten Text. »Entschuldigen Sie, ist das der Sonderzug nach Pankow ...«

»Geht es um Frank Peters?«, fragte Andreas Palkow, als sie im Streifenwagen saßen und er den Motor startete. Leutnant Jakubzik nickte und tippte auf den Aktenordner, den er auf den Knien hielt. »Indirekt. Zuerst befassen wir uns mit Kathrin Bergmann. Er deutete nach vorn. Wir fahren nach Eldenburg. Den Weg kennen Sie ja.«

Die Frau des Fischers öffnete ihnen. Mit zusammengezogenen Brauen musterte sie Palkows Uniform, offenbar ahnte sie seine untergeordnete Funktion und wandte sich an Leutnant Jakubzik. »Mein Mann ist nicht da. Wenn Sie ihn sprechen wollen, müssen Sie heute Abend wiederkommen. Vielleicht möchten Sie sich ja auch ein Boot besorgen. Er ist auf der Müritz. Beim Fischfang.«

»Wir müssen mit Ihrer Tochter sprechen, Frau Bergmann. Ist sie da?«

»Was wollen Sie von ihr?«

»Das werden wir ihr schon selber sagen. Also – ist sie da?«

Kopfschüttelnd sah die Frau die beiden Männer an. Ihr Blick blieb auf Andreas Palkow hängen. In ihren Augen sah er die Erkenntnis aufblitzen. Sie öffnete den Mund und schloss ihn wieder, ohne etwas zu sagen. Wahrscheinlich hatte sie ihn erkannt.

Palkows Bedürfnis, sich zu erklären, wurde übermächtig. »Es geht um eine Befragung, Frau Bergmann. Wir benötigen lediglich eine Auskunft von Ka... äh, Ihrer Tochter.«

Jakubzik warf ihm einen ärgerlichen Blick zu. »Wo hält sich Ihre Tochter auf?«, fragte er scharf.

»Kathrin ist volljährig. Sie ist niemandem Rechenschaft schuldig. Ich weiß nicht, wo sie im Augenblick ist.« Sie zuckte scheinbar lässig mit den Schultern.

Der Leutnant presste die Lippen zusammen und starrte die Frau böse an. »Wir überzeugen uns selbst«, schnarrte er und gab Palkow einen Wink. »Treten Sie bitte zur Seite, der Genosse Unterleutnant wird einen kurzen Blick in die Räume werfen.«

Palkow zögerte, denn Frau Bergmann machte keinerlei Anstalten, den Durchgang freizugeben. »Es dauert nur einen Moment«, murmelte er entschuldigend.

»Na dann.« Sie ließ die Tür aufschwingen. »Schau dich um, Andi. Du kennst dich ja aus.«

Kathrin fühlte sich gut. Die Stunden mit Frank auf der Datsche waren unbeschwert und entspannt gewesen. Sie hatten sich ganz dem Gefühl der Freiheit hingegeben. Hatten Zwänge und Einengungen des Alltags hinter sich gelassen und nur sich selbst, ihre Empfindungen und Gedanken als bedeutend wahrgenommen. Sogar die seltsame Ahnung, durch Franks Flucht in Schwierigkeiten geraten zu können, hatte sich weitgehend verflüchtigt. Mit einem zufriedenen und satten Gefühl in Körper und Seele hatte sie den Heimweg zurückgelegt, ohne die Beschwernis des verschlungenen Waldweges überhaupt wahrzunehmen.

Als sie die Straße erreichte, in der ihr Elternhaus stand, war sie in Gedanken schon beim nächsten Tag. Sie würde für sich und Frank ein Picknick vorbereiten und neben Wasser und Club-Cola auch ein paar Flaschen Nordbräu mitbringen.

Den Wagen sah sie erst, als die Insassen ausstiegen. Ein Uniformierter und ein Mann in Zivil. Waren dieser seltsame Vopo und sein unangenehmer Kollege nicht auch mit einem solchen Lada gekommen?

Kathrin fröstelte. Wenn es wieder diese Männer waren, kamen sie wegen Frank. Mit einem Schlag verschwanden die angenehmen Gefühle und machten einer schlimmen Erinnerung Platz. An eine Begegnung mit der Staatssicherheit.

Unwillkürlich verlangsamte sie ihre Schritte. Ein innerer Impuls drängte sie, davonzulaufen. Doch die Männer kamen rasch näher. Jetzt erkannte Kathrin die Gesichter. Es waren der Narbige und der Volkspolizist mit dem bewundernden Blick. Für eine Flucht oder ein Ausweichen war es zu spät.

»Wir müssen mit Ihnen sprechen«, rief das Narbengesicht, als sie sich bis auf einige Meter genähert hatte. »Machen Sie bitte keine Schwierigkeiten.«

Kathrin schaute abschätzig zu ihnen hinüber. »Worum geht es?«, fragte sie, als sie den Männern gegenüberstand.

»Das erklären wir Ihnen auf der Dienststelle«, antwortete er.

»Dienststelle?« Kathrin durchzuckte ein eisiger Schreck. Ein lange verdrängtes Bild tauchte vor ihrem inneren Auge auf. Ein kahles Zimmer. Vier Stühle. Zwei Männer. Sie verlangen von ihr, Mitschüler zu bespitzeln. Im Interesse des Staates. »Es geht um den Schutz von Personen und um vorbeugende Arbeit, mit der Schaden für die Gesellschaft abgewendet werden soll.«

»Worum geht es?«, wiederholte sie.

»Um Sie, Fräulein Bergmann.« Der Stasi-Offizier grinste. »Um Sie und Ihre Tätigkeit an der Universität Greifswald.«

Kathrin spürte ein wenig Erleichterung. Es gab nichts, was man ihr vorwerfen konnte. Offenbar sollte sie erneut als IM geworben werden. Das würde sie ablehnen. Damit wäre die Sache erledigt.

# 6

Auf beiden Seiten des Wasserweges war der Autoverkehr durch rot-weiße Schranken gestoppt worden. Auch Fußgänger und Radfahrer warteten an den Absperrungen. Von irgendwoher ertönte ein Klingelzeichen. Fasziniert beobachtete Hanna Wolf, wie die Brücke vor ihr zur Seite schwenkte, bis sie schließlich parallel zum Ufer lag und den Blick auf das Wasser freigab.

»Eine erstaunliche Konstruktion«, murmelte sie und zückte den Fotoapparat, um die Szene festzuhalten. Die nun freigelegte See-Enge war groß genug, um das herannahende Schiff durchzulassen, ein Fahrgastschiff.

»R. Wossidlo«, las Hanna am Steuerhaus. Offenbar war das Schiff nach einer bedeutenden Persönlichkeit benannt. Doch der Name sagte ihr nichts.

Von der gedrehten Brücke aus schwenkte plötzlich ein Sammelbeutel an einer langen Stange zum Schiff hinüber. Passagiere warfen Münzen hinein. Offenbar sammelte der Brückenwärter einen freiwilligen Obulus ein.

Hanna wandte sich zu Jonas um. »Eigentlich gar nicht so schlecht – vom Wasser aus die Landschaft zu betrachten. Vielleicht sollten wir auch mal so einen Ausflug machen.«

Ihr Freund verzog das Gesicht. »Das sind Rentner-Rundfahrten.«

Jonas hatte Recht. Fast alle Menschen auf dem offenen Oberdeck trugen helle Jacken. Rentnerbeige, dachte Hanna. Und die meisten Köpfe grau. Aber die Stimmung schien gut zu sein. Fröhliche Gesichter, vielfach sonnengebräunt, lachten herüber. Rufe und Sprüche flogen den Wartenden zu.

Hanna stieß Jonas in die Seite. »Und wenn schon. Uns kennt doch hier keiner. Lass uns wenigstens mal erkunden, welche Möglichkeiten es gibt. Ich stelle mir das herrlich vor. Über das Wasser gleiten, die Sonne und den Blick in die Landschaft genießen, dabei ein Gläschen Sekt oder Bier schlürfen.«

Jonas lachte. »Das mit dem Bier könnte mich überzeugen.« Er deutete zur Terrasse eines Restaurants auf der anderen Seite. »Vielleicht können wir nachher dort drüben die Einzelheiten besprechen.«

»Das sieht einladend aus«, nickte Hanna.

Nachdem die Drehbrücke unter erneutem Klingeln die Verbindung zwischen Festland und Insel wiederhergestellt hatte, überquerten Hanna und Jonas zu Fuß den Wasserweg und wanderten durch die engen Straßen der mittelalterlichen Stadtinsel.

»Lass uns mal hier runtergehen.« Hanna deutete auf einen schmalen Weg zwischen den Häusern, an dessen Ende Wasser schimmerte. Sie erreichten einen hölzernen Steg. Am gegenüberliegenden Ufer schaukelten Boote vor Gartengrundstücken und Häusern, im Hintergrund erhob sich ein verlassenes Gebäude aus rotem Ziegelstein mit dunklen Fensterhöhlen.

»Sieht aus wie eine ehemalige Fabrik«, vermutete Hanna.

Jonas nickte. »Das muss die alte Weberei sein. Malchow war früher die Stadt der Tuchmacher. Aus der Industrieruine soll eines Tages ein Hotel werden.«

»Schwer vorstellbar.« Hanna wandte sich um. »Komm, lass uns zurückgehen. Hier kommen wir nirgends weiter.«

Nachdem sie ihren Rundgang beendet hatten, steuerte Jonas auf ein Restaurant zu, das Hanna schon von der Drehbrücke aus wegen seiner Architektur aufgefallen war. Runde Fenster, die wie Bullaugen eines Schiffes wirkten, daneben der Eingangsbereich in Form eines weinroten Segels. Sie fanden einen freien Tisch auf der Terrasse. Vor der Kulisse des gegenüberliegenden Ufers mit der imposanten Klosterkirche zogen Yachten und kleinere Motorboote weiße Linien ins blaue Wasser.

Während Hanna und ihr Freund die Karte studierten, nahm einige Schritte weiter ein unauffällig gekleideter Mann mittleren Alters Platz. Er setzte sich so, dass er die übrigen Tische im Blick hatte, ohne den Kopf nennenswert drehen zu müssen.Das kleine Gerät, das er aus der Tasche zog, sah aus wie ein MP3-Player und besaß einen Ohrhörer. Den Apparat legte er auf den Tisch und lehnte sich, die Stöpsel im Ohr, zurück. Sein übergeschlagenes Bein begann im Takt einer imaginären Musik zu wippen.

Was er stattdessen hörte, war nicht besonders interessant. Das Gespräch drehte sich um Sehenswürdigkeiten an der mecklenburgischen Seenplatte, den Blick auf den See und die Qualität der Eisbecher. Nur einmal erwähnten sie ein Detail, das möglicherweise von Bedeutung war. Eine Verabredung mit einem Zeitungsredakteur. Normale Touristen aus dem Westen würden sich kaum mit einem Journalisten der Müritz-Zeitung treffen. Diese Zusammenkunft sollte er im Auge behalten.

Als seine Zielperson und ihr Begleiter eine knappe Stunde später zahlten, verlangte auch er die Rechnung. Kurz darauf folgte er dem Paar über die Drehbrücke zur Kirchenstraße und von dort weiter zum Stadthafen. Als die Frau sich zum zweiten Mal umdrehte und ihn unauffällig musterte, wandte er sich ab und tauchte in der Menge der flanierenden Touristen und geschäftigen Einheimischen unter.

»Was ist?«, fragte Jonas, als Hanna sich erneut suchend umsah.

»Ich habe das Gefühl, dass wir verfolgt werden.«

»Du siehst Gespenster. Wer sollte uns verfolgen?«

»Ich weiß auch nicht.« Hanna hob die Schultern. »Aber dieser Typ, der die ganze Zeit neben uns im Rosendomizil gesessen hat, ist uns hierher gefolgt.«

Jonas sah sich ebenfalls um. »Wen meinst du?«

»Jetzt ist er weg«, seufzte Hanna. »Vielleicht habe ich mich doch getäuscht.«

»Bestimmt Zufall. Wir sind sicher nicht die Einzigen, die sich die Insel anschauen und anschließend irgendwo zu einer Erfrischung niederlassen. Und dass man sich am Hafen wiedertrifft, ist auch nicht unwahrscheinlich. Schon wegen der Parkplätze.« Nach einem Blick auf die Uhr fuhr Jonas fort: »Langsam wird es Zeit, an unsere Verabredung zu denken. Auf keinen Fall sollten wir Rainer warten lassen.«

Kriminalhauptkommissar Peter Königstein kramte seine Lesebrille hervor, schlug die Akte auf und überflog noch einmal den Text, den er längst kannte. Das Ergebnis der rechtsmedizinischen Untersuchung jenes seltsamen Fundes, den ihm die Kollegin aus Hessen gebracht hatte. Tatsächlich stammte das Ohr von einem Menschen. Männlich, mittleres bis fortgeschrittenes Alter. Das Ergebnis der DNA-Analyse durch das Institut für Rechtsmedizin stand noch aus. Man könnte den Fall, der genau genommen gar keiner war, erst einmal zu den Akten legen. Und nur dann wieder hervorholen, wenn eine männliche Leiche gefunden wurde, der ein Ohr fehlte.

Königstein ahnte jedoch, dass sich die Kollegin Wolf damit nicht zufrieden geben würde. Dummerweise hatte er ihr zugesagt, sie über das Untersuchungsergebnis zu informieren. Er nahm ihre Visitenkarte auf und strich mit einer fast zärtlichen Geste über das Papier. Hanna Wolf. Statt des Kärtchens sah er ihr Gesicht vor sich. Ihr Besuch hatte ihn stärker berührt, als er sich eingestanden hatte. Und der Grund war keineswegs die ungewöhnliche Fundsache.

Er streckte die Hand nach dem Telefonhörer aus. Doch er hob ihn nicht ab. Anrufen konnte er auch morgen noch. Oder übermorgen. Bis dahin lag vielleicht auch die DNA-Analyse vor. Dann war die Sache klar. Kein Fall, keine Ermittlungen.

Im hintersten Winkel seines Bewusstseins regte sich Widerspruch. Wunschdenken und Fakten konnte er noch immer auseinanderhalten, und da war etwas, das sich gegen seine Hoffnung sperrte. Je länger er über das Telefongespräch mit seinem Vorgesetzten nachdachte, desto rätselhafter erschien ihm dessen Äußerung. Die Geschichte mit dem Ohr hatte er eher beiläufig erwähnt. Und eigentlich auch nur, weil sie so ungewöhnlich war und deshalb einen gewissen Unterhaltungswert besaß. Doch Kriminaloberrat Fritsch hatte kurz darauf zurückgerufen und ihn angewiesen, in der Angelegenheit diskret zu agieren und ihn über jeden neuen Schritt und jede neue Entwicklung sofort zu informieren.

Das kam selten vor. Und wenn, ging es meistens darum, in der Öffentlichkeit einen guten Eindruck zu machen. Was konnte in diesem Fall das Bild der Polizei beeinflussen? Oder gab es einen anderen Grund für das Interesse des Chefs?

Missmutig starrte Königstein auf das Telefon. Sollte er ihn einfach fragen? Unwillkürlich schüttelte er den Kopf. Erst mal abwarten. Zumindest bis das Labor ein Ergebnis übermittelte.

Entschlossen klappte er den Aktendeckel zu, verstaute seine Lesebrille und sah auf die Uhr. Da es nichts Dringendes zu erledigen gab, würde er Feierabend machen. Seine Gedanken eilten voraus. Das Bootshaus am Plauer See, das er im Frühjahr erworben hatte, war in einem schlechten Zustand. Es gab viel zu tun. Auf dem Weg würde er beim Baumarkt halten, um sich mit Dichtungsmasse, Teerpappe und Nägeln zu versorgen.

Als er die Tür seines Büros erreichte, klingelte das Telefon. Unwillig drehte er sich um, ließ den Apparat vier- oder fünfmal klingeln, dann kehrte er seufzend zurück zum Schreibtisch und nahm ab.

Es war schon wieder der Kriminaloberrat. »Vergessen Sie das Ohr, Kollege Königstein! Das LKA übernimmt den Fall und die weiteren Ermittlungen. Wir sind raus.«

»Fall? Ermittlungen?«, wiederholte der Hauptkommissar konsterniert. »Wieso ...?«

»Keine Fragen!«, unterbrach ihn Fritsch. »Es gibt auch keine Antworten. Die Angelegenheit ist delikat. Nicht nur wegen des Fundortes. Warum, weiß ich selbst nicht. Und Sie behalten bitte die Geschichte für sich. Und sorgen Sie dafür, dass die Kollegin aus dem Westen nichts mitkriegt! Offiziell gibt es keinen Fall und keine Ermittlungen. Punkt. Ende. Aus. Haben Sie mich verstanden?«

»Ja, aber ...«

»Kein aber, Herr Kollege! Sorgen Sie dafür, dass diese Dame Ruhe gibt. Das ist alles. Auf Wiederhören.«

Bevor Königstein antworten konnte, hatte sein Vorgesetzter aufgelegt.

Er ließ den Hörer auf die Gabel gleiten und zuckte mit den Schultern. Hatte er sich nicht gewünscht, dass es keinen Fall geben würde? Nun gab es keinen Fall, und trotzdem war er unzufrieden. »Warum zieht das LKA die Sache an sich?«, murmelte er und starrte erneut auf das Telefon. Offenbar hatten die Rechtsmediziner etwas gefunden. Vielleicht eine DNA, mit der die Landeskriminaler etwas anfangen konnten. Und das war so bedeutend, dass sie den Kollegen in Waren und Röbel die Lösung des Falles nicht zutrauten. Schon gar nicht der Außenstelle Röbel. »Na wartet«, knurrte Königstein. »Mich könnt ihr nicht an der Nase herumführen.« In der Abteilung für Kriminalwissenschaft und -technik arbeitete sein alter Freund Klaus Mittelstedt. Der würde herausbekommen, was es mit dem Fall auf sich hatte. In seinem privaten Notizbuch fand Königstein die Nummer.

Mittelstedt meldete sich sofort und hörte aufmerksam zu. »Davon habe ich noch nichts mitbekommen«, sagte er. »Aber ich erkundige mich und rufe dich in zehn Minuten zurück. Bist du im Büro?«

»Ich warte.« Königstein ließ sich auf seinen Bürostuhl fallen und trommelte ungeduldig mit den Fingern auf die Schreibtischplatte. Als das Telefon klingelte, griff er sofort zum Hörer. »Ja?«

»Bis du's, Peter?«

»Natürlich. Wer sonst? Hast du was herausbekommen?«

»Du hast es ja eilig.« Mittelstedt lachte. »Also gut, ich will dich nicht auf die Folter spannen. Dieses ... Ohr ... hat einen interessanten Hinweis geliefert.«

»Auf eine bekannte DNA?«

»Damit sind die Kollegen noch nicht fertig. Interessant ist aber etwas anderes. Der Wels hat das Ohr gar nicht abgefressen.«

»Sondern?« Königstein platzte fast vor Neugier.

»Es wurde dem Mann bei lebendigem Leibe abgeschnitten. Und dann vermutlich ins Wasser geworfen, wo es sich der Fisch geschnappt hat.«

Der Hauptkommissar stieß einen Laut der Verwunderung aus. »Also könnte es sich tatsächlich um ein Tötungsdelikt handeln. Unglaublich. Aber warum interessiert sich das LKA dafür?«

»Einen solchen Fall hatten wir schon mal. Vor etwa zwanzig Jahren. Das Opfer war ein Polizeibeamter.«

»Ein Kollege? Vor 20 Jahren?«

»Der Begriff Kollege ist vielleicht nicht ganz passend. Es handelte sich um einen ehemaligen Mitarbeiter des Ministeriums für Staatssicherheit.«

»Und dem wurde auch ein Ohr abgeschnitten?«

»Nicht eins - beide.«

Etwa zu der Zeit, in der Kriminalhauptkommissar Peter Königstein gedankenvoll seine Dienststelle verließ, wurden Hanna Wolf und Jonas Roth von Rainer Ürdinger begrüßt. Er führte sie in sein Büro. »Ich glaube, ich habe eine Spur, das Material habe ich schon vorbereitet.« Nicht nur auf seinem Schreib- auch auf dem angrenzenden Besprechungstisch waren Dokumente verteilt.

Jonas Roth nickte anerkennend. »Beeindruckend.«

Und Hanna fügte hinzu: »Das ging aber schnell, ich bin gespannt.«

»Das kannst du sein«, grinste Ürdinger. »Setzt euch doch. Ich erzähle euch erst mal, worum es sich handelt. Als ihr gestern gegangen seid, habe ich schnell checken können, dass wir in der Redaktion nichts Interessantes aus der letzten Zeit haben, was uns weiterhelfen könnte. Also habe ich angefangen, die Bestattungsunternehmen aufzusuchen. Zunächst völlig erfolglos. Aber heute Morgen, ich war kaum in der Redaktion angekommen, hat mich jemand angerufen. Er wollte seinen Namen auf gar keinen Fall nennen und hat von mir verlangt, dass ich nicht versuche, ihn ausfindig zu machen. Erst als ich ihm das zugesichert habe, und ihm erklärt habe, dass wir unsere Informanten auch der Polizei nicht preisgeben müssen, hat er mich auf eine Geschichte aufmerksam gemacht, die zwanzig Jahre zurückliegt und mit der ich mich mal beschäftigen solle.«

»Hast du eine Ahnung, wer das gewesen sein könnte?«, fragte Hanna neugierig.

»Hanna!«, mahnte Jonas, »du hast doch gehört, was Rainer gerade gesagt hat.«

»Er muss mir ja nicht verraten, an wen er denkt, sondern nur, ob er jemanden im Auge hat. Aber gut, ich frag nicht mehr.«

»Okay, dann können wir uns gemeinsam einzelne Unterlagen genauer ansehen. Ich meine, der Tipp war gut, ich habe alles, was ich finden konnte, aus dem Archiv geholt. So viel schon einmal vorweg: Es handelt sich um einen Fall, den Polizei und Staatsanwaltschaft außergewöhnlich schnell zu einem natürlichen Todesfall erklärt haben. Man hat in der Binnenmüritz ein verlassenes Boot mit Angelausrüstung und zwei Wochen später den Mann dazu gefunden. Angeblich lag kein Fremdverschulden vor, denn laut ärztlicher Untersuchung ist er beim Angeln an einem Herzinfarkt gestorben und in den See gefallen. Er wurde aus dem Wasser gezogen und ziemlich schnell beerdigt.«

»Hat denn niemand die Todesursache hinterfragt?« Hanna schüttelte den Kopf. »Die Frau, die Familie, Freunde?«

»Angeblich gab es keine Angehörigen. Aber lasst uns das noch einmal genau anschauen. Möchtet ihr etwas trinken? Kaffee? Espresso? Cappuccino?«

»Sehr verlockend. Danke.« Hanna beugte sich über die Ausdrucke. »Aber wir hatten schon Kaffee und Eis. Ein Glas Wasser wäre nicht schlecht.« Sie wandte sich an Jonas. »Für dich auch?« Ihr Freund hatte eines der Blätter aufgenommen und nickte abwesend.

Während Rainer Ürdinger sich um die Getränke kümmerte und Hanna und Jonas versuchten, sich in dem Gewirr von Artikeln und Notizen auf seinen Tischen zu orientieren, zog unten auf der Straße ein Mann in einem unauffälligen Mittelklassewagen ein Handy aus der Tasche und wählte eine Nummer, die er von einem Zettel ablas. Als sich sein Gesprächspartner meldete, sprach er ohne Begrüßung. »Sie sind in der Redaktion der Müritz-Zeitung. Mit wem und worüber sie sprechen, konnte ich nicht herausfinden. Soll ich dranbleiben?«

»Nicht nötig«, erklang es aus dem Hörer. »Jedenfalls heute nicht. Ich melde mich wieder.«

Eine gute Stunde später öffnete Rainer Ürdinger die Fenster seines Büros. »Ich glaube, wir sollten mal ein bisschen frische Luft hereinlassen.«

Hanna nickte. »Mir schwirrt auch schon der Kopf. Soviel Material zu einem einzigen Todesfall. Tragt ihr immer so viele Informationen zusammen?«

Ürdinger schüttelte den Kopf. »In diesem Fall gab es zum einen – wie ihr gesehen habt – widersprüchliche Informationen aus den Behörden. Zum anderen war hier gerade eine schwierige Zeit. Der Tote aus dem See kam den Kollegen sicher gerade recht. Sie hatten ein Thema, an dem sie sich festbeißen konnten.«

»Wie auch immer – der Fall liegt über zwanzig Jahre zurück«, wandte Jonas Roth ein. »So lange kann der Fisch das Ohr nicht im Magen gehabt haben. Also muss es in diesen Tagen eine neue Leiche gegeben haben. Die treibt wahrscheinlich noch im Wasser.« Er wandte sich an Hanna. »Wird denn immer noch niemand vermisst?«

»Davon müssen wir wohl ausgehen, Kommissar Königstein hätte mich sonst hoffentlich informiert.«

»Irgendwo muss das Ohr doch herkommen.«

»Sicher.« Hanna breitete die Arme aus. »Aber darüber können wir nur spekulieren. Ich fürchte, wir kommen nicht weiter. Uns bleibt nichts anderes übrig, als abzuwarten. Bis Königstein sich meldet. Vorher können wir nichts tun.«

Rainer Ürdinger kippelte unruhig auf seinem Stuhl. »Vielleicht doch.«

Hanna Wolf und Jonas Roth sahen ihn fragend an.

Mit einer ausladenden Bewegung seiner Arme umfasste er das gesamte vor ihnen liegende Material. »Wir sind uns sicher einig, dass dieser Fall nicht wirklich aufgeklärt worden ist. Es gibt keine nachprüfbare offizielle Auskunft über die Identität des Toten. Es gab keine Angehörigen. Niemand kannte ihn. Der angegebene Name stand in keinem Telefonbuch. Die angegebene Todesursache kann stimmen, muss aber nicht. Eine Vermisstenmeldung gab es angeblich nicht. 1990 herrschte hier Chaos. Die Polizei war noch nicht neu organisiert. Die Arbeit wurde von Leuten gemacht, die nicht nach der Grenzöffnung in den Westen gegangen waren und die selbst nicht wussten, ob sie mit ihrer Vergangenheit eine Zukunft hatten. Als die Leiche gefunden wurde, hat man den Fall in atemberaubender Geschwindigkeit aufgeklärt. Damals hieß es: natürliche Todesursache, Identität ungeklärt, keine Angehörigen. Niemand hat sich dafür interessiert. Die Leute hatten andere Sorgen. Es ging um die Segnungen des Kapitalismus, um die D-Mark, um die Arbeitsplätze.«

»Ich weiß immer noch nicht«, zweifelte Hanna, »wo wir ansetzen sollen.«

Ürdinger hörte auf zu kippeln. »Bei denen, die ein Interesse daran haben, Menschen zum Schweigen zu bringen. Weil sie ihnen gefährlich werden könnten.«

»Davon gibt es sicher einige«, mutmaßte Jonas Roth. »Aber das ist viel zu vage, geradezu abstrakt.«

Sein Freund sah ihn an. »Im Gegenteil, Jonas. Ganz konkret. Eine reale Organisation. O.D.E.M.

»Odem? Atem?«, fragte Hanna. »Ich verstehe nicht ...«

»O.D.E.M. Organisation der ehemaligen Mitarbeiter.«

»Von was? Von wem?«

»Vom Staatssicherheitsdienst der DDR. Im Herbst 1989 hatte das MfS über 90.000 hauptamtliche und fast doppelt so viele inoffizielle Mitarbeiter. Glaubt ihr, die sind alle spurlos verschwunden?«

Rainer Ürdinger deutete auf seinen Monitor. »Kommt mal hinter den Schreibtisch! Ich zeige euch was.«

Er betätigte einige Tasten und klickte mit der Maus in die Liste der von Google gefundenen Adressen. Auf dem schwarzen Bildschirm erschien ein Satz in kleiner weißer Schrift. »Und sie erschlugen alle, die darin waren, mit der Schärfe des Schwerts und vollstreckten den Bann an ihnen, und nichts blieb übrig, was ODEM hatte.«

»Das klingt nach Bibel, Altes Testament«, vermutete Jonas Roth.

»Richtig«, bestätigte Ürdinger. »Buch Josua. Über die Landnahme im Westjordanland. Und jetzt passt auf!« Er klickte auf ODEM.

Die Schrift verschwand, stattdessen tauchte die schlichte Homepage eines Eberhard Küritz auf. Außer weiteren Bibelzitaten und einer Postfachadresse gab es keinerlei Informationen. Der Aufruf anderer Seiten war durch ein Passwort geschützt. Nur für Mitglieder mit Zugangscode. Interessenten konnten über das Postfach Kontakt mit Küritz aufnehmen.

»Kennst du das Passwort?«, fragte Hanna.

Ürdinger schüttelte den Kopf. »Als ich vor Jahren auf die Seite gestoßen bin, hat ein Freund von mir den Zugang geknackt. Aber inzwischen haben die das Passwort natürlich längst geändert. Die Seiten geben aber auch nicht viel her. Genau genommen haben sie gar keine Inhalte. Sie dienen offenbar nur dazu, den Kontakt zwischen den Mitgliedern dieser Gruppierung zu halten und zu organisieren. Interessant daran ist, dass sie überhaupt existieren und benutzt werden. Das heißt, mindestens einige der zahlreichen ehemaligen hauptamtlichen Mitarbeiter der Staatssicherheit stehen untereinander in Verbindung. Und das tun sie sicher nicht nur zum Zeitvertreib.«

»Du meinst«, fragte Jonas Roth, »die arbeiten im Untergrund an irgendwelchen Schweinereien?«

Sein Freund hob die Schultern. »Woran sonst? Zumindest an einer rechtfertigenden Geschichtsklitterung.« Er deutete auf den Monitor. »Du glaubst gar nicht, was du im Netz an verqueren Darstellungen der DDR-Verhältnisse findest. Das sind nicht nur harmlose ostalgische Dummheiten.«

# 7

Das Haus am Mühlenberg lag nur wenige Schritte hinter dem Polizeigebäude. Auf den ersten Blick war ihm nicht anzusehen, welche Behörde hier ihren Sitz hatte. Kathrin wurde in ein Zimmer geführt, das dem aus ihrer Erinnerung glich. Kahle Wände, ein verschrammter Holztisch mit einer fleckigen Tischplatte, darauf ein graues Telefon, vier schlichte Stühle.

Der Leutnant vom MfS schickte seinen uniformierten Begleiter fort und bedeutete ihr, Platz zu nehmen. Sie schüttelte den Kopf. »Ich stehe lieber.«

»Wie Sie wollen.« Er warf einen Aktenordner auf den Tisch und ließ sich auf einen der Stühle fallen. »Aber Sie müssen sich das hier schon ansehen.« Aus dem Ordner zog er ein Blatt und drehte es so, dass sie die Schrift erkennen konnte. Sie trat ein wenig näher heran und beugte sich vor.

»Frauen für den Frieden«, las sie halblaut, zuckte dann mit den Schultern. »Und? Sind wir nicht alle für den Frieden?«

Das Narbengesicht schnaubte. »Sie verkennen den Ernst der Lage, Fräulein Bergmann.« Er tippte auf das Blatt. »Der Charakter dieses Pamphlets dürfte Ihnen bekannt sein. Sein Inhalt ist eindeutig staatsfeindlicher Natur.«

Kathrin trat einen Schritt zurück. »Das verstehe ich nicht. Die Deutsche Demokratische Republik gehört doch zu den friedliebenden Nationen. Also ist es zu begrüßen, wenn sich Bürgerinnen für den Frieden einsetzen.«

»Ihr Hochmut wird Ihnen schon noch vergehen«, murmelte Jakubzik. Er nahm den Ordner, lehnte sich zurück und klappte den Aktendeckel auf.

»Sie studieren Kunst in Greifswald?«

Kathrin nickte. »Ja.«

»Und Sie haben dort Zugang zu Einrichtungen, die zur Herstellung von Druckerzeugnissen geeignet sind?«

»Das gehört zu meiner Ausbildung. Radierung, Siebdruck, Lithographie ...«

»Sie besitzen eine Schreibmaschine aus dem Büromaschinenwerk Erfurt vom Typ Optima?«

»Ich weiß nicht, wo sie herkommt und wie sie heißt. Mein Vater kannte jemanden, der sie rumstehen hatte, der hat sie mir überlassen. Was sollen diese Fragen? Worauf wollen Sie hinaus?«

»Die Fragen stelle ich«, bellte Jakubzik und zog ein Blatt aus dem Ordner. »Ein kriminaltechnischer Vergleich der Schrifttypen hat den Nachweis erbracht, dass auf dieser Schreibmaschine Teile der vorliegenden Schmähschrift gegen die Staatsführung der DDR verfasst wurden.«

Empört schüttelte Kathrin den Kopf. »Was für ein Unsinn! Welches Schriftstück auch immer gemeint ist - ich habe es nicht verfasst und nicht getippt. Ich habe nur Referate und Seminararbeiten auf meiner Schreibmaschine geschrieben.«

Der Mann von der Staatssicherheit schüttelte nun ebenfalls den Kopf. »Sie können sich nicht herausreden. Wir haben Sie zweifelsfrei als Urheberin des staatsfeindlichen Textes identifiziert. Darum müssen wir davon ausgehen, dass Sie darüber hinaus die drucktechnischen Einrichtungen der Universität Greifswald für subversive politische Zwecke missbraucht haben. Außerdem müssen wir Sie aufgrund der aufgefundenen Dokumente einer Gruppierung zurechnen, deren zersetzende Aktivitäten schon seit einiger Zeit bekannt sind. Sie wird von einer gewissen Bärbel Bohley geführt. Insofern haben Sie sich sowohl der staatsfeindlichen Hetze als auch staatsfeindlicher Gruppenbildung schuldig gemacht. Paragraphen 106 und 107 Strafgesetzbuch der DDR.«

Das mulmige Gefühl, das sich in Kathrin ausgebreitet hatte, verdichtete sich zu einer beängstigenden Bestürzung. Sie ballte unbewusst die Fäuste, so dass sich ihre Fingernägel schmerzend in die Handflächen bohrten. Alles Lüge, wollte sie schreien. Doch damit hätte sie sich eine Blöße gegeben. Sie presste die Lippen zusammen und starrte den Leutnant böse an.

Der verzog sein narbiges Gesicht zu einem Grinsen und deutete auf einen Stuhl. »Wollen Sie sich nicht doch setzen?«

Kathrin schüttelte stumm den Kopf.

Jakubzik griff zum Telefon und wählte. »Wir machen jetzt ein Protokoll«, sagte er in die Sprechmuschel und legte wieder auf.

Kurz darauf erschien ein Volkspolizist mit Block und Bleistift. Seinen Versuch, ihren Blick aufzufangen, nahm Kathrin gar nicht wahr. In ihrem Kopf kreisten Fragen und Gedanken. Was dieser MfS-Offizier behauptete, war nicht nur falsch, sondern völlig absurd. Weder hatte sie sich einer Gruppe angeschlossen noch irgendwelche kritischen Texte verfasst. Natürlich hatte es an der Universität Diskussionen gegeben, deren Inhalt der Staatsführung nicht gefallen dürfte. Daran hatte sie sich zwar beteiligt, aber man war dort unter sich gewesen. Oder doch nicht? Hatte ein IM unter den Studenten Äußerungen mitgeschrieben und weitergeleitet? Kathrin versuchte sich daran zu erinnern, wann sie was und in welchem Zusammenhang gesagt hatte. Doch ihr fiel nichts ein, woraus man einen Vorwurf hätte konstruieren können. Aber darum ging es ja auch gar nicht. Was dieser Mann ihr vorwarf, hatte nichts mit gelegentlichen kritischen Äußerungen zu tun.

Die Stimme des Offiziers riss sie aus ihren Gedanken. Geschäftsmäßig diktierte er Ort, Datum und Uhrzeit, seinen Dienstgrad, seinen Namen. Fragte Kathrin nach Geburtsdatum und Geburtsort. Der junge Polizist schrieb eifrig mit. »Das Protokoll führt Unterleutnant Palkow«, schnarrte Jakubzik weiter. Der Name löste bei Kathrin eine vage Erinnerung aus. Sie glaubte jemanden zu kennen, der Palkow hieß, wusste aber nicht, wen sie damit in Verbindung bringen sollte. Sie musterte den Uniformierten, doch der beugte sich über seinen Block.

»Vernehmung der Studentin Bergmann, Kathrin«, fuhr die Stimme fort. »Befragt zu ihren staatsfeindlichen Aktivitäten an der Universität Greifswald, kann die Beschuldigte die vorliegenden Beweise nicht entkräften. Im Einzelnen liegen dem Vernehmenden folgende Beweisstücke vor. Ein auf einer Druckmaschine hergestelltes Flugblatt mit staatsfeindlichen Parolen (Anlage eins). Ein auf der Schreibmaschine der Bergmann erstellter Text (Original), der Bestandteil des Pamphlets ist (Anlage zwei). Haben Sie das, Genosse Unterleutnant?«

Der uniformierte Vopo sah nicht auf. »Jawohl, Genosse Leutnant.«

Entsetzt flog Kathrins Blick zwischen den Beamten hin und her. »Aber das ist doch alles nicht wahr!«, brach es aus ihr hervor. »Mit Ihren sogenannten Beweisen habe ich nicht das Geringste zu tun!«

»Ach ja?« Jakubzik grinste. »Wie ich bereits sagte: Sie verkennen den Ernst der Lage. Die Beweisstücke wurden bei einer operativen Aktion in Ihrem Zimmer gefunden. Die reichen für mindestens zwölf Monate Bautzen.«

Kathrin spürte plötzlich eine Leere im Kopf. Die Wände des Raumes schienen sich zu bewegen, der Fußboden schwankte. Sie klammerte sich an die Lehne eines Stuhls. Im nächsten Augenblick fasste eine Hand ihren Arm, half ihr, sich zu setzen. Wie aus weiter Ferne vernahm sie die Stimme des Offiziers. »Holen Sie der Frau mal etwas Wasser .« Der uniformierte Polizist verschwand, kehrte kurz darauf zurück und hielt ihr ein Glas vors Gesicht. Automatisch griff Kathrin zu und trank.

Aus dem Nebel, der sie kurzzeitig umgeben hatte, tauchte das Gesicht des Stasi-Offiziers auf. Er grinste noch immer. »Habe ich Sie erschreckt?« Er breitete die Arme aus. »Nun, so sind die Tatsachen. Aber man ist ja kein Unmensch. Wir sind durchaus bereit, Ihnen zu helfen.« Er tippte auf die Akte. »Ob dieses Material verwendet wird, hängt davon ab, wie kooperativ Sie sich zeigen.«

»Kooperativ?« Kathrins Stimme erzeugte nicht mehr als ein Krächzen.

Jakubzik nickte. »Sie arbeiten mit uns zusammen, und wir helfen Ihnen. Das ist in diesem Fall gar nicht so schwer. Können Sie sich vorstellen, uns mit einer kleinen Auskunft zu dienen?«

»Kleine Auskunft?« Eine ungute Ahnung befiel Kathrin.

»Richtig«, bestätigte der Offizier. »Genau genommen geht es nur um einen Hinweis.« Er beugte sich vor, sein Grinsen hatte er plötzlich abgeschaltet. »Wir möchten von Ihnen wissen, wo sich ein gewisser Peters aufhält. Frank Peters. Den kennen Sie doch.«

Unwillig schüttelte Kathrin den Kopf. Sie sollte Frank verraten? Unvorstellbar.

»Sie kennen ihn nicht?«, fragte Jakubzik lauernd.

»Frank ist ...«, begann Kathrin und biss sich gleich darauf auf die Zunge. Was sollte sie sagen? Alle wussten, dass sie ein Paar waren. In Eldenburg sowieso, in Röbel wahrscheinlich auch. Und natürlich die Kommilitonen in Greifswald und Rostock. Es wäre sinnlos, die Beziehung zu bestreiten. Außerdem wollte sie ihre Liebe auf keinen Fall verleugnen. Andererseits musste sie diesem Stasi-Schergen auch nichts auf die Nase binden, was ihn nichts anging.

Der Offizier gab seinen Kollegen ein Zeichen. Dieser nahm ein neues Blatt Papier.

»Bergmann, Kathrin, Personenkennziffer, Geburtsdatum, und so weiter«, fuhr er im Diktatton fort, »räumte ein, den flüchtigen Peters, Frank zu kennen. Der unterzeichnende operative Mitarbeiter belehrte die Bürgerin über ihre Pflicht zur wahrheitsgemäßen Aussage. Sodann befragte er sie zum derzeitigen Aufenthaltsort des gesuchten Peters.«

Auffordernd sah er sie an. »Nun? Wo hält er sich auf?«

Kathrin hob die Schultern. »Ich weiß es nicht.«

»Sie wissen es!«, fuhr Jakubzik sie scharf an. Aus seinem narbigen Gesicht sprach Wut. »Und Sie werden uns den Aufenthaltsort nennen. Anderenfalls ...« Er wedelte mit dem Aktenordner. »Wollen Sie für den Kerl ins Gefängnis gehen?«

»Ich habe mir nichts zuschulden kommen lassen«, murmelte Kathrin.

»Das zu beurteilen, müssen Sie schon uns überlassen«, fauchte der Offizier. »Wir haben eindeutige Beweise gegen Sie. Wenn Sie sich stur stellen, haben Sie die Konsequenzen zu tragen.«

Er beugte sich vor und setzte ein teuflisches Lächeln auf. Kathrin schlug sein schlechter Atem entgegen, als er mit sanfter Stimme fortfuhr. »Warum wollen Sie sich unbedingt diese Probleme einhandeln, Fräulein Bergmann? Ist es das wert? Ihrem ... also dem Peters ... geschieht doch nichts. Wir wollen ihn nur befragen. Das ist alles. Wenn wir mit ihm gesprochen haben, ist die Angelegenheit erledigt.« Er ließ die Akte auf den Tisch fallen. »Und von diesen Unterlagen müssen wir keinen Gebrauch machen.« Er wandte sich an seinen uniformierten Kollegen. »Nicht wahr, Genosse Unterleutnant?«

»So ist es«, murmelte der junge Mann undeutlich und beugte sich noch etwas tiefer über seine Blätter.

In Kathrin arbeitete es. Fieberhaft suchte sie nach einem Ausweg. »Vielleicht könnte ich ... Frank, ich meine Herrn Peters, eine Nachricht zukommen lassen. Dass er ... sich ... mit Ihnen ... in Verbindung setzt.«

Jakubzik lachte hämisch. »Sie meinen, wir lassen Sie hinausspazieren, damit Sie ihn warnen? Was glauben Sie, mit wem Sie es hier zu tun haben? Wir sind eine Dienststelle des Ministeriums für Staatssicherheit, Fräulein Bergmann.«

Kathrin kaute auf ihrer Unterlippe. Seltsame Bilder schossen ihr durch den Kopf. Von einer fensterlosen Zelle mit grauen Wänden. Einer Lampe, die unregelmäßig Licht gab. Eiserne Gittertüren, die mit ohrenbetäubendem Lärm zugeschlagen wurden. Ein Fressnapf, der durch eine Luke geschoben wurde. Das Klirren eines Schlüsselbundes. Erinnerungen an Erzählungen, die hinter vorgehaltener Hand weitergegeben wurden. Über Menschen, die sich mit der Staatsmacht angelegt hatten und dann verschwunden waren. Der Müritz-Fischer, der sich mit dem Ersten Sekretär der SED-Kreisleitung überworfen hatte; die Lehrerin, die einem Schüler verbotene Literatur zu lesen gegeben hatte; der Förster, der einem aus der Armee geflüchteten sowjetischen Soldaten Unterschlupf gewährt haben sollte. Plötzlich spürte sie Schweiß unter den Achseln, im Nacken und in den Handflächen. Hastig griff sie nach dem Glas und stürzte den Rest Wasser hinunter. »Gibt es keine andere Möglichkeit ...?« Sie brach ab, als sie bemerkte, dass ihre Stimme zitterte.

Der Offizier verschränkte die Arme. »Wir haben Ihnen ein sehr großzügiges Angebot gemacht. Was wollen Sie denn noch?«

Ich will hier raus, hätte Kathrin am liebsten geschrien. Ich will nicht ins Gefängnis. Und ich will Frank nicht verraten. »Gerechtigkeit«, murmelte sie stattdessen.

Fast mitleidig sah Jakubzik sie an. »Ich glaube, Sie brauchen noch etwas Zeit zum Nachdenken.« Er wandte sich an seinen Protokollanten. »Die Bürgerin«, diktierte er, »bat um eine Pause. Ihr wurde eine Stunde Bedenkzeit eingeräumt.« Er stand auf und nahm die Akte an sich. »Bringen Sie Fräulein Bergmann nach unten. In exakt einer Stunde machen wir weiter.« Dann verließ er den Raum.

Der uniformierte Volkspolizist schrieb den Satz zu Ende, legte seinen Bleistift ab und sah auf. Kathrin beachtete ihn nicht. Wie gelähmt starrte sie auf die Tür, durch die der Stasi-Mann verschwunden war. Sie hätte nicht sagen können, wie lange das Verhör gedauert hatte. Doch in den Minuten oder Stunden hatte sich die Welt verändert. Sie befand sich in einem Albtraum, von dem sie nicht wusste, wie und wann er enden würde. Sah keine Möglichkeit, sich daraus zu befreien. Fühlte sich gefangen in einem Gespinst aus Lügen und Täuschungen. Von den Machenschaften der Staatssicherheit hatte sie gehört, aber immer Zweifel an den geflüsterten Berichten gehabt. Weil sie sich nicht hatte vorstellen können, was es hieß, davon betroffen zu sein.

Sie zuckte zusammen, als jemand sie am Arm berührte und ihren Namen flüsterte. »Kathrin.« Ihren Vornamen! Jemand flüsterte ihren Vornamen. Drehte sie durch? »Kathrin«, flüsterte es erneut. »Ich kann dir helfen.« Erschreckt starrte sie in das Gesicht des Volkspolizisten. Er lächelte entschuldigend. »Kathrin«, sagte er ein drittes Mal. »Wir kennen uns. Ich bin Andi. Andreas. Aus Kamerun. Ich kann dir helfen.«

Kathrins ungläubiger Blick wich nur langsam der aufsteigenden Erinnerung. Andreas Palkow. Ein Bild aus Kindertagen erschien vor ihrem inneren Auge. Ein Mädchen und ein Junge und ein paar Ziegen. Sie zeigt ihm, dass man das braune Fell der Tiere streicheln kann, nennt sie beim Namen und erklärt ihre Eigenheiten.

»Andi«, flüsterte sie und warf einen ängstlichen Blick zur Tür. »Du ... hier?«

»Ich gehöre nicht zu ... Ich bin bei der Volkspolizei. Wir müssen für das MfS ...« Er brach ab, schüttelte den Kopf. »Für Erklärungen ist jetzt keine Zeit. Komm, ich muss dich in die Zelle bringen.« Er schob sie zur Tür. »Nicht sprechen«, flüsterte er eindringlich. »Erst wenn wir unten sind.«

Die Zelle war ein schwach beleuchteter, fensterloser Raum von weniger als zehn Quadratmetern. In einer Ecke stand eine hölzerne Liege mit einer fleckigen Matratze. Daneben ein Blecheimer. Muffiger Geruch schlug ihr entgegen, als Andreas sie durch die Tür schob.

In der Zelle war es war kühl, sie fröstelte. Drehte sich zu ihm um. »Wie willst du mir helfen?«

»Ich weiß noch nicht genau. Aber ich versuche es. Es wird übrigens länger dauern, bis wir dich wieder holen. Das macht er immer so.« Er deutete mit dem Daumen nach oben. »Er sagt eine Stunde, und in Wahrheit dauert es sechs oder zehn Stunden. Die meisten werden dann weich. Mach dir keine Sorgen. Ich werde zwischendurch nach dir sehen. Und vielleicht habe ich bis dahin schon einen Weg gefunden, wie wir ... ich meine du ... also, wie das Problem gelöst werden kann.«

»Zehn Stunden?« Kathrin wurde von Angst und Entsetzen gepackt. »In diesem Loch?« Sie klammerte sich an Palkow. »Du kannst mich doch nicht hier einsperren! Was dieser Stasi-Mensch gesagt hat, stimmt alles nicht. Das musst du mir glauben, Andreas!«

Palkow nickte. »Es wird sich alles klären.«

Kathrin traten Tränen in die Augen. »Ich habe Angst. Und meine Eltern ... Sie werden sich Sorgen machen.«

»Ich lasse ihnen eine Nachricht zukommen. Sei beruhigt. Jetzt muss ich gehen.« Er löste sich von ihr und drückte die Tür zu. Ein metallener Riegel rastete ein, dann knirschte ein Schlüssel im Schloss.

Nur verschwommen nahm Kathrin ihre Umgebung wahr. Schleppend setzte sie einen Fuß vor den anderen, näherte sich der Liege, blieb stehen, starrte durch ihre Tränen auf die schmuddelige Matratze, zögerte. Schließlich drehte sie sich um und ließ sich vorsichtig auf der äußersten Kante nieder. Ihr Blick wanderte über die scheckigen graugrünen Wände zum einzigen Fixpunkt, der Tür, hinter der die Freiheit lag, das Leben, von dem sie plötzlich abgeschnitten war. Ein Weinkrampf erfasste sie, schnürte ihr die Kehle zu und erschütterte ihren ganzen Körper.

Nervös trat Andreas Palkow von einem Bein aufs andere. Schließlich atmete er tief durch und klopfte an.

Der Leutnant ließ ihn eintreten. »Gibt's noch was?«

Palkow drehte seine Mütze in der Hand. »Es ist wegen ... der ... Bergmann. Ich könnte ...«

»Hübsche Person«, grinste Jakubzik. »Gefällt Ihnen, was? Aber wir müssen erst den Peters haben. Danach können wir vielleicht ...«

»Nein ... Ja ... Ich weiß nicht ... Ich wollte eigentlich ...«

»Seit wann stottern Sie, Genosse Unterleutnant?«

»Ich hätte einen Vorschlag. Wie man die Sache beschleunigen könnte.«

Der Leutnant wurde ernst. »Beschleunigen wäre nicht schlecht. Aber wie um alles in der Welt wollen Sie denn etwas aus der Dame herausbekommen. Die ist doch stur wie ein Müritz-Fischer.«

»Genau darin liegt die Lösung.« Palkow nickte eifrig. »Sie stammt aus einer Fischerfamilie, die ich von früher kenne. Wenn ich mit Ka..., ich meine mit der Bergmann und ihrer Familie, sprechen könnte, kann ich vielleicht etwas erreichen.«

Jakubzik zog die Augenbrauen hoch. »Sie kennen die Bergmann? Warum haben Sie das nicht gleich gesagt?«

»Ich habe mich erst nicht erinnert. Das ist lange her. Als Kinder haben wir ... Also damals hat mein Großvater bei den Bergmanns Fisch gekauft.«

»Aha.« Der Leutnant nickte ironisch.« Fisch also. Das wäre Ihr Ansatzpunkt? Glauben Sie wirklich, Sie können bei den Leuten etwas erreichen?« Er schüttelte den Kopf. »Das kann ich mir nicht vorstellen. Aber es dürfte auch nichts schaden, wenn Sie es versuchen. Also von mir aus – grünes Licht.«

Das Radio sorgte einige Zeit für Abwechslung. Während er zwischen Jugendradio DT 64, Deutschlandfunk und RIAS hin- und herschaltete, sang Nena von neunundneunzig Luftballons, die Band Geier Sturzflug steigerte das Bruttosozialprodukt, und Culture Club war mit »Do you really want to hurt me« zu hören. Tamara Danz sang »Mont Klamott«, und der blaue Planet wurde von Karat vorgestellt. Auf dem Berliner Alexanderplatz waren Grüne Abgeordnete aus dem Westen kurzfristig festgenommen worden, weil sie dort für Abrüstung demonstriert hatten. Der HSV stand an der Spitze der Bundesliga, in der DDR führte der FC Dynamo die Tabelle an.

Länger als eine halbe Stunde am Stück ließ er das Radio nicht laufen, um die Batterien zu schonen. In der Zwischenzeit begann er sich zu langweilen.

Er hatte die nähere Umgebung durchstreift und sich in der Hütte umgesehen. Schließlich hatte er ein weiteres Buch von Großvater Bergmann aus dem Regal genommen und sich rasch darin vertieft. George Orwells »1984« war in der DDR verboten, und er fragte sich, auf welchem Weg der alte Bergmann an diesen Roman gekommen sein mochte.

Später untersuchte Frank noch einmal die Runddeckeltruhe. Vielleicht hatte der schlaue Alte Reserve-Batterien gebunkert. Auf dem Boden der Truhe stieß er auf eine braune Decke, in die ein länglicher Gegenstand eingewickelt war. Er zog ihn heraus und hatte plötzlich ein Gewehr in der Hand. Die Waffe war gepflegt und in gutem Zustand. »VVB MEWA Gebrüder Merkel Jagdgewehrfabrik Suhl« stand in feiner Prägung auf einem silbernen Beschlag. Munition fand Frank in einer Pappschachtel.

Mit widersprüchlichen Gefühlen wiegte er die Waffe in der Hand und fragte sich, ob er sie benutzen würde, wenn jemand ihn angreifen sollte. Er kam zu keinem Ergebnis, und legte das Gewehr zurück an seinen Platz. Dabei stieß er auf ein Fernglas. Erfreut nahm er den Feldstecher mit vor die Tür und richtete ihn auf den See. Eine Weile betrachtete er die Boote auf dem Wasser, dann wandte er sich dem Waldrand zu. Vielleicht konnte er hier Wild beobachten. Er wusste, dass in den Wäldern rund um die Müritz Damwild gejagt wurde, und die Doppelflinte deutete darauf hin, dass Kathrins Großvater Jäger war. Unwillkürlich musste Frank grinsen. Bestimmt übte der Alte die Tätigkeit nicht offiziell aus. Sonst würde er die Waffe wohl kaum in dieser Hütte verstecken.

Ein Lichtreflex erregte seine Aufmerksamkeit. Um das Glas ruhiger halten zu können, legte er es an einem vorstehenden Balken der Hütte auf. Er drehte an der Fokussierung und versuchte, den Ursprung der Spiegelung auszumachen. Zunächst waren nichts als Gestrüpp und Baumstämme zu erkennen. Doch dann bewegte sich etwas. Etwas Grünes, das sich kaum vor dem grünen Hintergrund abhob. Er stellte die Optik noch etwas schärfer – und erschrak. Eine graugrüne Gestalt, halb von einem Baum verborgen, hockte im Unterholz und hatte ebenfalls ein Fernglas im Anschlag. Es war auf ihn gerichtet.

Frank erstarrte.

# 8

Auf dem Rückweg von Waren hingen Hanna und Jonas ihren Gedanken nach. »Kann es sein«, fragte Hanna schließlich, »dass dein Kollege Gespenster sieht?«

Jonas hob die Schultern. »Das glaube ich eigentlich nicht. Rainer ist ein Mann mit Bodenhaftung und Berufsehre. Er neigt nicht zu Spinnereien, und sein Ehrgeiz ist nicht übertrieben. Ich denke, dass seine Recherchen Hand und Fuß haben.«

»Trotzdem kann ich mir diese Organisation ehemaliger Mitarbeiter nicht so recht vorstellen.« Hanna schüttelte den Kopf. »Schon gar nicht als geheime Gruppe, die ungestraft Menschen umbringt. Früher oder später würde man denen doch auf die Schliche kommen.«

»Schwer zu beurteilen.« Erneut zuckte Jonas mit den Schultern. »Auf jeden Fall kennen sich diese Leute mit konspirativen Methoden aus. Das war ja schließlich ihr Metier. Sie wissen also, wie ihr - ich meine die Polizei - arbeitet, wie Ermitteln, Beschatten, Auskundschaften und Aufspüren funktionieren. Ich könnte mir Situationen vorstellen, in denen es für einen ehemaligen Stasi-Offizier um die Existenz geht. Stell dir nur mal vor, einer von ihnen sitzt heute in einem Ministerium. Oder im Parlament. Nun droht jemand damit, ihn auffliegen zu lassen. Da wäre es sehr praktisch, wenn man denjenigen mit professioneller Hilfe aus dem Verkehr ziehen könnte.«

Hanna lachte. »Jetzt geht aber die Fantasie mit dir durch. 95 Prozent aller Tötungsdelikte werden aufgeklärt. Da bleibt nicht viel für die Dunkelziffer übrig. Das Risiko entdeckt zu werden, ist einfach zu groß.«

»Immerhin fünf Prozent. Rainer hat doch aus dieser Untersuchung zitiert, wonach in den ersten zehn Jahren nach der politischen Wende in den neuen Bundesländern mehr vorsätzliche Tötungsdelikte verübt wurden als in den Jahrzehnten zuvor und der Zeit danach. Im Schnitt pro Jahr mindestens einhundertfünfzig. Davon entfällt ein Fünftel auf Mecklenburg-Vorpommern, also dreißig. Das sind in zehn Jahren dreihundert Fälle, von denen nach deiner Aufklärungsquote fünf Prozent, also fünfzehn Morde, nicht aufgeklärt werden. Da könnte doch durchaus der eine oder andere auf das Konto der O.D.E.M gehen.«

»Gut gerechnet«, gab Hanna zu. »Aber es fällt mir schwer, die Geschichte zu glauben.«

»Glauben oder nicht glauben ist hier nicht die Frage.« Jonas grinste. »Wahrscheinlich klärt sich dein Fall ohnehin bald auf. Mit einer ganz banalen Lösung. Und dann fängt der Urlaub richtig an. Apropos Urlaub. Was machen wir morgen?«

»Ich mache gar nichts.« Hanna schüttelte den Kopf. »Morgen verbringe ich den ganzen Tag im Liegestuhl am See und lasse die Seele baumeln. Oder fliegen. Für übermorgen kannst du meinetwegen einen Ausflug einplanen.«

»In Ordnung. Also ein Tag Erholung pur. Für übermorgen habe ich auch schon eine Idee. Lass dich überraschen!«

»Plau am See war eine rechte Mörderhöhle«, las Hanna aus einem Informationsblatt über die Geschichte der Stadt vor, »es muss alles rasieret und der Erde gleichgemacht werden. Wenn man über die elende und gefährliche Brücke ins Schloss fahren will, muss man erst unter einem finsteren Gewölbe durchpassieren, wofür einem recht grauet.«

Jonas nahm eine Hand vom Lenker seines Fahrrades. Sie hatten kurz vor Plau angehalten und schauten sich suchend um. »Nach Mörderhöhle sieht dieses Städtchen nicht gerade aus. Und wo könnte sich hier ein Schloss befinden?«

»Das hat der Schreiber dieser Zeilen, der mecklenburgische Herrscher Prinz Christian Ludwig, einebnen lassen«, erklärte Hanna. »Nur der Burgturm steht noch. Man hat seine Zinnen abgetragen und ihm ein Kegeldach aufgesetzt.«

»Aha.« Jonas deutete in Richtung des Turmes. »Das muss er sein. – Irgendwo in diesem Ort soll es eine funktionstüchtige historische Druckerei geben. Die würde ich mir gern ansehen. Außerdem haben die hier eine alte mechanische Hubbrücke von neunzehnhundert ...«

Hanna stöhnte. »Aber nicht jetzt. Erst mal brauche ich eine Erfrischung.«

Auf altem Kopfsteinpflaster näherten sie sich dem Städtchen, wenig später tauchte eine blaue Eisenkonstruktion auf. Ihre Fahrräder lehnten sie an ein eisernes Geländer, das im gleichen Blau wie die Hubbrücke leuchtete.

Das Bistro-Café lag direkt daneben. Die Farbe fand sich auch in senkrechten Linien an der gelben Hausfassade wieder. Das weiße Plastikgestühl unter den Sonnenschirmen entsprach nicht dem Stil der historischen Umgebung, auf Hanna wirkten die Plätze in der Nachmittagssonne dennoch einladend. Den Weg vom Hotel nach Plau hatten sie auf Empfehlung des Hoteliers mit Fahrrädern zurückgelegt. Es war eine schöne Fahrt gewesen, doch jetzt spürte Hanna jeden ihrer durch die ungewohnte Anstrengung strapazierten Muskel. Sie sehnte sich nach einer ausgedehnten Pause mit einem kühlen Getränk gegen den Durst und einem kleinen Imbiss gegen den aufkommenden Hunger.

Während Jonas die eiserne Brückenkonstruktion inspizierte und fotografierte, blätterte Hanna in der Karte. Sie schwankte zwischen Sanddorn-Zauber und Bio-Holunder-Traube. Anschließend würde sie sich ein Stück Apfeltorte und einen Cappuccino gönnen. Oder doch lieber etwas Herzhaftes? Am besten erst einen Salat und dann den Kuchen. Hanna schüttelte mechanisch den Kopf. Zu viele Kalorien. Andererseits – sie waren etliche Kilometer mit dem Fahrrad gefahren. Und mussten ja auch wieder zurück. Also konnte sie vielleicht doch ...

»Taugt die Karte nichts?« Jonas hatte die Besichtigung beendet und unterbrach ihre Gedanken.

Hanna lachte. »Im Gegenteil. Alles sehr verführerisch. Sag mal, wie viele Kilometer haben wir heute eigentlich zurückgelegt?«

»Aha.« Verhalten ächzend ließ Jonas sich neben ihr nieder. »Es geht um die Kalorien. Ich denke, nach dieser Tour haben wir uns eine Stärkung verdient. Ich nehme auf jeden Fall ein Lübzer Pils.« Er griff nach der Karte. »Und dann ...«

»Wie viel Kilometer, Jonas? Wir müssen ja auch noch den Rückweg schaffen.«

»An die zwanzig, schätze ich.«

»Oh, dann kommen wir auf insgesamt vierzig. Ganz schön viel für unsere Verhältnisse. Und ich kann mir vielleicht doch den Apfelkuchen ...«

»Der Rückweg wird kürzer. Jedenfalls für unsere Muskeln.« Jonas winkte der Bedienung. »Wir fahren mit dem Schiff nach Malchow. Von dort sind es nur knapp zehn Kilometer bis nach Alt Schwerin.«

»Und die Fahrräder?«

»Können wir mitnehmen. Ich habe mich erkundigt.«

Hanna war erleichtert, nicht noch einmal die ganze Strecke in die Pedale treten zu müssen.

»Den Kuchen kannst du dir trotzdem erlauben.« Jonas grinste. »Wir sind schließlich nicht zum Abnehmen an die Müritz gekommen. Und deiner Figur wird's auch nicht schaden.«

»Du hast gut reden«, seufzte Hanna. »Bei dir bleibt nichts hängen, und ich muss immer aufpassen.«

Jonas nickte nachsichtig. »Aber nicht jetzt.« Er breitete die Arme aus. »An einem so schönen Tag in so idyllischer Umgebung ...«

Die Bedienung erschien, um die Bestellung aufzunehmen. Hanna begann mit Sanddorn-Zauber.

*Unkel Bräsig* hieß das blau-weiße Schiff, auf dessen Oberdeck Hanna und Jonas sich gut zwei Stunden später niederließen. Die Müritz-Schiffer hatten die Fahrräder kommentarlos an Bord gehievt und die Fahrgäste willkommen geheißen. Über eine schmale Stahltreppe waren sie nach oben geklettert und bewunderten nun die Aussicht auf den Plauer See. An den Ufern duckten sich zahlreiche Bootshäuser unter die Bäume der Uferlinie. Auf einem von ihnen werkelte ein rundlicher Mann in kurzen Hosen. Hanna glaubte Hauptkommissar Königstein zu erkennen und winkte ihm zu.

Der Mann hob die Hand, zögerte einen Moment, dann winkte er zurück.

Irritiert sah Jonas Hanna an. »Kennst du den?«

»Das ist der Kollege, den ich in Röbel aufgesucht habe. Er schuldet mir noch einen Rückruf. Wegen dieser Geschichte mit dem Ohr.«

»Wer weiß, ob deine hiesigen Kollegen überhaupt etwas mit dir zu tun haben wollen. Du hättest es doch sicher auch nicht so gern, wenn sich ein Außenstehender in deine Ermittlungen einmischen würde.«

Genau das hatte sich Hanna schon gesagt. Einerseits interessierte sie brennend, was es mit der kuriosen Fundsache auf sich hatte, andererseits musste sie Jonas Recht geben. Doch mochte sie jetzt nicht mit ihm darüber diskutieren. Darum wechselte sie das Thema. »Wie war es eigentlich in dem Museum?«

»Unglaublich.« Jonas' Augen leuchteten. »Das war neben diesem Turm, den wir gesehen haben. Die haben dort tatsächlich eine restaurierte funktionstüchtige Druck- und Setzmaschine aus dem vorvorigen Jahrhundert. Ich finde es immer wieder faszinierend, mit welcher Präzision die Menschen - lange vor dem Computerzeitalter - technische Wunderwerke konstruiert haben.«

Während Jonas Roth weitere Einzelheiten von seinem Besuch im Plauer Technikmuseum im alten Burghof berichtete, füllten sich die Reihen der Sitzbänke auf dem Oberdeck. Schließlich begann der Schiffsdiesel zu rumoren, und ein Signalhorn ertönte. An einem Gewirr von Anlegern und Stegen vor den Bootshäusern und unzähligen großen und kleinen Booten entlang nahm Unkel Bräsig Fahrt auf.

Hanna lehnte sich entspannt zurück und genoss den erfrischenden Fahrtwind ebenso wie die wärmenden Sonnenstrahlen auf der Haut.

Kurz schoss ihr der Gedanke durch den Kopf, dass sie aus der Perspektive des Hauptkommissars aus Röbel nun zu den bejahrten Touristen gehören musste, die sich per Ausflugsdampfer über den See schippern ließen. Vielleicht würde er sich fragen, wie alt sie war. Andererseits interessierte er sich wahrscheinlich nicht ensthaft für sie - als Frau. Ein Lächeln huschte über ihr Gesicht. Egal. Der Ausflug, das Essen, nicht zuletzt ein guter Calvados, hatten sie in eine heitere, fast übermütige Stimmung versetzt. Voller Zärtlichkeit betrachtete sie Jonas, der mit dem Objektiv seiner neuen Kamera das Ufer absuchte. Es gab keinen Grund, sich über ihre Wirkung auf Männer, insbesondere auf hiesige Kollegen mit offensichtlich noch größeren Gewichtsproblemen, Gedanken zu machen.

Peter Königstein empfand es als peinlich, der Hauptkommissarin aus dem Westen in kurzen Hosen begegnet zu sein. Diese Frau beschäftigte ihn seit ihrer ersten Begegnung. Sie entsprach in jeder Beziehung seinem Ideal weiblicher Schönheit. Ihr Bild hatte ihn bis in die Nacht verfolgt und sich mit Erinnerungen aus Kindheit und Jugend vermischt. Während andere für die Defa-Schauspielerin Jutta Hoffmann oder die DFF-Fernsehansagerin Renate Hubig schwärmten, hatte er von Marilyn Monroe geträumt. Seit er sie als Jugendlicher auf einer aus dem Westen eingeschmuggelten BRAVO gesehen hatte, mussten sich alle Frauen an der üppigen Blondine messen lassen. Leider war er einer solchen Frau nie nahegekommen.

Und nun, da er die Mitte des Lebens bereits überschritten hatte, tauchte diese Kollegin auf. Bestimmt war sie gebunden. Und er ... Missmutig sah er an sich hinunter. Seit er vor über zwanzig Jahren in den Polizeidienst eingetreten war, hatte er fast dreißig Kilo zugelegt. Mit der Figur würde er keine Frau beeindrucken können.

Königstein seufzte. Und diese Frau schon gar nicht. Dennoch war der Wunsch, sie wiederzusehen, in den letzten Tagen gewachsen. Immerhin hatte er noch eine Zusage einzulösen. Und Kriminaloberrat Fritsch hatte ihn angewiesen, sie im Auge zu behalten. So hatte er das zwar nicht ausgedrückt und so hatte er es wohl auch nicht gemeint. Aber wie sollte er sich davon überzeugen, dass die Kollegin Wolf keine falschen Schritte unternahm, wenn er nicht Kontakt zu ihr hielt? Sie anzurufen, entsprach also nicht nur seinem inneren Drang, sondern lag auch im dienstlichen Interesse.

Er versuchte sich vorzustellen, wie das Gespräch ablaufen würde. Sicher wäre sie ungehalten, zumindest enttäuscht, wenn er ihr die Entscheidung seines Vorgesetzten eröffnete. Womöglich würde sie sich bedanken und verabschieden. Ende. Aus. Vielleicht war es besser, nicht gleich mit der Tür ins Haus zu fallen.

Stattdessen konnte er sie zu einem Gespräch in sein Büro bitten. Oder sollte er zu ihr ins Hotel fahren? Bei der Gelegenheit würde er feststellen können, ob sie allein angereist war. In der Menge der Touristen auf dem Fahrgastschiff war nicht auszumachen gewesen, ob sie in Begleitung war.

Unwillkürlich schüttelte der Hauptkommissar den Kopf. Wenn er sie aufsuchte, nur um ihr zu sagen, dass es keine Informationen geben würde, standen Aufwand und Inhalt in keinem Verhältnis. Neutraler Boden wäre gut. Ein Café vielleicht. Oder ein Restaurant. Königstein sah hinaus auf den Plauer See, wo das Fahrgastschiff langsam kleiner wurde. Wenn die Kollegin Wolf sich für die Sehenswürdigkeiten der Mecklenburger Seenplatte interessierte, konnte er sich anbieten, ihr die eine oder andere Besonderheit zu zeigen. Zum Abschluss würde er ein gemeinsames Essen vorschlagen. Vielleicht ergab sich doch noch was. Immerhin trug sie keinen Ehering.

Beflügelt von der Vorstellung, mit Hanna Wolf länger als nur für ein kurzes Gespräch zusammen sein zu können, nahm Königstein seine Arbeit an den Planken des Bootshauses wieder auf.

Als Hanna Wolf und Jonas Roth ins Hotel zurückkehrten, wurden sie erwartet. »Der Herr dort würde Sie gern sprechen.« Die Empfangsdame deutete auf einen schlanken, elegant gekleideten Mittfünfziger, der es sich in der Sitzgruppe neben dem Kamin bequem gemacht hatte. Er faltete seine Zeitung zusammen, erhob sich und trat auf Hanna zu.

»Frau Hauptkommissarin Wolf?«

Hanna nickte irritiert.

»Bitte entschuldigen Sie, dass ich Sie in Ihrem wohlverdienten Urlaub störe.« Er deutete eine Verbeugung an. »Mein Name ist Fritsch. Kriminaloberrat Eberhard Fritsch. Von der Kriminalpolizeiinspektion Neubrandenburg. Ich würde Sie gern kurz sprechen.«

»Geht es um das Ohr, das wir hier ...«

»Das würde ich gern mit Ihnen unter vier Augen besprechen«, unterbrach er sie leise, aber in eindringlichem Ton.

»Ich gehe schon mal duschen«, warf Jonas ein und nahm den Zimmerschlüssel entgegen. »Wir sehen uns nachher auf der Terrasse.«

»Mein Freund und ich kommen gerade von einer Fahrradtour«, erklärte Hanna. »Und – ehrlich gesagt – würde ich mich jetzt ganz gern ein bisschen frisch machen.« Sie fühlte sich nicht nur verschwitzt, sondern spürte auch die Folgen der ungewohnten Anstrengung in allen Muskeln ihres Körpers.

»Ich warte natürlich, verehrte Frau Kollegin. Lassen Sie sich Zeit.«

Einerseits war Hanna neugierig, was einen leitenden Kriminalisten veranlassen mochte, den Weg von Neubrandenburg nach Alt Schwerin zurückzulegen. Er hätte seinen Mitarbeiter in Röbel beauftragen können, sie zu informieren. Offenbar maß er dem Fund eine größere Bedeutung zu als Hauptkommissar Königstein. Andererseits verspürte sie ein starkes Bedürfnis, den Schweiß abzuspülen, ihre Haare zu richten und frische Kleidung anzulegen. Der Kriminaloberrat sah ausgesprochen gut aus, er erinnerte sie an George Clooney. Das gab den Ausschlag. Ungewaschen und ungeschminkt wollte sie mit diesem Mann nicht an einem Tisch sitzen.

»Geben Sie mir fünfzehn Minuten«, sagte sie. »Dann stehe ich Ihnen zur Verfügung.«

Erneut deutete Fritsch eine Verbeugung an. »Selbstverständlich. Ich warte gern.«

»Was mag einen Kriminaloberrat bewegen, hierherzukommen?«, rief Hanna unter der Dusche. »So bedeutend kann doch dieses Ohr gar nicht sein.«

Jonas lachte. »Wahrscheinlich hat ihm sein Kollege beschrieben, wie du aussiehst. Und er wollte die schöne Kollegin aus dem Westen mit eigenen Augen ...«

Hanna öffnete die Duschkabine und warf mit der Hotelseife nach ihm. »Du nimmst mich nicht ernst. Immerhin dürfte der Mann Chef der Inspektion sein. Mindestens Stellvertreter. So einer kümmert sich nicht selbst um jede Leiche. Schon gar nicht um Teile davon.«

»Falls es wirklich einen anderen Grund gibt als dich, muss er schon ziemlich schwerwiegend sein.« Jonas hob das Seifenstück vom Boden auf und warf es zurück in die Dusche. »Ich denke an die Informationen von Rainer. Wenn hinter der Geschichte mit dem Ohr mehr als ein gewöhnlicher Todesfall steckt, wenn es tatsächlich einen Zusammenhang mit den Fällen gibt, von denen er gesprochen hat, bekommt die Geschichte möglicherweise eine ganz andere Dimension. Vielleicht sogar eine politische.«

»Schwer vorzustellen.« Hanna trat aus der Dusche. »Ich bin jedenfalls schon gespannt, was dieser Kriminaloberrat zu sagen hat.«

»Ich auch.« Jonas reichte Hanna das Duschhandtuch und verließ das Bad. »Ich warte auf der Terrasse auf dich.«

Nach dem Abtrocknen entschied Hanna die Kleiderfrage mit erstaunlicher Schnelligkeit. Wegen der sommerlichen Wärme wählte Hanna ein blaues Seidentop mit tiefem Ausschnitt, dazu einen leichten schwingenden Sommerrock in Pastellfarben. Während sie sich im Spiegel betrachtete und die Konturen der Lippen nachzog, wurde ihr bewusst, dass die Wahl ihrer Kleidung nicht allein dem Wetter geschuldet war. War es die Bewegung an der frischen Luft? Der Tag in der Sonne und auf dem Wasser? Irgendetwas hatte sie nachhaltig in Urlaubsstimmung versetzt. Sie fühlte sich jung und attraktiv und gut aufgelegt und gar nicht übergewichtig. Stattdessen fragte sie sich, wie dieser George Clooney von der hiesigen Kriminalpolizei wohl auf sie reagieren würde. Immerhin winkte aus einem Zipfel ihres Unterbewusstseins noch kurz die Frage, ob sie sich seinen Dienstausweis zeigen lassen sollte.

Eberhard Fritsch erhob sich, als Hanna auf der Terrasse erschien. Während sie auf seinen Tisch zuging, registrierte sie aus den Augenwinkeln, dass Jonas sich am anderen Ende niedergelassen und hinter der aktuellen Ausgabe des Nordkuriers versteckt hatte.

»Bitte behalten Sie Platz, Herr Kollege! Entschuldigen Sie, dass Sie so lange warten mussten.«

»Keine Ursache, Frau Kollegin Wolf.« Fritsch rückte ihr einen Stuhl zurecht. »Was darf ich Ihnen bestellen?« Er winkte der Bedienung.

Auf dem Tisch stand eine Espresso-Tasse. Hanna war mehr nach einer Erfrischung. »Ich nehme einen Aperitif«, sagte sie und setzte sich. »Nach Möglichkeit Pastis. Mit viel Eis.«

Fritsch nahm wieder Platz und gab die Bestellung auf. Dann griff er in die Tasche und legte einen Dienstausweis der Polizei Mecklenburg-Vorpommern vor Hanna auf den Tisch. »Damit Sie sicher sein können ...«

»Ist schon in Ordnung.« Hanna war dankbar, dass sie nicht fragen musste.

Ein wenig nagte die Enttäuschung an ihr, dass der gut aussehende Kriminaloberrat keinerlei Anzeichen erkennen ließ, ob er ihr Äußeres wahrgenommen hatte. Dann rief sie sich zur Ordnung. Sie war kein Teenager mehr, der ein Rendezvous mit einem potentiellen Bewerber zu bewältigen hatte. Offenbar hatte sich der Kriminaloberrat sehr unter Kontrolle.

»Was führt Sie her?«, fragte sie. Plötzlich hatte sie das Bedürfnis, das Gespräch rasch hinter sich zu bringen und den Abend mit Jonas zu genießen.

»Es geht um dieses ... diesen Fund. Ich hatte gerade in Waren zu tun, darum habe ich mich eingeschaltet.«

»Haben Sie aktuelle Erkenntnisse mitgebracht?«

Fritsch schüttelte den Kopf. »Wir wissen noch nichts Genaues. Aber es gibt eine Parallele zu einem lange zurückliegenden Fall. Falls sich herausstellen sollte, dass diese Fälle zusammenhängen, hätten wir es mit einer ziemlich heiklen Angelegenheit zu tun. Darum hat das Landeskriminalamt die Ermittlungen übernommen. Wir können also ohnehin nichts tun. Ich möchte Sie deshalb bitten, sich nicht weiter für die Zusammenhänge zu interessieren. Weder mein Kollege Königstein noch ich können Ihnen mit Auskünften dienen. Wir sind nicht mehr zuständig.«

»Inwiefern heikel?«, fragte Hanna rasch.

Der Kriminaloberrat wiegte den Kopf, er fühlte sich sichtlich unbehaglich. Die Bedienung kam ihm zu Hilfe, indem sie Hannas Pastis brachte. Erst nachdem sie sich wieder entfernt hatte, sprach Fritsch weiter. »Ich bin nicht sicher. Man hat mir keine Einzelheiten genannt. Offenbar handelt es sich um Ereignisse, die ihren

Ursprung in der ... vor der Zeit ... des Beitritts, ich meine vor der Wende haben. Mehr habe ich auch nicht erfahren. Man hat mir lediglich angedeutet, dass jede weitere Aktivität unsererseits ... unerwünscht ist. Erst recht ...«

»... die Einmischung einer Kollegin aus dem Westen?«, fiel Hanna ihrem Gesprächspartner ins Wort.

Verlegen hob Fritsch Schultern und Hände.

Hanna nickte gedankenvoll und füllte ihren Ricard mit Wasser auf. »Dann ist Ihre Mission jetzt erledigt. Ich finde es erstaunlich, dass Sie sich wegen dieser Auskunft auf den weiten Weg hierher gemacht haben. Dafür hätte auch ein Anruf gereicht.«

Der Kriminaloberrat beugte sich vor. »Die Anweisung«, raunte er, »kommt von ganz oben. Meine Vorgesetzten legen Wert darauf, dass der Fall nicht an die Öffentlichkeit dringt. Darum lag mir daran, persönlich mit Ihnen zu sprechen. Wenn Sie verstehen ...«

»Oh ja.« Hanna verzog das Gesicht. »Anweisungen von ganz oben sind mir nicht fremd.«

»Ich danke Ihnen für Ihr Verständnis.« Fritsch gab der Bedienung ein Zeichen. »Darf ich also davon ausgehen, dass auch für Sie der Fall ... die Sache ... erledigt ist?«

»Sie dürfen.« Wie zur Bekräftigung hob Hanna ihr Glas. »Allerdings kann ich nur für mich sprechen.«

»Selbstverständlich. Dann möchte ich Sie nicht länger aufhalten.« Er deutete auf ihr Getränk. »Das übernehme ich natürlich.«

Hanna blieb noch einen Augenblick am Tisch sitzen und hing ihren Gedanken nach. Auch wenn sie selbst keine Nachforschungen betrieb – Jonas und Rainer würden wohl kaum darauf verzichten, der Sache nachzugehen. Aber das lag schließlich nicht in ihrer Verantwortung.

Die Abendsonne war hinter einen üppigen Kastanienbaum gewandert, dessen Schatten sie nun erreichte. Dort, wo Jonas saß, trafen die Sonnenstrahlen noch die Terrasse. Sie nahm ihr Glas und ihre Handtasche, um sich zu ihm zu setzen.

In dem Augenblick, als sie an seinen Tisch trat und er die Zeitung zur Seite legte, klingelte ihr Handy. Die Nummer auf dem

Display erschien ihr unbekannt. Trotzdem nahm sie das Gespräch an.

»Entschuldigen Sie die Störung, Frau Wolf. Hier ist Peter Königstein. Ich würde Sie gern sprechen. Hätten Sie in den nächsten Tagen Zeit? Vielleicht kann ich Ihnen auch die eine oder andere Sehenswürdigkeit zeigen und Sie – wenn Sie erlauben – zu einem guten Essen einladen.«

Hanna sah Jonas an und machte eine verblüffte Miene. »Das ist sehr freundlich«, sagte sie ins Telefon. »Aber ich gehe doch davon aus, dass unser Fall gar kein Fall mehr ist. Und als Fremdenführer möchte ich Sie nicht bemühen, Herr Kollege.«

Der Hauptkommissar schwieg einen Moment. »Es gibt neue Erkenntnisse«, stieß er schließlich hervor. »Erstaunliche Erkenntnisse. Ich bin sicher, dass Sie sich dafür interessieren. Allerdings kann ich Ihnen das nicht am Telefon ...«

»Natürlich interessiere ich mich für neue Fakten«, warf Hanna ein. »Allerdings bin ich doch etwas überrascht. Denn gerade...« Sie unterbrach sich. Vielleicht war es besser, Königstein gegenüber den Besuch seines Vorgesetzten nicht zu erwähnen. »Also gut«, sagte sie stattdessen. »Können Sie vielleicht herkommen?«

# 9

Andreas Palkow war nun sicher. Durch das Fernglas hatte er Peters eindeutig erkannt. Als dieser sich zu ihm umwandte und seinerseits einen Feldstecher an die Augen hob, trat Palkow rasch hinter einen Baum. Hoffentlich hatte Peters ihn nicht gesehen. Aber das war unwahrscheinlich. Seine grüne Uniform dürfte sich kaum von der Umgebung abheben. Trotzdem zog er sich ins Unterholz zurück. Eine Weile würde er noch warten und die Datsche im Auge behalten.

Er musste einen Weg finden, Peters aus dem Verkehr zu ziehen. Für möglichst lange Zeit. Leider lag nichts wirklich Gravierendes gegen ihn vor. Die Beteiligung an einer Republikflucht würde ihn hinter Gitter bringen, doch ob dieser Nachweis zu erbringen war, stand in den Sternen. Verlassen könnte er sich jedenfalls nicht darauf. Und Unterlagen fälschen und dem Verdächtigen unterschieben, wie Leutnant Jakubzik vom MfS es bei Kathrin getan hatte, diese Möglichkeit stand ihm nicht zur Verfügung.

Er schob sich aus dem Gehölz und hob erneut das Fernglas an die Augen. Peters war nicht mehr zu sehen. Gerade als Palkow sich abwenden wollte, erschien er wieder vor der Hütte. In der Hand trug er einen länglichen Gegenstand. Er ließ sich auf einem Stuhl nieder und legte das seltsame Objekt auf den Oberschenkeln ab. Palkow stellte das Fernglas schärfer und stieß einen leisen Pfiff aus. Der Gegenstand, mit dem Peters hantierte, sah aus wie ein Gewehr. Er konzentrierte seinen Blick auf die Waffe. Offenbar handelte es sich um eine doppelläufige Jagdflinte.

Frank schob zwei Patronen in die Läufe. Wie man mit einer Schusswaffe umging, hatte er schon während der zehnten Klasse im Rahmen des Wehrunterrichts gelernt. In einem Militärlager hatten sie überwiegend mit der Kleinkaliber-Maschinenpistole geübt, gelegentlich auch mit einem Gewehr, jedoch nicht mit Jagdwaffen. Dennoch traute er sich zu, die Kugeln einigermaßen sicher ins Ziel zu bringen.

Natürlich würde er niemals auf einen Menschen schießen. Aber um einen Neugierigen zu vertreiben, sollte ein Schuss in die Baumkronen ausreichen. Allerdings würde er dann aus der Hütte verschwinden müssen. Besser wäre es, ohne eine solche Abschreckung auszukommen.

Er lehnte die geladene Jagdflinte an den Tisch und nahm das Fernglas zur Hand, um den Wald und das Unterholz erneut abzusuchen. Doch diesmal war nichts zu sehen.

Zügig, aber ohne Hast, hatte Palkow sich zurückgezogen. Da Peters bewaffnet war, musste er sein Vorgehen neu überdenken. Einfach so zur Hütte zu marschieren, um den Gesuchten festzunehmen, war zu riskant. Es war zwar kaum vorstellbar, dass Kathrins Freund es wagen würde, auf einen einzelnen Volkspolizisten zu schießen, aber ausschließen konnte er es nicht. Also durfte er die Hütte nicht allein aufsuchen.

Also Jakubzik informieren? Der würde das Versteck mit einer Einsatzgruppe umstellen, es würde wahrscheinlich kein Schuss fallen, was wiederum bedauerlich wäre. Denn wenn Peters nicht gerade mit der Waffe in der Hand angetroffen wurde und keinen Widerstand leistete, würde man ihm allenfalls illegalen Waffenbesitz vorwerfen können. Doch selbst das war nicht sicher, denn das Gewehr gehörte sicher dem Besitzer der Hütte.

Als er zum Streifenwagen zurückkehrte, sah er plötzlich die Lösung des Problems vor sich. Wenn sie sich der Hütte von zwei Seiten nähern würden, ließe sich Frank Peters vielleicht zum Gebrauch der Schusswaffe provozieren. Nur konnte er dem zweiten Mann natürlich nicht verraten, dass jemand mit einer Schusswaffe auf ihn wartete. Der dürfte auch keinen Verdacht schöpfen. Und wer eignete sich dafür besser, als sein Kollege, mit dem er in dieser Woche Streife fuhr?

Thomas Möller war nicht übermäßig intelligent, aber schlitzohrig genug, um während der Dienstzeit das eine oder andere kleine Nebengeschäft zu tätigen. So nutzte er auch jetzt die Zeit, die er, Andreas, für seine Observation gebraucht hatte, um mit einem der Eldenburger Müritz-Fischer über eine inoffizielle Lieferung einiger Welse und Zander für die Gaststätte seines Schwagers in Rechlin zu verhandeln.

Mit einer Festnahme ohne Auftrag und ohne Wissen der Vorgesetzten würde Thomas keine Probleme haben. Zumal sie mit einer Belobigung rechnen konnten, wenn sie den flüchtigen Frank Peters abliefern würden. Heute war dafür keine Zeit mehr, doch morgen früh konnten sie sich in aller Ruhe auf dem Gelände rund um die Datsche umsehen und den Gesuchten in seinem Versteck aufstöbern.

Zuvor würde er sich um Kathrin Bergmann kümmern. Wenn sie wieder herauskam, mussten sie und ihre Familie davon überzeugt sein, dass Kathrin ihre Freiheit nur ihm, Andreas Palkow, verdankte.

Ungeduldig hatte er die Rückkehr seines Kollegen zum Streifenwagen erwartet. »Jetzt aber los. Wir müssen auf der Rückfahrt noch einmal anhalten, ich habe was zu erledigen.«

Möller nickte und startete den Motor. Knatternd setzte sich der Wartburg in Bewegung, eine blau-weiße Abgaswolke breitete sich in der Straße aus. Schon nach wenigen Hundert Metern gab Palkow seinem Kollegen ein Zeichen. »Hier ist es.«

Leutnant Jakubzik sah auf die Uhr. Seit der Festsetzung der Bergmann waren gut drei Stunden vergangen. Vielleicht sollte er doch schon einen Versuch wagen, sie zum Reden zu bringen. Die junge Dame war offenbar nicht leicht zu erschüttern. Andererseits mussten das Warten und die Ungewissheit deutlich gewirkt haben, bevor er die nächste Befragung angehen würde. Früher oder später wurden alle weich. Bei einer hübschen Frau war er auch nicht abgeneigt, ein zusätzliches Angebot ins Spiel zu bringen. Gelegentlich brachte ein Tauschgeschäft die Sache voran. Seine Bereitschaft, über den einen oder anderen Punkt der Beschuldigung hinwegzusehen gegen ein menschliches Entgegenkommen seitens der Inhaftierten. Die Zeit war günstig. Major Kaltenbach hatte die Dienststelle bereits verlassen. Palkow und sein Kollege von der Volkspolizei befanden sich noch auf Streife.

Jakubzik nahm den Schlüsselbund für die Haftzellen vom Haken und verließ das Büro.

Kathrins Gedanken kreisten um Andreas. Sie hatte zunächst immer nur einen uniformierten Volkspolizisten gesehen, kein Gesicht, keine menschlichen Züge wahrgenommen. Dabei hätte sie ihn wiedererkennen müssen. Als Kinder waren sie miteinander vertraut gewesen, hatten unzählige Nachmittage gemeinsam verbracht, erlaubte und verbotene Spiele gespielt, waren an heißen Sommertagen ins Wasser der Elde gesprungen, hatten von den Großvätern Limonade erbettelt und gemeinsam aus einer Flasche getrunken.

Plötzlich sah sie die kindlichen Züge von Andi Palkows Gesicht wieder vor sich. Und aus dem des erwachsenen Mannes waren sie noch nicht vollständig verschwunden. Warum er wohl Polizist geworden war? Vielleicht war es für ihn ein Beruf wie jeder andere. Dass er jetzt mit diesem Stasi-Arschloch zusammenarbeitete, passte nicht zu dem kleinen Jungen von damals. Menschen veränderten sich, und offenbar war aus dem harmlosen Andi ein fügsamer Scherge der Staatsmacht geworden.

Aber sie war ihm dankbar für den Hinweis auf die Zeit, die sie mit Warten verbringen musste. Trotzdem wurden die Minuten zu Stunden. Irgendwann hatte sie sich gezwungen, nicht länger auf die Uhr zu sehen, um nicht jedes Mal enttäuscht zu werden. Sie hatte die grauen Wände angestarrt und sich wieder und wieder gefragt, wie dieser Stasi-Offizier an die belastenden Unterlagen gekommen war.

Natürlich hatte sie schon die abenteuerlichsten Geschichten gehört, die Menschen widerfahren waren, die in die Mühlen des MfS geraten waren. Doch die Erzählungen hatten sie nicht persönlich berührt. Bei den Dokumenten, die der Mann ihr präsentiert hatte, musste es sich um Fälschungen handeln. Die Vorstellung, ein Kommilitone könnte sich in ihr Zimmer geschlichen und heimlich auf ihrer Schreibmaschine staatsfeindliche Texte verfasst haben, erschien ihr ebenso abwegig wie eine bewusste Fälschung durch einen Universitätsangehörigen.

Vielleicht war die Behauptung, die Seite sei mit ihrer Maschine getippt worden, schlicht falsch. Man brauchte etwas, um sie unter Druck zu setzen. Um Franks Aufenthaltsort zu erfahren. Aber warum dieser Aufwand? Wenn es nur um eine Zeugenaussage ging? Nun zeigte sich, dass er einen Fehler gemacht hatte. Warum hatte er unbedingt weglaufen müssen? Wenn er selbst nicht gefährdet war, hätte er ruhig seine Aussage zu Protokoll geben können. Wahrscheinlich hätte er sowieso nichts Konkretes zu sagen gehabt. Weil er selbst nichts wusste. Dann hätte er sich nicht verstecken müssen, und sie säße nicht in diesem Loch.

Wie lange sie wohl schon in dieser schrecklichen Umgebung wartete? Die Armbanduhr hatte sie abgenommen und in die Tasche ihrer Jeans gesteckt. Sie widerstand der Versuchung nachzusehen. Doch musste schon einige Zeit vergangen sein, denn sie spürte zunehmend ihre Blase.

Um sich von dem Druck abzulenken, der von Minute zu Minute stärker zu werden schien, begann sie in der Zelle auf- und abzuwandern. Dabei fiel ihr Blick auf einen rostigen Eimer, der unter der Liege stand. Die Vorstellung, sich über dieses schmuddelige Gefäß zu hocken, war ekelerregend, doch Kathrin ahnte, dass ihr nichts anderes übrig bleiben würde. Sie schlug gegen die stählerne Tür und lauschte auf eine Reaktion, doch es war niemand und nichts zu hören. Schließlich zog sie den Eimer hervor.

Als Jakubzik die Kellerräume betrat, glaubte er dumpfe Schläge zu hören. Da nur eine Zelle belegt war, musste es sich um die Bergmann handeln. Lautlos näherte er sich der Tür und öffnete den Verschluss für das Guckloch. Der Anblick ließ ihm das Blut in den Adern pulsieren. Die junge Frau hatte die Hosen heruntergelassen und pinkelte mit einem satten Strahl in den Eimer. Im schwachen Licht der Zellenbeleuchtung konnte er nicht alle Einzelheiten erkennen. Doch das nackte Fleisch ihrer Schenkel, das dunkle Dreieck ihrer Scham, die glänzenden und glitzernden Tropfen ergaben ein erregendes Bild. Jakubzik hielt den Atem an.

Als sich die Bergmann erhob und – breitbeinig über den Eimer stehend – ihren Unterleib schüttelte, schob er hastig den Schlüssel ins Schloss, ließ den Riegel aufschnappen und riss die Tür auf.

Kathrin Bergmann schrie auf.

»Was willst du?« Die Frau des Fischers starrte Palkow böse an. »Kathrin ist nicht zu Hause. Und ich glaube auch nicht, dass sie mit dir sprechen will.« Sie machte Anstalten, die Tür zuzuschlagen. Andreas hatte sich schonende Worte zurechtgelegt, mit denen er den Bergmanns die unangenehme Botschaft beibringen wollte.

»Kathrin ist festgenommen worden«, stieß er nun hastig hervor. »Sie befindet sich in Haft.«

»Das ist nicht wahr.« Ungläubig schüttelte Helga Bergmann den Kopf. »Was soll dieser Unfug? Was wollt ihr überhaupt ...« Sie brach ab. Im betretenen Gesicht des Volkspolizisten schien sie zu lesen, dass er nicht in der Absicht gekommen war, ihr eine solch ungeheuerliche Lüge aufzutischen. »Ihr könnt das Mädchen nicht einsperren. Kathrin würde niemals etwas Unrechtes tun. Du kennst sie doch. Sie war immer ...« Mit einem erstickten Aufschluchzen schlug sie die Hände vors Gesicht.

»Frau Bergmann«, begann Andreas. »Ich kann mich nicht lange aufhalten. Machen Sie sich bitte keine Sorgen. Kathrin wird bald freikommen. Man will nur eine Auskunft von ihr. Und dann ...«

»Was für eine Auskunft?«, dröhnte die dunkle Stimme des Fischers. Heinrich Bergmann war aus dem Hintergrund aufgetaucht. »Wer will hier schon wieder was wissen?« Er drängte seine Frau zur Seite und bohrte seinen Blick in die Augen des Besuchers. »Du schon wieder? Was wollt ihr von meiner Tochter?«

»Sie haben Kathrin verhaftet«, schluchzte Helga Bergmann.

Der Fischer warf einen raschen Blick in die Umgebung, dann packte er blitzschnell zu, riss Andreas Palkow an Kragen und Krawatte an sich, hob ihn mit einer Hand hoch und stemmte ihn gegen die Hauswand. »Was soll das heißen? Seid ihr jetzt total verrückt geworden? Wo ist sie? Antworte!« Mit der freien Hand drückte er dem Vopo die Kehle zu.

»In Waren«, krächzte Andreas. »In einer Zelle. Die Staatssicherheit hat Kathrin ... Es ist ... wegen ... Frank Peters. Sie suchen ihn.«

Bergmann ließ Palkow fallen. »Verschwinde!«, knurrte er. »Bevor ich mich vergesse.«

Hastig eilte Andreas davon. Bevor er die Biegung erreichte, hinter der sein Kollege mit dem Wartburg wartete, rückte er Uniform und Krawatte zurecht. Er ahnte, dass er einen Fehler gemacht hatte. Dem Müritz-Fischer war zuzutrauen, dass er in der Dienststelle aufkreuzte und jeden bedrohte, der ihm über den Weg lief. Heute würde er nicht mehr viel ausrichten können, weil die Herren vom MfS bereits Feierabend hatten. Darum würde die Wache niemanden hereinlassen. Aber morgen früh konnte Heinrich Bergmann zumindest für Unruhe sorgen. Mit dem wahrscheinlichen Ergebnis, dass er ebenfalls festgesetzt wurde.

Damit würde seine, Andreas', Rolle als Helfer jede Glaubwürdigkeit verlieren. Wenn er seinen Plan in die Tat umsetzen wollte, ohne dass Jakubzik ihm dazwischenfunkte und ohne dass am Ende die ganze Familie Bergmann inhaftiert wurde, musste er handeln. Sofort. Er beschleunigte seine Schritte, erreichte den Wartburg und ließ sich auf den Beifahrersitz fallen.

»Wir müssen noch mal zurück zum Waldrand.« Thomas Möller sah ihn ungläubig an und tippte auf seine Armbanduhr. »Weißt du, wie spät es ist? Ich wollte schon längst ...«

»Es haben sich neue Erkenntnisse ergeben. Wir müssen jemanden festnehmen. Einen gewissen Peters, Frank. Der Mann wird von den MfS-Kollegen gesucht. Ich weiß, wo er ist. Es wird nicht lange dauern. Leutnant Jakubzik und Major Kaltenbach werden Augen machen, wenn wir ihnen den Gesuchten auf dem Silbertablett präsentieren. Das macht sich gut in der Personalakte.«

»Wenn das so ist ...« Grinsend startete Möller den Motor, ließ den Zweitakter aufheulen und wendete den Wagen mit quietschenden Reifen. »Eine Belobigung kann ich gut gebrauchen. Möchte schließlich nicht ewig Oberwachtmeister bleiben.«

Voller Unruhe hielt Frank Peters Ausschau nach Kathrin. Sie war nicht gekommen. Natürlich konnte sie verhindert sein. In ihrer Familie musste jeder mit zufassen, wenn Not am Mann war. Die Existenz als Müritz-Fischer war kein leichtes Leben. Heinrich

Bergmann verbrachte die Tage auf dem Wasser. Außerdem mussten die Fische verarbeitet, Netze geflickt, das Boot instand gesetzt und der Papierkram erledigt werden. Die Frauen versorgten die Ziegen und kümmerten sich um den Garten. Wenn Kathrin an freien Wochenenden oder in der vorlesungsfreien Zeit nach Eldenburg kam, gab es für sie immer etwas zu tun.

Andererseits war es ihr stets gelungen, sich Freiraum für gemeinsame Stunden mit ihm zu schaffen. Er sehnte sich nach ihrem Lachen, ihrer Wärme, ihren Berührungen, wünschte sich, sie möge heute Zeit für ihn gefunden haben und plötzlich zwischen den Bäumen des Waldes auftauchen. Doch dort rührte sich nichts, und er kehrte in die Hütte zurück, um das Radio auszuschalten, das schon viel zu lange lief. Ob es Kathrin gelingen würde, noch einmal Batterien zu organisieren?

Er ließ sich auf die Liege fallen und gab sich seinen Erinnerungen an die schönsten Momente mit Kathrin hin. Bilder verschiedener Liebesszenen erschienen vor seinem inneren Auge. Aber auch Gespräche und Situationen, in denen es um mehr als die körperliche Liebe ging.

Seit sie zusammen waren, hatte er – so schien es ihm – einen Wandel durchgemacht. Zumindest war seine Sicht auf die Natur, das Verhältnis zu anderen Menschen und seine Einstellung zum Leben anders geworden. Er hatte seinen Zynismus abgelegt und begonnen, die Dinge unvoreingenommener und realistischer zu sehen. Kathrin war nicht seine erste Beziehung, aber nie zuvor hatte er eine solch tiefe Liebe enpfunden.

Wie oft hatte sie ihn schon vor falschen Entscheidungen bewahrt? Oder am Ende Recht behalten, wenn er seinen Kopf hatte durchsetzen wollen? Vielleicht hatte Kathrin auch diesmal Recht, wenn sie sein Versteckspiel für einen Fehler hielt.

Nicht nur die Langeweile machte ihm zu schaffen, sondern zunehmend auch die Vorstellung, dass sich sein selbst gewähltes Exil auf dieser Datsche nicht mehr lange hinziehen könnte. Nachdem jener Unbekannte aufgetaucht war und sich für ihn interessiert hatte, war ihm die Gefahr bewusst geworden, von einem Jäger, Förster oder Wanderer entdeckt zu werden. Dann würde er sich woanders verstecken müssen. Aber er würde nicht wochenlang auf der Flucht sein können.

Erneut trat er vor die Hütte, um einen Blick in die Richtung zu werfen, aus der er sie erwartete. Wieder war nichts zu erkennen. Gespannt starrte Frank ins Unterholz. Gerade als er sich abwenden wollte, machte er im Schatten der Bäume eine Bewegung aus. Sein Herz schlug schneller. Kathrin hatte es doch noch geschafft! Er hob eine Hand, um zu winken.

In diesem Augenblick erkannte er seinen Irrtum. Es war nicht Kathrin, die sich bewegt hatte. Ein Mann in grüner Kleidung hockte dort und richtete ein Fernglas auf die Datsche. Wieder dieser neugierige Unbekannte. Dem würde er einen gehörigen Schrecken einjagen. Wütend kehrte Frank in die Hütte zurück und holte das Jagdgewehr aus der Truhe. Die Patronen befanden sich noch im Lauf, zwei weitere steckte er in die Hosentasche.

Als er wieder ins Freie trat, hatte sich der Mann bereits aus dem Unterholz und dem Schatten der Bäume gelöst und kam auf ihn zu. Frank riss die Waffe hoch und feuerte einen ungezielten Schuss in die Baumkronen über dem ungebetenen Besucher. Dieser ließ sich fallen, und erst jetzt erkannte Frank, dass es sich bei der grünen Kleidung des Mannes um eine Uniform handelte. Eine Polizeiuniform.

Augenblicklich durchzuckte ihn der Gedanke an mögliche Folgen. Er hatte tatsächlich geschossen! Wenn die Polizei ihn schnappte, saß er wirklich in der Tinte. In diese Situation hatte er sich selbst gebracht. Dafür hasste er sich.

»Nein!« Mit angstvoll aufgerissenen Augen schüttelte Kathrin Bergmann entsetzt den Kopf, während sie versuchte, zurückzuweichen und gleichzeitig Slip und Hose hochzuziehen.

Doch der Offizier war mit zwei Schritten bei ihr, stieß sie zurück, so dass sie ins Stolpern geriet und auf die Matratze fiel. »Da komme ich ja gerade richtig«, grinste der Mann und beugte sich über sie.

Instinktiv versuchte Kathrin, die Knie anzuziehen, doch er drückte ihre Beine mit seinen Schenkeln auseinander und hielt sie mit dem Gewicht seines Körpers fest. Seine Hände packten ihre Unterarme. Angst und der Geruch seines fauligen Atems verursachten ihr Übelkeit.

»Ein wenig Entgegenkommen«, zischte er, »wäre für uns beide gut. Ich könnte den einen oder anderen Punkt in meinem Bericht vergessen. Sie haben die Wahl.«

»Welche Wahl?«, keuchte Kathrin. Sie warf ihren Kopf zur Seite und versuchte, den Mann mit Händen und Ellenbogen abzuwehren.

»Sei ein bisschen nett zu mir. Von dem Peters lässt du dich doch auch ficken. Also zier dich nicht. Anschließend überlegen wir uns gemeinsam eine Lösung für dein Problem. Wenn nicht ...« Er verstärkte den Druck gegen ihren Unterleib und begann heftiger zu atmen.

Kathrins Gedanken rasten. Gegen die Kraft des Mannes hatte sie keine Chance. Er würde sie vergewaltigen. Sollte sie zum Schein auf seine Wünsche eingehen? Aber was konnte sie gewinnen? Würde er sein Versprechen halten? Aus ihrem verzerrtem Blickwinkel versuchte sie, in den Augen des Offiziers zu lesen.

Franks Herz schlug bis zum Hals. Volkspolizisten kamen nie allein. Irgendwo musste sich ein zweiter Mann verstecken. Hastig sah er sich um, wog seine Möglichkeiten ab. In diesem Augenblick nahm er eine Bewegung an der gegenüberliegenden Seite der Lichtung wahr. Die Vopos wollten ihn in die Zange nehmen. Aber dank der Jagdwaffe hatte er eine Chance. Blitzschnell richtete er den Lauf der Flinte in die Baumkronen über dem zweiten Mann und drückte ab. Auch der warf sich zu Boden.

Geduckt sprintete Frank ins Dickicht hinter der Hütte. Ohne Rücksicht auf die Verletzungen, die ihm Zweige, Äste und Dornen in Gesicht und Hände rissen, stürmte er voran.

Hinter ihm krachte ein Schuss. Doch die Kugel schlug zwanzig oder dreißig Meter seitlich von ihm ins Gehölz. Die Männer hatten also nur eine ungefähre Vorstellung davon, wo er sich befand. Während Frank sich tiefer in den Wald hineinkämpfte, warf er die leeren Hülsen aus dem Lauf und schob die Patronen aus seiner

Tasche hinein. Mit Schüssen hatten die Vopos nicht gerechnet. Der Überraschungseffekt hatte ihn gerettet. Ein zweites Mal würde das nicht gelingen.

»Scheiße«, keuchte Thomas Möller, als er mit seinem Kollegen vor der Hütte zusammentraf. »Was ist das denn? Der schießt auf uns! Lass uns abhauen! Das ist lebensgefährlich.«

Palkow steckte seine Pistole ein und nickte gleichmütig. »Erst mal ist der weg. Dass so einer bewaffnet ist, kann ja keiner ahnen. Jedenfalls hat er auf uns geschossen. Das ist schon mal ein Tatbestand, den wir festhalten können. Und entkommen wird er uns nicht. Ich kenne mich hier aus. Er hat nicht viele Möglichkeiten. Auf der einen Seite dieses Waldstückes sind die Häuser, auf der anderen Seite ist das Wasser. Wir müssen ihn nur in Empfang nehmen, wenn er rauskommt.«

Zweifelnd schüttelte Möller den Kopf. »*Wenn* er rauskommt. Auf keinen Fall wagt er sich vor Einbruch der Dunkelheit aus dem Wald.«

»Na und?« Palkow hob die Schultern. »Dann warten wir eben. Du auf der einen, ich auf der anderen Seite.«

Möller verzog das Gesicht. »Du hast gesagt, es dauert nicht lange. Ich hatte eigentlich noch was anderes vor. Außerdem ...«

»Mensch, Thomas!« Palkow stieß seinen Kollegen in die Seite. »Die Chance können wir uns doch nicht entgehen lassen.«

Skeptisch betrachtete Thomas Möller das Dickicht, in dem Peters verschwunden war. »Der Mann ist bewaffnet. Gegen einen Gewehrschützen können wir mit unseren Makarovs nicht viel ausrichten. Ich glaube, das überlassen wir lieber einem Einsatzkommando.«

»Die Waffe ist eine doppelläufige Jagdflinte«, entgegnete Palkow. »Beide Patronen hat er verschossen. Also ist er nicht mehr bewaffnet. Wenn dir die Sache zu gefährlich ist, mache ich es allein. Du kannst im Wagen warten. Oder nach Hause fahren. Ich lasse mir diese Chance hier jedenfalls nicht entgehen.«

Möller starrte seinen Kollegen unschlüssig an.

# 10

Peter Königstein war kaum wiederzuerkennen. Er trug eine helle Leinenhose, darüber ein sorgfältig gebügeltes blaues Hemd. Die Haare waren frisch gewaschen und wirkten fülliger. Dagegen schien sein Bauch an Umfang verloren zu haben. Zudem hielt sich der Kriminalhauptkommissar aufrecht und bewegte sich so dynamisch, dass er auf den ersten Blick zehn Jahre jünger erschien als bei ihrer ersten Begegnung.

Mit federndem Schritt kam er auf Hanna zu, die ihn in der Hotelhalle erwartet hatte. Fast gleichzeitig erreichte sie eine Rasierwasserwolke, die ihr fast den Atem nahm. »Guten Tag, Frau Kollegin.«

Sie machte eine einladende Handbewegung. »Guten Tag, Herr Königstein. Wollen wir nach draußen gehen? Vielleicht auf die Terrasse?«

Hannas amüsiertes Lächeln schien er als freudige Begrüßung aufzufassen, denn er begann über das ganze Gesicht zu strahlen. Er ergriff ihre ausgestreckte Hand mit beiden Händen und deutete eine Verbeugung an. »Großartig, dass Sie so rasch Zeit für mich gefunden haben, Frau Wolf. An einem so schönen Tag einer so schönen Frau zu begegnen, ist ein besonderer Glücksfall. Ich folge Ihnen, wohin Sie wollen.«

»Dann gehe ich mal vor.« Hanna wandte sich rasch der Tür zu, die auf die Terrasse führte, um ihre verräterisch zuckenden Mundwinkel zu verbergen. Während sie vorausging, fragte sie sich, was wohl in Königstein vorging. Im Gegensatz zu ihrem Besuch in der Dienststelle wirkte er wie aufgedreht. Sie war sehr auf seine »erstaunlichen Erkenntnisse« gespannt. Und auf den Grund für seinen Sinneswandel. Hatte er bei ihrem Besuch in der Dienststelle in Röbel den Eindruck erweckt, er wolle sie nicht an den Ermittlungen teilhaben lassen, schien er nun darauf zu brennen, ihr neue Informationen zu geben, geradezu aufzudrängen. Dabei musste er auf eigene Faust und gegen den erklärten Willen seines Vorgesetzten handeln. Der Mann verhielt sich rätselhaft. Oder hatte sein Auftritt noch andere Gründe?

»Ich hoffe, Sie hatten bisher einen angenehmen Aufenthalt in Mecklenburg-Vorpommern«, flötete er, nachdem sie unter einem der ausladenden Sonnenschirme Platz gefunden hatten. »Hier an der Seenplatte ist es ja besonders erholsam. Und dieses Hotel – hinreißend.« Er sah sich um und machte eine alles umfassende Bewegung mit den Händen. »Mitten in der Natur. Und direkt am Wasser. Wunderbar. Und dann dieses Wetter! Eigentlich viel zu schön, um sich mit Kriminalfällen zu befassen.«

Hanna konnte sich ein Grinsen kaum verkneifen. »Deshalb bin ich eigentlich auch nicht hergekommen. Es war reiner Zufall, dass ich in der Nähe war, als in der Küche ...«

Königstein hob die Hände. »Natürlich. Sie wollen sich erholen. Und das sollen Sie auch. Haben Sie sich gewiss verdient. In unserem Beruf ...« Er brach ab, beugte sich vor und schlug einen vertraulichen Ton an. »Allerdings hatte ich den Eindruck, dass Sie ein professionelles Interesse daran haben, diese Fundsache ... ich meine den möglicherweise damit verbundenen Fall ... zu ... verfolgen.«

»Ist es denn ein Fall?« Hannas Frage klang skeptisch und ein wenig spöttisch zugleich.

»Das ist in der Tat die Frage.« Königstein sah sich um und senkte die Stimme. »Ich habe gute Beziehungen zum Landeskriminalamt in Rampe und zum Institut für Rechtsmedizin in Rostock. Und von dort habe ich auf dem kleinen Dienstweg erfahren, dass dieses Ohr von dem Fisch keineswegs abgefressen wurde.«

»Nicht abgefressen?« Nun war die Skepsis in Hannas Stimme nicht mehr zu überhören.

Eifrig nickend fuhr Königstein fort. »Es ist mit einem Messer abgetrennt und dann ins Wasser geworfen worden. Der Fisch hat es sich wohl zufällig geschnappt.«

»Das deutet auf ein Tötungsdelikt hin«, stellte Hanna sachlich fest.

»So ist es, Frau Wolf. Aber das ist noch nicht alles.« Der Hauptkommissar machte eine Kunstpause und sah sie triumphierend an. »Es ist nicht der erste Fall dieser Art. Vor zwanzig Jahren wurde schon einmal eine Leiche mit abgeschnittenen Ohren gefunden.

Bei dem Opfer handelt es sich um einen ehemaligen Angehörigen der DDR-Staatssicherheit. Deshalb hat das LKA den Fall an sich gezogen.«

Hanna nickte gedankenvoll. »Ich frage mich, warum jemand einem Toten die Ohren abschneidet. Das muss doch etwas bedeuten.«

»Vielleicht hatte es mit der Zugehörigkeit zum Staatssicherheitsdienst zu tun. Wir nannten die Stasi ja auch Firma Horch und Guck. Sie hörten ihre Opfer ab und belauschten sie. Alles immer auf Befehl. Hören und gehorchen war das Prinzip. Ohren aufsperren in jeder Beziehung.« Er deutete mit beiden Händen auf seine Ohrmuscheln und fügte nach einer kurzen Pause hinzu: »Beobachten natürlich auch. Aber das wichtigste Prinzip war das Horchen und Gehorchen. Und darum scheint es unserem Täter zu gehen.«

»Sie meinen, es handelt sich um die symbolische Handlung eines Betroffenen?«

Königstein breitete die Arme aus. »Kann ich mir vorstellen. Jedenfalls für den damaligen Fall. Das Opfer könnte sogar selbst zur Stasi gehört haben. Die haben sich ja sogar untereinander belauscht.«

Hanna kam das Gespräch mit Rainer Ürdinger in den Sinn. Sollte der Journalist mit seiner abenteuerlichen Theorie der Wahrheit doch näher gekommen sein, als sie zu glauben bereit gewesen war?

»Und wenn wir jetzt wieder so einen ...«

Königstein hob abwehrend die Hände. »Spekulation, Frau Wolf«, unterbrach er sie. »Wir haben gar nichts. Allenfalls das LKA.«

»Ich verstehe«, sagte sie langsam. »Es gibt einen Fall, aber nicht für uns. Beziehungsweise für Sie.«

»So ist es leider«, bestätigte Königstein und rieb sich unbewusst die Hände. »Sie können unbelastet Ferien machen. Und ich habe keinen Ermittlungsdruck. Wir könnten also ... Wenn Sie erlauben, würde ich Sie gern ... einladen. Ich habe ein Motorboot. Wir könnten die Müritz ... den Plauer See ... den Fleesensee ...«

»Ein Motorboot«, unterbrach Hanna ihn. »Das ist ja wunderbar. Ich habe ja schon diesen Ausflug mit einem Fahrgastschiff unternommen. Das war zwar sehr eindrucksvoll, aber mit einem kleineren Boot, mit dem man auch mal das Ufer oder die eine oder andere Bucht ansteuern kann, das stelle ich mir herrlich vor.«

Der Hauptkommissar strahlte. »Sie werden begeistert sein. Am besten nutzen wir das gute Wetter und starten gleich morgen. Ich habe keinen Dienst, und Sie können sowieso frei planen. Wer weiß, wie es sich in den nächsten Tagen entwickelt. Einverstanden?«

»Gern«, lächelte Hanna. »Wenn es Ihnen nichts ausmacht.«

»Überhaupt nicht. Das Boot ist startklar. Sie müssten nur nach Plau kommen. Oder soll ich Sie abholen?« Er griff in seine Hemdtasche und zog eine Visitenkarte heraus. »Hier steht auch meine Handynummer drauf. Rufen Sie mich an, wenn Sie so weit sind. Wir könnten beispielsweise um zehn Uhr ablegen und zuerst nach Lenz ...«

»Vielen Dank. Das ist sehr freundlich.« Hanna nahm die Karte entgegen und verstaute sie in ihrer Handtasche.

»Keine Ursache, Frau Wolf. Bitte verfügen Sie über mich. Sie können jederzeit ...«

Hanna unterbrach ihn, indem sie an ihm vorbeisah und jemandem zuwinkte. »Entschuldigen Sie, Herr Kollege. Bevor Sie fortfahren, möchte ich Sie mit meinem Freund bekannt machen. Dann kann er gleich mit zuhören.«

Königstein fuhr herum. Hanna sah, wie seine Gesichtszüge erstarrten. Vom See her näherte sich Jonas, ihr schlanker, gut aussehender Freund, der bestimmt zehn Jahre jünger war als er. Seine inzwischen leicht gebräunte Haut, sein volles Haar und seine schönen weißen Zähnen gaben ihm das Aussehen eines Typs Großer Junge. Er trug seine Kamera in der Hand und lachte ihnen zu Der Hauptkommissar schien in sich zusammenzusacken. Langsam wandte er sich Hanna zu. »Ihr Freund?«

Hanna nickte fröhlich. »Er ist ein begeisterter Naturbeobachter und fotografiert gern. Diese Bootstour wird ihm gefallen.«

»Der hatte es ja plötzlich ziemlich eilig«, wunderte sich Jonas Roth, nachdem Königstein gegangen war. »Habe ich ihn verschreckt?«

»Ich glaube schon.« Hanna lachte. »Es war ein kleiner Schock für ihn, als du aufgetaucht bist. Er wollte mich zu einer Bootstour einladen, am liebsten auch noch zum Essen und zu wer weiß was sonst noch, und nun hat er *zwei* Gäste an Bord.«

»Und wenig Aussicht auf ein intimes Tête-à-Tête mit einer schönen Kollegin«, ergänzte Jonas mit gespieltem Bedauern. »Dabei hat er sich so viel Mühe gegeben. Frauen können wirklich grausam sein.«

»Und Männern verrutscht gelegentlich der Verstand.« Hanna schüttelte den Kopf. »Was der Kollege sich wohl vorgestellt hat?«

»Was sich alle Männer vorstellen, wenn sie dich sehen«, schlug Jonas vor.

»Genau das ist das Problem. Aber nun im Ernst, Jonas. Königstein hat interessante Informationen mitgebracht.«

Während Hanna Wolf ihrem Freund berichtete, was ihr der Hauptkommissar erzählt hatte, und dieser mit verbissener Miene am Steuer seines Wagens saß und – viel zu schnell – in Richtung Plau fuhr, trafen sich in einer Wohnung an der Röbeler Chaussee in Waren drei Männer im Rentenalter, die sich seit den siebziger Jahren aus zahlreichen gemeinsamen Einsätzen kannten.

Das Haus – ein ehemaliger Plattenbau, der aufwändig saniert und nachträglich mit Balkonen versehen worden war – wurde von zahlreichen Mietern bewohnt, von denen kaum einer mehr als den unmittelbaren Nachbarn kannte. Die Wohnung gehörte einem alleinstehenden Mann, der wegen eines Hüftleidens einen Gehstock benutzte, nur selten das Haus verließ und jeden mitmenschlichen Kontakt vermied.

Er und seine Besucher gehörten zu den letzten Vertretern der örtlichen Gruppe einer Organisation, die es in vielen größeren Städten – hauptsächlich in den neuen Bundesländern – gab, von deren Existenz jedoch nur wenige Außenstehende wussten. In der Öffentlichkeit traten sie nicht in Erscheinung. Dennoch mischten sie sich gelegentlich in Politik und Wirtschaft ein. Dies geschah jedoch verdeckt und diente in erster Linie dazu, die Mitglieder ihrer Organisation zu schützen und sie wirtschaftlich abzusichern.

Wenn sie miteinander telefonierten oder über eine Internet-Seite Kontakt aufnahmen, benutzten sie ihre ehemaligen Dienstgrade. Namen wurden nur in Ausnahmefällen genannt. Sie hatten sich so daran gewöhnt, dass sie diese Art des Umgangs auch pflegten, wenn sie unter sich blieben.

An diesem Tag waren der Oberst und der Major zum Hauptmann gekommen. Allen gemeinsam war das Grau des verbliebenen Haupthaares, das nur beim Major noch so etwas wie Fülle besaß. Die beiden anderen Herren trugen lediglich einen kurz rasierten Haarkranz.

Der Hauptmann saß in einem abgeschabten Polstersessel, der aus dem VEB Möbelfabrik Langewiesen stammte. Seine Besucher hatten auf Holzstühlen Platz genommen, deren Herkunft mit der Auflösung einer der 1990 geschlossenen Dienststellen zu tun hatte.

Auffallend war die unterschiedliche körperliche Konstitution der Männer: übergewichtig, kurzatmig und mit teigigem Gesicht der Hauptmann, groß, schlank und von gesunder Gesichtsfarbe der Oberst, kräftig, untersetzt und muskulös der Major.

Wie immer kam der Oberst ohne Umschweife zur Sache. »Unsere Gemeinschaft wurde erneut von einem unerfreulichen Ereignis betroffen. Das plötzliche Verschwinden unseres Genossen wirft Fragen auf.«

»Wissen wir überhaupt, was passiert ist?«, fragte der Major missmutig. Seit sie sich nicht mehr in besseren Hotels und Restaurants trafen, sondern die piefige und muffige Wohnung des gehbehinderten Hauptmanns aufsuchen mussten, empfand er die Zusammenkünfte als unangenehm. Er mochte die schmuddelige Umgebung nicht, in der es für die Besucher weder etwas zu trinken noch zu essen gab. Und die arrogante und besserwisserische Art des Genossen Oberst ging ihm auf die Nerven. Doch da dieser über Verbindungen zu den zuständigen Behörden verfügte, führte er nicht nur das Wort, sondern gab auch bei möglicherweise erforderlich werdenden Entscheidungen mit seiner Stimme den

Ausschlag. Außerdem war er bereits vor über zwanzig Jahren – aus Gründen, die der Major nicht mehr erinnerte – zum Leiter ihrer Gruppe bestimmt worden.

Der Oberst warf ihm einen kurzen Blick zu. »Ich hätte uns nicht zusammengerufen, wenn es nur darum ginge, eines toten Kameraden zu gedenken oder über den Verlust zu lamentieren. Nach den mir vorliegenden Informationen könnten wir es mit einer Art Feldzug zu tun haben, der sich auch gegen uns richten kann.«

Aus dem Sessel ertönte ein ungläubiges Schnaufen.

Der Major hob die Augenbrauen. »Gibt es dafür konkrete Anhaltspunkte?«

»Allerdings«, fuhr der Oberst fort. »Es gab bereits einen Todesfall unter unseren ehemaligen Genossen. Dem Opfer waren die Ohren abgeschnitten worden. Was aber niemals bekannt gegeben wurde, ist die Tatsache, dass dieser Mann auch sein ... äh, ... seiner ... Männlichkeit beraubt wurde.«

Jetzt war es der Major, der geräuschvoll die Luft ausstieß.

»Das ist ja ... bestialisch.« Der Hauptmann schüttelte den Kopf und rutschte noch tiefer in sein marodes Sitzmöbel und murmelte erneut: »Bestialisch.«

Der Oberst senkte die Stimme. »Und diese Verletzungen wurden ihm nicht post mortem zugefügt.«

»Woher haben Sie diese Details?« Skeptisch sah der Major den Gruppenführer an.

»Von meinem Gewährsmann im LKA in Rampe. Aber das spielt hier keine Rolle. Für uns ist von Bedeutung, dass diesem lang zurückliegenden Fall nun offenbar ein weiterer folgt. Und dass es einen Zusammenhang gibt. Zum konkreten Fall kann ich euch einiges sagen. Erstens: Der jetzt vermisste Genosse ist erst vor einem Jahr nach Deutschland zurückgekehrt. Vielleicht wäre er besser bei Margot in Chile geblieben. Während der achtziger Jahre hat er mit dem anderen Kollegen in einer Dienststelle zusammengearbeitet. Zweitens: Im Institut für Rechtsmedizin wurde das abgeschnittene Ohr eines Mannes untersucht. Drittens: Die Leiche des ersten Opfers wurde aus der Müritz gezogen. Auch das aktuelle Ohr soll aus dem See stammen.«

»Abenteuerlich«, grummelte der Hauptmann aus seinem Sessel. »Das ist ja abenteuerlich.«

»Derartige Beurteilungen helfen nicht weiter«, belehrte ihn der Oberst. »Wir müssen die notwendigen Konsequenzen ziehen. Zuallererst ist Vorsicht geboten. Insbesondere ist jede Nachlässigkeit bei der Kontaktaufnahme zu vermeiden. Wenn es jemandem gelungen ist, die Männer ausfindig zu machen, könnte dieser Jemand auch eine Spur zu uns finden. Darüber hinaus müssen wir ...«

»Jetzt bin ich aber mal gespannt«, fiel ihm der Major ins Wort, »wo der Ansatzpunkt sein soll, mit dem man diesem Spuk ein Ende machen kann. Ich sehe jedenfalls keinen.« Insgeheim fragte er sich, ob der Oberst nicht zuerst an seine eigene Sicherheit dachte und dafür sorgen wollte, dass keine Spur zu ihm führen konnte. Schließlich hatte er viel zu verlieren.

Während der Hauptmann seit Jahren in ärmlichen Verhältnissen lebte und er selbst sein Geld mit Bewachungen und gelegentlichen Personenschutzaufträgen verdiente, war der Oberst der einzige, der nach der Annexion der DDR durch die BRD noch einmal Karriere gemacht hatte. Irgendwie musste es ihm gelungen sein, seine berufliche Vergangenheit beim MfS aus dem Lebenslauf zu tilgen. Nachdem er kurze Zeit in Ungarn zugebracht hatte, war er an die Müritz zurückgekehrt und hatte es auf wundersame Weise geschafft, in den Polizeidienst aufgenommen zu werden. Schon bald hatte er seine ursprüngliche Stellung in der Hierarchie wieder erreicht und war mit einer guten und sicheren Pension in den Ruhestand gegangen. Nebenbei betrieb er eine kleine Sicherheitsfirma, die Politiker und Industrielle beriet und Personal für den Personenschutz vermittelte. Gelegentlich fiel ein solcher Auftrag auch an den Major.

»Darüber hinaus müssen wir«, nahm der Oberst nach einem ärgerlichen Blick auf seine Zuhörer den Faden wieder auf, »die weitere Entwicklung im Auge behalten. Ich habe bereits meine Fühler ausgestreckt und dafür gesorgt, dass ich über neue Erkenntnisse sofort unterrichtet werde. Außerdem lasse ich die Aktivitäten aller Personen überwachen, die in die Ermittlungen des jüngsten Falls involviert sind.«

»Gut, sehr gut«, kommentierte der Hauptmann. »Das erinnert mich an gute alte Zeiten. Den anderen immer einen Schritt voraus.«

»Und was tun *wir* jetzt?«, fragte der Major.

»Im Augenblick gibt es keine konkreten Aufgaben. Ich erwarte von jedem von uns jedoch erhöhte Aufmerksamkeit und sofortige Kontaktaufnahme, wenn es ungewöhnliche Beobachtungen oder Ereignisse gibt.« Nach diesem Satz erhob sich der Oberst. »Das war's für heute. Ich gehe als erster. Guten Tag, meine Herren.« Er nickte den beiden anderen Männern zu und verließ den Raum.

Kurz darauf verabschiedete sich auch der Major.

Ächzend erhob sich der Hauptmann aus seinem Sessel, griff nach seinem Gehstock und humpelte zum Fenster, von wo aus er gewohnheitsgemäß seine Besucher mit den Augen verfolgte, bis sie aus seinem Gesichtsfeld verschwunden waren. Dann hinkte er in die Küche, nahm eine Flasche Bier aus dem Kühlschrank, öffnete sie und kehrte ins Wohnzimmer zurück, um sich wieder in seinen Sessel fallen zu lassen. Er nahm ein paar Züge und griff zur Fernbedienung für den Fernsehapparat. Den Rest des Tages und wohl auch die halbe Nacht würde er mit dem MDR verbringen, der mit Helga Hahnemann, Frank Schöbel und Karat die guten alten Zeiten wiederaufleben ließ.

So ein seltsames Boot hatte sie noch nie gesehen. Es war schneeweiß, hatte eine goldene Reling, ein goldenes Steuerrad und goldene Bullaugen. Der Kapitän trug eine blütenweiße Uniform, die mit goldenen Knöpfen und Schulterklappen verziert war. Sein Gesicht kam Hanna zwar bekannt vor, aber sie wusste nicht, wer er war. Die Uniformjacke war kunstvoll über einen ausladenden Bauch geschneidert. Obwohl der Kapitän sehr dick war, schlug seine Uniform keine Falten. Diese Beobachtung erschien Hanna bemerkenswert. Sie musste unbedingt hinter das Geheimnis dieser Nähkunst kommen.

»Sie werden begeistert sein!«, rief der Kapitän und deutete auf einen goldenen Behälter, der auf einem weißen Tischchen stand. »Schauen Sie hinein!«, rief er. »Sie werden begeistert sein.« Hanna wusste, dass sie das Geheimnis des Behälters kannte, dennoch erinnerte sie sich nicht an den Inhalt. Sie würde den Kapitän danach fragen müssen.

Plötzlich stand Jonas neben ihr und begann, den goldenen Behälter zu fotografieren. Dann legte er die Kamera zur Seite und griff nach dem Gefäß. Es sah jetzt aus wie eine Urne. Doch in Jonas' Händen wurde plötzlich ein Schraubglas daraus. Er drehte den Deckel, hob ihn ab und sah hinein. »Es handelt sich um eine geheime Information«, murmelte er undeutlich. Jetzt erkannte Hanna die Aufschrift auf dem Etikett. O.D.E.M.

Jonas wollte das Glas über Bord werfen, doch der Kapitän fiel ihm in den Arm. Es sah nun aus, als wollte er seinerseits Jonas über die Reling befördern. Hanna versuchte sich zwischen die streitenden Männer zu drängen und deren Hände und Arme abzuwehren. Verzweifelt schlug sie um sich.

Und wachte auf.

Heftig atmend sah sie sich um. Kein Boot. Kein Kapitän. Kein Schraubglas. Nur ein Doppelbett. Im Hotelzimmer. An der Mecklenburger Seenplatte. Jonas schlief neben ihr. Langsam beruhigte sich Hannas Atem. Sie angelte den Wecker vom Nachttisch und blinzelte auf das Zifferblatt. Kurz nach sieben. Der Zeiger für die Weckzeit stand auf halb acht. So früh? Ach ja. Die Verabredung. Um zehn Uhr wollten sie in Plau sein. Die Bootstour. Mit Hauptkommissar Königstein. Hanna stellte den Wecker zurück, schwang sich aus dem Bett und tappte zum Fenster. Blauer Himmel, strahlender Sonnenschein. Ideal für einen Ausflug auf der Seenplatte. Für einen Moment schoss ihr der Gedanke durch den Kopf, dass sie eigentlich ihre Urlaubstage im Liegestuhl am See hatte verbringen wollen. Seltsamerweise war ihr aber nicht nach Faulenzen zumute. Energisch zog sie die Vorhänge auf und öffnete die Balkontür.

Hinter ihr brummte Jonas etwas Unverständliches.

Natürlich spielte die Farbe des Bootes keine Rolle. Dennoch war Hanna erleichtert, dass Königsteins kleine Yacht einen dunkelbraunen Rumpf und ein blaues Cabrioverdeck besaß. Nur die Aufbauten waren weiß. Auch trug der Skipper keine Uniform.

Der Kommissar begrüßte sie in einem blau-weiß gestreiften Sweatshirt, das er über einer dunkelblauen Hose trug. Die Querstreifen waren für seine Figur nicht unbedingt vorteilhaft, doch in dieser Aufmachung empfand Hanna ihn als angenehm alltäglich. Zumal er heute wohl mit dem Rasierwasser sparsam umgegangen war.

Als sie das Deck betraten, schwankte das Boot, und Hanna fragte sich, ob sie mit ihrer Zusage nicht ein wenig leichtfertig gewesen war. Dankbar ließ sie sich in die Kajüte führen, in der die Bewegungen der Yacht weniger stark zu spüren waren. Jonas blieb an Deck und zog seine Kamera aus der Tasche.

Im Heck befand sich eine dunkelbraun gepolsterte halbrunde Sitzbank, die um einen fest montierten achteckigen Tisch gebaut war. Hanna ließ sich auf den Polstern nieder. »Das ist ja bequemer, als ich dachte«, rief sie. »Von mir aus kann die Reise losgehen. Wohin geht die Fahrt, Herr Kapitän?«

»Wir überqueren den Plauer See«, antwortete Königstein, »und steuern Lenz an. Dann folgen wir dem Petersdorfer und dem Malchower See zum Fleesensee. Dort halten wir uns in Richtung Göhren-Lebbin. Dann können Sie von der Wasserseite aus einen Blick auf das berühmte Ferienparadies werfen.«

»Großartig«, freute sich Hanna. »Ich bin schon sehr gespannt.«

Königstein bedeutete Jonas, die Leinen zu lösen, während er den Diesel startete. Grummelnd setzte sich der Motor in Bewegung, und im nächsten Augenblick sah Hanna den Anleger vorübergleiten.

Nachdem sie den Hafen verlassen hatten, nahm das Boot Fahrt auf. Jonas richtete das Objektiv der Kamera probeweise gegen den Himmel, unter dem ein Kormoran seine Kreise zog. Dabei bemerkte er ein graues Wolkenband über dem westlichen Horizont. Er machte Königstein darauf aufmerksam. »Könnte es sein, dass das Wetter umschlägt?«

Für einen Augenblick war der Hauptkommissar irritiert. Doch dann hob er die Schultern. »Sieht nicht so aus, als ob uns die Front in den nächsten Stunden erreicht.« Mit dieser Einschätzung war sich Königstein keineswegs sicher. Wegen der stabilen Hochdruckwetterlage der letzten Zeit hatte er keinen Gedanken an einen möglichen Witterungsumschwung verschwendet. Er wusste, dass er einen Fehler machte, wenn er ohne genaue Kenntnis der aktuellen Entwicklung hinausfuhr. Auf der Müritz konnte es lebensgefährlich werden, wenn Wind und Wellengang aufkamen. Im vergangenen Herbst war er dort einmal in schlechtes Wetter geraten. Windstärke sieben, fast zwei Meter hohe Wellen im Abstand einer knappen Bootslänge und reichlich übergehendes Wasser hatten seine Yacht fast zum Kentern gebracht.

Doch auf dem größten deutschen Binnensee würden sie sich nicht lange aufhalten. Nachdem sie in Untergöhren am Südufer des Fleesensees eine Pause gemacht hätten, würde er nur einen kurzen Abstecher auf die Müritz unternehmen, damit wäre sein Pflichtprogramm hinreichend erfüllt. Und irgendwo in seinem Inneren erschien es ihm ganz recht, wenn seine Gäste auf dem Rückweg ein wenig durchgeschüttelt würden.

# 11

Ihr Herz hämmerte. Sollte sie ihrem Peiniger entgegenkommen? Kathrin war nicht in der Lage, sich zu entscheiden. Aufsteigende Übelkeit schnürte ihr den Atem ab. Schon nestelte der Mann an seinem Hosenbund. Überdeutlich drang das Geräusch des Reißverschlusses durch sein beschleunigtes Atmen. Plötzlich ließ er Kathrins linken Arm los und griff in seine offene Hose. Blind schlug sie mit der nun freien Hand auf ihn ein. Doch er ließ nur ein grimmiges Lachen hören und wich ihren Angriffen aus. Im nächsten Augenblick packte er wieder zu, und Kathrin spürte, wie etwas gegen ihre Bauchdecke schnellte.

»Jetzt kannst du was erleben«, presste der Offizier heiser hervor und zog seinen Unterleib ein wenig zurück, als wollte er ausholen. Kathrin starrte in das Gesicht des Mannes, wollte aufschreien, wappnete sich innerlich gegen den Stoß. Tränen der Angst schossen ihr in die Augen. Das Gefühl, die Sinne könnten ihr schwinden, vermischte sich mit einem scharfen und unbeherrschbaren Schmerz in Magen und Speiseröhre.

Die Explosion in ihrem Inneren ließ einen gelb-grünen Strahl aus ihr hervorbrechen. Ätzende Flüssigkeit traf das Gesicht des Mannes, drang ihm in Mund, Nase und Augen und rann vom Kragen über die Brust. Blitzschnell breitete sich beißender Geruch aus.

Mit einem wütenden Aufschrei stieß der Mann sich von ihr ab, fuhr mit beiden Händen über sein Gesicht, brüllte Unverständliches. Durch den Schleier ihrer Tränen sah Kathrin, wie ihm die Hose über die Knie abwärts rutschte. Unter dem beschmutzten Hemd ragte ein blau geädertes Glied hervor, das rasch verkümmerte.

Hastig zog Kathrin ihre Hose hoch. Auch die hatte ein paar Spritzer abbekommen. Es kümmerte sie nicht. Automatisch zog sie ein Taschentuch hervor, wischte sich den Mund ab und beobachtete gebannt den MfS-Offizier. Er taumelte und drohte das Gleichgewicht zu verlieren. Doch dann fing er sich, zerrte seine

Hose nach oben, hastete zur Tür und verschwand ohne ein weiteres Wort.

Kathrin sank auf die Matratze, ein Weinkrampf erfasste sie. Irgendwann versiegten die Tränen, es blieb ein Gefühl der Enge in Hals und Brust. Die Übelkeit ließ nach, gleichzeitig drang der beißende Geruch des Erbrochenen in ihr Bewusstsein.

Und die Angst kehrte zurück.

Thomas Möller hatte sich entschieden, das Risiko einzugehen. Für die Karriere. Zwar war ihm die Situation nicht ganz geheuer, besonders, wenn er an die Schüsse dachte, die der Unbekannte auf sie abgegeben hatte, aber Andreas hatte ihn beruhigt. Und er hatte es auch übernommen, den Gesuchten aufzustöbern, während er nur den Waldrand beobachten sollte. Falls dieser Peters auftauchte, würde er ihm die Makarov unter die Nase halten und ihn festnehmen. Allerdings hatte er beschlossen, in seiner Deckung zu bleiben und sich nicht zu rühren, wenn der Mann noch seine Waffe mit sich führte. Die Vorstellung, er könnte ins Schussfeld eines Jagdgewehrs geraten, verursachte ihm Schweißausbrüche. Doch wenn er sich tief genug in den Graben duckte, der ihm als Versteck diente, würde er unsichtbar sein.

Seit die Dämmerung eingesetzt hatte, suchten seine Augen immer wieder den Rand des Waldes ab. Auf dieser Seite gab es nur wenig Gebüsch, die Baumstämme bildeten in geradezu militärischer Anordnung gleichmäßige Reihen. Es war unmöglich, tiefer als einige Meter in den Wald hineinzusehen. Falls Peters zwischen den Bäumen erschien, würde er ihn erst erkennen, wenn er aus deren Schatten heraustrat.

Mit der Dunkelheit nahmen auch die Geräusche zu. Jedenfalls erschien es ihm so. Je länger er lauschte, desto öfter hörte er es knistern oder knacken. Äste rieben im leichten Wind aneinander und erzeugten ein unheimliches Knarren. Gelegentlich rief ein Eichelhäher, oder ein Specht hämmerte irgendwo an einer Fichte.

Die Geräusche des Waldes ließen Frank Peters an Kathrin denken. Von ihr hatte er gelernt, den Ruf des Kranichs zu erkennen, der bei der Balz ein trompetenartiges Schmettern aus langen und kurzen Lauten hören ließ. Sie hatte ihm die Rohrdommel gezeigt, deren dunkler Balzruf aus dem Schilf am See an ein Nebelhorn erinnerte. Jetzt glaubte er einen Waldkauz zu vernehmen, dessen schauriger Gesang die Nacht ankündigte.

Unter den Bäumen war es bereits dunkel, aber nach einiger Zeit lichtete sich der Baumbestand, bläuliches Licht drang zunehmend zwischen den Stämmen hindurch. Anscheinend näherte er sich dem Waldrand. Die Polizisten hatte er abgeschüttelt, dennoch bewegte er sich sehr vorsichtig voran. Wenn sein Orientierungssinn nicht trog, würde er auf die Siedlung Eldenburg stoßen. Für die Nacht konnte er bei Kathrin unterschlüpfen, dann würde er sich ein neues Versteck suchen müssen. Oder sich stellen, wie sie wahrscheinlich vorschlagen würde. So machst du alles nur schlimmer, würde sie sagen. Und damit hatte sie nicht ganz unrecht. Die Schießerei mit den Vopos konnte er abstreiten. Er würde behaupten, bei Kathrin gewesen zu sein. Sie würde das bestätigen. Jemand anders musste in die Hütte des alten Bergmann eingedrungen sein und sich dort der Waffe bemächtigt haben. Sie würden nicht beweisen können, dass er dieser Jemand war.

Sie hatten auch sonst nichts gegen ihn in der Hand. Es sei denn, einer aus der Gruppe hätte nicht dicht gehalten. Doch das konnte er ausschließen. Sie waren Freunde. Seit Beginn der Schulzeit. Weshalb die Polizisten ihn hatten sprechen wollen, blieb rätselhaft. Wahrscheinlich hatte jemand, dem ihre Musik missfiel, der Stasi einen Tipp gegeben. Wegen staatsfeindlicher Tendenzen. Aber die Partei hatte ihre Linie geändert. Im Oktober würde der West-Rocker Udo Lindenberg im Palast der Republik in Ostberlin auftreten. Das wusste er aus sicherer Quelle. Vielleicht hatte sich der neue Trend noch nicht bis zu den unteren Chargen der Staatssicherheit herumgesprochen.

Was auch immer die Beamten von ihm wollten, musste ihn nicht allzu sehr beunruhigen. Denn im Notfall würde ihm der Erste Sekretär der SED-Kreisleitung aus der Patsche helfen. Nicht gern und nicht freiwillig. Aber er würde es tun. Natürlich nur, wenn ihm, Frank, kein schwerwiegendes Vergehen vorgeworfen würde. Das würde auch Jähn nicht aus der Welt schaffen können. Zum Beispiel der Gebrauch einer Schusswaffe.

Vielleicht sollte er das Gewehr verstecken und unbewaffnet aus der Dunkelheit des Waldes in die Abenddämmerung treten. Andererseits würde ihn ein ungezielter Schuss ein weiteres Mal retten können, wenn die Vopos doch noch auf ihn warteten. Zwei Patronen, zwei Schüsse – die Schrecksekunden würden ausreichen, um wieder zwischen den Bäumen verschwinden und in der rasch zunehmenden Finsternis untertauchen zu können.

Die Spur des Flüchtigen hatte Andreas Palkow einige Hundert Meter verfolgen können. Abgerissene Blätter und geknickte Zweige hatten ihm den Weg gewiesen. Doch dann hatte der Wald nur noch aus geraden rot-braunen Stämmen bestanden, und er hatte seinem Instinkt folgen müssen. Und seinen Überlegungen.

Peters würde klar sein müssen, dass er nicht in die Hütte zurückkehren konnte. Also würde er versuchen, das Haus der Bergmanns zu erreichen. Oder das Ufer der Elde. Um irgendwo ein Boot zu finden, das er stehlen konnte, um damit zu flüchten.

Palkow grinste. Beiden Möglichkeiten hatte er einen Riegel vorgeschoben. Auf der Landseite wartete sein Kollege. Die Seeseite würde er selbst kontrollieren. Schon wenig später erreichte er das Wasser. Weit und breit war kein verlassener oder vergessener Kahn zu sehen, der sich für eine Flucht eignen würde. Er folgte der Uferlinie bis zur nächsten Landzunge, um auch den nächsten Abschnitt in Augenschein zu nehmen. Es gab kein Boot. Und nirgends regte sich ein Mensch.

Eilig hastete Palkow zurück in den Wald. Offenbar wollte Peters sich zu seiner Freundin retten. Vor seinem inneren Auge erschien das Gesicht von Kathrin, die in ihrer Zelle ausharrte und auf eine Nachricht von ihm wartete. Sie wartet auf mich. Der Satz kreiste in seinem Kopf und versetzte ihn in freudige Erregung.

Zuerst hatte sie ihn überhaupt nicht wahrgenommen. Dann aber, nachdem er sich als Freund und Helfer zu erkennen gegeben hatte, war ihr Blick aufmerksamer – und gleichzeitig weicher – geworden. Der Funke der Hoffnung, den er entzündet hatte, würde vielleicht zu einem kleinen Glutnest werden. Wenn er alles richtig machte. Sobald er den Flüchtigen bei Jakubzik ablieferte, kam Kathrin frei. Ihre Situation auszunutzen, lag ihm fern. Was der Leutnant angedeutet hatte, hätte ihn vielleicht bei einem anderen Mädchen interessiert. Aber nicht bei Kathrin. Er würde sie nach Hause bringen, den dankbaren Eltern in aller Bescheidenheit erklären, dass er nur seine menschliche Pflicht getan habe. Und er würde sich um Kathrin kümmern, während Peters im Gefängnis saß. Aus der Glut konnte mit der Zeit ein wärmendes Feuer werden.

Unter den Bäumen war die Abenddämmerung schon fast in Dunkelheit übergegangen. Nur wenig Licht drang noch durch die Baumwipfel. Gerade genug, um das Waldstück im Laufschritt zu durchqueren. Peters würde sich langsamer bewegen, um auf jedes Geräusch achten zu können. Schließlich musste er damit rechnen, dass sie ihn verfolgten.

Als Frank Peters den Waldrand erreichte, verharrte er in der Dunkelheit zwischen den Baumstämmen und suchte mit den Augen die Umgebung ab. Nirgends regte sich ein Lebewesen. Kein von einem Menschen verursachter Ton störte die sanften Geräusche der Natur. Offenbar war niemand in der Nähe.

Noch immer trug er die Jagdflinte bei sich und war unschlüssig, ob er sich mit der Waffe in der Hand der Siedlung nähern sollte. Wahrscheinlich war es besser, das Gewehr zu schultern wie ein Jäger oder Förster. Aber hier kannte jeder jeden. Niemand würde ihm die Rolle abnehmen. Kurz entschlossen hängte er den Gurt der Flinte über den Ast einer Fichte.

Dann trat er vorsichtig aus dem Schatten der Bäume.

Heinrich Bergmann hatte sich die MZ seines Schwagers geliehen. Mit dem Motorrad würde er seine Ziele wesentlich schneller erreichen, als mit dem klapprigen Framo V901. Der Pritschenwagen aus den fünfziger Jahren war schwerfällig, und manchmal blieb der Motor stehen.

Er ahnte, dass er in der Polizeistation in Waren nichts würde ausrichten können. Trotzdem würde er hinfahren. Aber zuerst steuerte er die Maschine nach Kamerun. Irgendwo in dem kleinen Warener Stadtteil wohnte die Familie von diesem Grünschnabel. Der alte Palkow war vor einigen Jahren gestorben. Aber den Enkel würde er dort noch antreffen. Um diese Zeit war er nicht mehr im Dienst. Er würde die Wahrheit aus dem Jungen herausprügeln, wenn es nötig sein sollte. Dann wollte er seine Tochter sehen, sich mit eigenen Augen überzeugen, dass man ihr nichts angetan hatte. Und morgen musste er einen Rechtsanwalt finden. Einen mit Biss.

Als er von der Röbeler Chaussee in den Kameruner Weg einbog, kam die MZ ins Schlingern. Bergmann geriet auf die falsche Straßenseite. Ein Lastwagen blendete die Scheinwerfer auf, schwenkte mit dröhnender Hupe über den Randstreifen, dann donnerte der IFA L60 so knapp an ihm vorbei, dass ihn der Luftzug fast von der Maschine gerissen hätte.

Kurz darauf erreichte er mit rasendem Herzen das erste Haus. Um nicht lange suchen zu müssen, stellte er die MZ ab und klingelte anhaltend.

»Die Palkows wohnen nicht mehr hier«, antwortete der Mann. »Die sind weggezogen.«

»Wissen Sie, wohin?«

Ein Augenpaar musterte ihn misstrauisch. »Nach Rechlin.«

»Und die Adresse?«

Der Mann schüttelte den Kopf und hob bedauernd die Schultern.

Bergmann rannte zum Motorrad zurück.

Während er auf den Kickstarter trat, überschlug er die Entfernung. Sietow - Röbel - Vipperow - Rechlin. Fünfunddreißig Kilometer, eine gute halbe Stunde. Dort würde er herumfragen müssen. Im ungünstigsten Fall noch einmal eine halbe Stunde. Das war zu schaffen, bevor die meisten Leute ins Bett gingen. Er schwang sich auf die MZ und ließ den Motor aufheulen.

Kathrin hockte auf der schmuddeligen Matratze. Sie hatte sich in die Ecke verkrochen, die Beine angezogen und mit ihren Armen umfasst. Während sie versuchte, ihre Gedanken zu ordnen, schaukelte ihr Körper kaum merklich vor und zurück.

Unter großen Anstrengungen schob sie die schrecklichen Bilder in den Hintergrund und konzentrierte sich auf vertraute Gesichter. Frank lachte ihr zu, kam näher und nahm sie in die Arme. Zum Glück war er in Sicherheit. Ihre Mutter sah sie fragend an. Machte sie ihr Vorwürfe? Nein, ihr Blick war nicht anklagend. Eher besorgt. Und beunruhigt. Früher hatte sie ihr alles anvertraut, was sie bewegt hatte. Doch in den letzten Jahren hatten sie kaum noch über persönliche Dinge gesprochen. Natürlich hatte sie von ihren Erlebnissen an der Universität berichtet. Sie hatten über die Arbeit in Haus und Garten, den Fischereialltag geredet und sich über Sprüche des Genossen Generalsekretär lustig gemacht. Zum Sozialismus, der »weder von Ochs noch Esel aufgehalten« würde, zur »zersetzenden Kraft der Beatmusik« oder über »widerliche Bettszenen«. Aber ihr Verhältnis zu Frank und ihre Zukunftspläne hatten sie ausgeklammert. Obwohl ihre Mutter ihn mochte.

Auch ihr Vater hatte sich nach langem Zögern mit ihm angefreundet. Für ihn war wichtig, dass seine Tochter glücklich war. Irgendwann hatte er erkannt, dass sie mit Frank dieses Glück gefunden hatte. Sie hörte die zwei Worte, die ihr Vater am Ende eines langen Tages gefunden hatte, nachdem Frank ihn zum Fischen auf der Müritz begleitet hatte. »Prima Kerl.« Ein höheres Lob hätte ihr Vater nicht aussprechen können.

Wie würden ihre Eltern reagieren, wenn Andreas ihnen von der Festnahme ihrer Tochter berichten würde? Wahrscheinlich wussten sie es bereits. Der Gedanke, dass Andi die Nachricht schon überbracht haben könnte, verursachte ihr plötzlich Herzklopfen. Vielleicht war es ein Fehler gewesen. Ihre Mutter würde vor Angst und Sorge vergehen. Sich die Reaktion ihres Vaters vorzustellen, war weitaus schwieriger. Bei Konflikten hatte er sich immer zurückgezogen, war – je nach Tages- und Jahreszeit – auf den See hinausgefahren oder hatte sich im Bootsschuppen an der Ausrüstung zu schaffen gemacht.

Aber seine Tochter war noch nie in Gefahr gewesen. Vielleicht würde er diesmal ganz anders reagieren. Heinrich Bergmann trug seine Frau und seine Tochter auf Händen. Partei und Staatsgewalt gegenüber brachte er jedoch nicht den geringsten Respekt entgegen. Womöglich würde er nicht davor zurückschrecken, dem Ersten Sekretär der SED-Kreisleitung an die Gurgel zu gehen.

Ein Geräusch unterbrach ihre Gedanken. Irgendwo in diesem Keller war eine Tür zugefallen. Oder zugeschlagen worden. Kam dieses Stasi-Schwein zurück?

Die Bewegung am Waldrand war kaum zu erkennen. Thomas Möller kniff die Augenlider zusammen, um sich zu vergewissern, ob er etwas gesehen hatte oder einer Täuschung erlegen war. In der fortgeschrittenen Dämmerung verbanden sich die Bäume und ihre Schatten zu einer dunklen Wand. Angestrengt starrte er auf die Stelle, an der sein Blick hängen geblieben war. Tatsächlich bewegte sich ein Schemen aus der Dunkelheit des Waldes in seine Richtung. Doch dann verharrte er, so dass Möller Mühe hatte, ihn im Auge zu behalten. Allzu rasch verschwamm der dunkle Fleck mit der Umgebung. Schließlich bewegte er sich wieder ein Stück, um erneut zu verharren.

Das Bild wurde unscharf, weil seine Augen von der Anstrengung zu tränen begannen. Hastig kniff er die Lider zusammen und wischte mit dem Ärmel darüber. Anschließend brauchte er einige Sekunden, um das Ziel wiederzufinden. Sein Herz schlug schneller, als der Schatten Konturen anzunehmen begann. Menschliche Konturen. Das musste Peters sein. Möller konzentrierte sich auf mögliche Anzeichen für ein Gewehr, das der Mann möglicherweise mitführte. Noch war nicht zu erkennen, ob er überhaupt einen Gegenstand bei sich trug. Darum duckte sich Möller tiefer in sein Versteck.

Bis zum offenen Gelände waren es nur noch wenige hundert Meter. Die blauen Lichtflecken hatten sich zu einer grauen Masse vereinigt, die aber doch hell genug war, als dass ein Mensch sich darin als Silhouette abzeichnen würde. Vor allem wenn er sich bewegte, würde er ihn nicht übersehen.

Und plötzlich hatte er ihn. Peters stand am Waldrand und sah sich um. Enttäuscht stellte Palkow fest, dass er das Gewehr nicht mehr bei sich hatte. Er unterdrückte einen Fluch und schlich langsam näher, vorsichtig darauf achtend, dass er keine Geräusche machte.

Als Peters sich wieder in Bewegung setzte, beschleunigte Palkow seinen Schritt und zog seine Makarov aus dem Holster. In einer Minute würden sie ihn stellen. Thomas musste irgendwo am Waldrand sein. Wahrscheinlich hatten sie Peters genau zwischen sich. Er hatte keine Chance mehr zu flüchten. Sie würden ihn festnehmen. Ohne jede Gegenwehr.

Wenn sich Peters widerstandslos ergab, würde er ihm nichts anhängen können. Nur ein Schusswechsel konnte die Festnahme in einem anderen Licht erscheinen lassen. Daraus ließe sich leicht ein Mordversuch an einem Volkspolizisten konstruieren. Doch nun drohte dieser Plan zu scheitern.

Dann entdeckte er das Gewehr. Es hing direkt vor ihm an einem Baum. Hastig steckte er seine Dienstpistole wieder ein, ergriff die Jagdflinte. Er kontrollierte die Läufe. Zwei Patronen. Palkow entsicherte die Waffe und legte an.

Peters war in einen leichten Laufschritt gefallen. Plötzlich erhob sich etwa fünfzig Meter vor ihm wie aus dem Nichts ein Mann in grüner Uniform und richtete eine Pistole auf den Läufer. Palkow hob das Gewehr, zielte sorgfältig und drückte ab. Dann warf er das Gewehr auf den Boden.

Thomas Möller wurde herumgerissen, ruderte mit den Armen und verschwand.

Frank Peters erstarrte in der Bewegung und drehte sich zu ihm um. Verwirrt sah er sich um. Mit aufgerissenen Augen und offenem Mund sah er Andreas Palkow entgegen, der auf ihn zugerannt kam. Sein Unterkiefer bewegte sich, doch kein Laut drang hervor. Palkow rannte auf ihn zu. Im Laufen zog er seine Makarov hervor. »Keine Bewegung oder ich schieße!«, rief er. Sekunden später erreichte er Peters, steckte die Pistole wieder ein und fesselte ihn mit seinen Handschellen an einen Baum. Dann stürmte er weiter.

Thomas Möller hockte im Graben und presste die Hand auf seinen rechten Oberarm. Zwischen den Fingern sickerte Blut hervor.

»Das Schwein hat auf dich geschossen«, keuchte Palkow und löste Möllers Hand, um die Verletzung zu begutachten. »Ist aber nicht schlimm. Nur eine Fleischwunde.«

»Dabei hätte ich geschworen«, murmelte Möller, »dass er kein Gewehr ...«

»Unmöglich bei dem Licht«, unterbrach ihn Palkow. »Wahrscheinlich hatte er es hinter dem Rücken versteckt. Ich habe es jedenfalls im Gras liegen sehen, ich hole es gleich. Das ist ein wichtiges Beweisstück.«

Kathrin erstarrte, als die Zellentür geöffnet wurde. Die Angst schnürte ihr die Kehle zu, und sie drückte sich noch tiefer in die Ecke.

Als das Gesicht des Leutnants erschien, verkrampfte sich ihr Magen. Doch der Mann blieb in der Tür stehen. Offenbar hatte er sich umgezogen. Mit kaltem Blick sah er sie an. »Dass eins klar ist, du Miststück. Hier ist nichts, aber auch gar nichts passiert. Wenn du etwas anderes behauptest, wird dir niemand glauben. Und ich werde dafür sorgen, dass du in Bautzen landest.«

Er verschwand und schlug die Tür zu. Kathrin hörte, wie der Schlüssel gedreht und ein Riegel vorgelegt wurde.

Mit brennenden Augen starrte sie gegen die Zellentür. Ihr Kopf dröhnte. Wann würde dieser Albtraum ein Ende nehmen? Und wie?

Ich kann dir helfen, hatte Andi gesagt. Und: Es wird sich alles klären. Was würde sich klären? Würde man sie freilassen, wenn sie Frank verraten würde? Aber das war unmöglich. Unter keinen Umständen würde sie ihren Freund der Stasi ausliefern. Lieber blieb sie in diesem Loch.

Sie tastete nach ihrer Uhr, zog sie aus der Tasche, zögerte. Schließlich warf sie einen Blick auf das Zifferblatt. Fast Mitternacht. Mehr als sechs Stunden hockte sie nun schon in der Zelle. Wahrscheinlich waren Andreas und seine Kollegen, der Leutnant und die anderen Handlanger der Stasi inzwischen längst nach Hause gegangen. Zu ihren Familien, ihren Kindern.

Sie stopfte die Armbanduhr zurück in die Hosentasche.

Plötzlich spürte sie die Müdigkeit. Ihre Augen brannten, Nacken und Schultern schmerzten, der Kopf war schwer, und alle Fasern ihres Körpers sehnten sich nach Entspannung. Sie musterte die fleckige Matratze, streckte die Beine aus und rutschte in eine etwas bequemere Lage. Doch in dem Augenblick, als sie die Augen schloss, spürte sie die Unruhe ihres Herzens. An Schlaf war nicht zu denken.

Irgendwann musste sie in eine Art Dämmerzustand gesunken sein. Das Geräusch schlagender Türen und der Klang dumpfer Männerstimmen ließen sie aufschrecken.

Kathrin lauschte angespannt.

Mit einem kräftigen Knall, der eher zu spüren als zu hören war, endete der Lärm. Noch einmal war eine undeutliche Stimme zu hören, dann herrschte Ruhe. War jemand in die Nachbarzelle gebracht worden?

Ihr Herz schlug unwillkürlich schneller.

## 12

Das gleichmäßige Brummen des Motors und das sanfte Schaukeln, wenn die Yacht in die Bugwellen eines Fahrgastschiffes geriet, versetzten Hanna Wolf in eine angenehm entspannte Stimmung. Schon nach kurzer Zeit war sie an Deck geklettert und hatte es sich auf einer gepolsterten Sitzbank bequem gemacht. Sie genoss die wärmenden Sonnenstrahlen auf der Haut, die Nähe der Wasseroberfläche, die zum Hineingreifen reizte, und den Blick auf die Uferlandschaft mit ihren Schilfgürteln, Bootshäusern und Stegen.

Als sie bei Lenz die schmale Verbindung zwischen Plauer See und Petersdorfer See passierten, die sie schon von ihrem Ausflug mit der *Unkel Bräsig* kannte, winkte sie den Menschen zu, die dort im Restaurant beim späten Frühstück saßen und fröhlich zurückwinkten.

Der Petersdorfer See empfing sie mit einem atemberaubenden Panorama und zahlreichen Wasservögeln. Königstein, der bisher kaum ein Wort verloren hatte, machte sie auf Blesshühner, Kormorane und Graureiher aufmerksam. Sogar ein Seeadler zog hoch über dem Wasser seine Kreise. Jonas fotografierte unaufhörlich. Hanna sah ihm an, wie sehr er die Möglichkeit genoss, seine neue DSR-Kamera auszuprobieren. Wahrscheinlich würde er nach dem Urlaub für seine Zeitung einen Reisebericht schreiben und zur Illustration das eine oder andere Foto beisteuern.

»Jetzt sind wir auf dem Fleesensee«, rief Königstein, als sie den Malchower See passiert hatten, die Ufer wieder auseinander rückten und sich die Wasserfläche vor ihnen ausbreitete. Er deutete nach vorn. »Da drüben liegt das Resort Land Fleesensee.«

Der grüne Uferstreifen wurde an einer Stelle von einem riesigen Gebäude unterbrochen.

»Dieser Klotz da drüben?«, staunte Hanna. »Der ist ja gewaltig. Aber die Lage ist traumhaft.«

»Das ist das neue Iberotel. Erst seit zwei Jahren in Betrieb. Aber zum Resort gehört noch viel mehr. Ein Dorfhotel, ein Robinson

Club und ein Golf und Country Club. Habe ich noch was vergessen? Ach ja, die SPA Therme. Wenn wir näher kommen, können Sie auch die Ausläufer des Robinson Clubs erkennen. Land Fleesensee ist die größte Anlage dieser Art in ganz Nordeuropa.«

Jonas warf Hanna einen skeptischen Blick zu. »Das klingt ja eher abschreckend.«

Königstein zuckte mit den Schultern. »Für die Region ist es seit über zehn Jahren ein bedeutender Wirtschaftsfaktor. Und den Urlaubsgästen gefällt's. Immerhin verteilt sich das Angebot auf eine Fläche von fünfhundert Hektar.«

»Und das Ganze hat man einfach so in die unberührte Natur gebaut?«

Erneut hob Königstein die Schultern. »Wohin sonst?«

»Bekommen wir mehr davon zu sehen?« Hanna reckte den Hals.

»Wir legen in Untergöhren an. Dort gibt es seit letztem Jahr einen neuen Yachthafen. Das Restaurant wird Ihnen sicher gefallen. Da können wir gut essen, und ich kann Ihnen mehr über das ganze Unternehmen erzählen. Um alles aus der Nähe zu sehen, müssten Sie mal mit dem Wagen hinfahren.«

Während das Boot Kurs auf eine weitläufige Bucht nahm, beglückwünschte sie sich ein weiteres Mal zu ihrem Entschluss, den Urlaub in diesem Jahr an der Mecklenburgischen Seenplatte zu verbringen. Es waren erst wenige Tage vergangen, doch Hanna hatte das Gefühl, sich schon seit Wochen in einem großen Naturpark aufzuhalten. Unzählige unvergessliche Eindrücke würde sie mitnehmen und sich daran erinnern können.

Auf dem offenen See erschien ihr die Luft ein wenig kühler, unwillkürlich richtete sie den Blick zum Himmel, der sich seit ihrer Ankunft tiefblau über dem Land gespannt hatte und nun blasser wirkte. Die Sonne hatte sich verschleiert und brannte weniger heiß auf der Haut. Doch noch immer tauchte sie den See und seine grünen Ufer in warmes Licht.

»Sie können schon mal vorgehen«, sagte Königstein, als sie sich der Marina vor Untergöhren näherten. Er deutete auf ein Gebäude in zeitlos-moderner Architektur, das aus einem orangegelben und einem grauen Teil zusammengefügt worden schien. »Ich setze Sie am Hauptsteg ab und fahre zum Tanken.«

Das Restaurant wirkte innen einladender, als Hanna nach dem äußeren Eindruck vermutet hatte. Die Wände waren mit Stoffen verhüllt, Tische, Stühle und die übrige Einrichtung geschmackvoll aufeinander abgestimmt.

Sie lotste Jonas zu einem Tisch am Fenster. »Hier haben wir freie Sicht auf die Boote und auf den See. Wunderbar!«

Nachdem sie ein Wasser und Jonas ein Bier bestellt hatte, vertiefte sich Hanna in die Speisekarte. Die Auswahl war begrenzt, aber vielversprechend. Hatte sie bisher noch keinen Appetit verspürt, meldete sich jetzt ein deutliches Hungergefühl. Sie sah sich um. »Königstein laden wir ein. Oder was meinst du?«

Jonas nickte. »Selbstverständlich. Als kleines Dankeschön. Und als Entschädigung dafür, dass er nicht mit dir allein auf dem See herumschippern konnte.«

In diesem Augenblick erschien Königstein im Restaurant. Hanna schmunzelte und beugte sich rasch über die Karte. »Ich glaube, ich nehme den Zanderrücken.«

Während Hanna Wolf, Jonas Roth und der Hauptkommissar aus Röbel sich das Essen schmecken ließen und über die Vorzüge der Urlaubsregion Mecklenburgische Seenplatte plauderten und ihre Erfahrungen mit Auslandsreisen austauschten, stieg ein Mann auf Königsteins Boot und verschwand im Inneren der Kajüte. Er war wie ein Skipper gekleidet, trug eine kleine Werkzeugtasche bei sich und machte sich zügig und zielbewusst an die Arbeit. Nach knapp fünfzehn Minuten verließ er die Yacht und entfernte sich ohne Eile.

Mit der Frage, die ihr die ganze Zeit auf der Seele brannte, wartete Hanna bis zum Espresso.

»Was fangen wir jetzt mit den Informationen an, die Sie zu dem abgeschnittenen Ohr zusammengetragen haben?«

Königstein sah überrascht auf. In ihm arbeitete es sichtlich.

»Schließlich gibt es neue Erkenntnisse«, half Hanna nach. »Deswegen haben Sie mich sogar im Hotel aufgesucht. Demnach haben wir es mit einem Tötungsdelikt zu tun.«

Der Hauptkommissar verzog unwillkürlich das Gesicht. »Schon«, murmelte er. Aber wie ich bereits sagte, das Landeskriminalamt kümmert sich um den Fall.«

»Und Sie«, strahlte Hanna, »haben beste Verbindungen zum LKA.«

»Außerdem zum Institut für Rechtsmedizin in Rostock«, warf Jonas Roth ein. »Da müsste es Ihnen doch möglich sein, an weitere und detaillierte Informationen zu kommen.«

Königstein sah von einem zum anderen. »Ich weiß nicht. Aber ich kann ja mal sehen, ob sich was machen lässt.«

»Das wäre ganz wunderbar«, freute sich Hanna und legte ihre Hand auf seinen Unterarm. »Sie schaffen das schon, lieber Herr Kollege. Und wenn es Ihre Zeit erlaubt, könnten wir uns in den nächsten Tagen wieder treffen.« Sie wandte sich an Jonas. »Du willst doch übermorgen nach Güstrow fahren, um den Barlach-Engel zu fotografieren. Ich muss da nicht hin. Stattdessen könnte ich mich mit Herrn Königstein treffen und mit ihm die Details der verschiedenen Fälle besprechen.«

Roth unterdrückte ein Grinsen und nickte. »Selbstverständlich. Das würde gut passen.«

Hanna Wolf löste ihre Hand von Königsteins Unterarm. »Dann werde ich jetzt mal zahlen.«

Als sie das Restaurant verließen, hatte sich der Himmel noch weiter verschleiert, der Wind etwas aufgefrischt. Hanna schlüpfte in ihre Jacke. Königstein sah auf die Uhr. »Wir liegen gut in der Zeit. Wir überqueren jetzt den Kölpinsee, fahren durch den Reeckkanal zur Binnenmüritz. Dort können Sie einen Blick auf Waren werfen. Dann machen wir einen kleinen Abstecher auf die Müritz hinaus, und von da aus geht's auf demselben Weg zurück nach Plau.«

»Großartig.« Hanna strahlte. »Wir folgen Ihnen gern, Herr Kapitän.«

Je weiter sie auf die Müritz hinausfuhren, desto stärker war der Wind zu spüren. Das Wasser war nun nicht mehr glatt, sondern bildete kleine kurze Wellen, die rasch länger und höher wurden. Zusehends verdunkelte sich der Himmel. Auf Deck wurde es ungemütlich, und Hanna verzog sich ins Innere der Kabine. »Ich werde die Strecke ein wenig abkürzen!«, rief Königstein vom Ruder. »Es könnte doch etwas unfreundlich werden. Wir kehren besser jetzt schon um.«

Das Boot stampfte, schaukelte und schlingerte zunehmend, so dass sich auch Jonas nach einer Weile nach innen verkroch. Mit dem Daumen deutete er nach oben. »Das wird von Minute zu Minute heftiger. Vielleicht ein Gewitter. Ich meine, ich hätte ein Donnergrollen gehört.«

»Ist das nicht gefährlich auf dem Wasser?« Hanna klang ein wenig ängstlich.

Jonas hob die Schultern. »Ich glaube nicht. Wir sind hier nicht auf der Nordsee. Irgendwo ist immer ein Ufer. Und Königstein als erfahrener Binnenschiffer weiß sicherlich, was er tut.«

Hanna nickte stumm. Hoffentlich, dachte sie, hat er wirklich Erfahrung. Und das Boot mit dem dazugehörenden Führerschein nicht erst seit ein paar Tagen.

Ein Donnerschlag ließ sie zusammenzucken. Im nächsten Moment begann ein heftiger Regen auf das Kabinendach zu trommeln. Königstein erschien in der Kajüte und öffnete eine Schranktür. Wortlos zog er eine Regenjacke und einen Südwester heraus, schlüpfte in die Jacke und verschwand wieder nach draußen.

Hanna tastete nach Jonas' Hand.

In der Redaktion des Nordkuriers/Müritz-Zeitung beugte sich Rainer Ürdinger über Ausschnitte alter Ausgaben. Seine Beiträge für das aktuelle Blatt waren fertig. Bis zur Redaktionskonferenz war noch Zeit. Eigentlich hätte er Mittagspause machen können. Aber die Geschichte seines Freundes Jonas hatte ihm keine Ruhe gelassen. Genau genommen war es eher die Geschichte von Hanna, korrigierte er sich. Eine attraktive Frau. Und klug. Jonas hatte anscheinend das große Los gezogen.

Seit er mit den beiden das Material gesichtet hatte, beschäftigte ihn ein Signal aus seinem Unterbewusstsein. Er hatte etwas gesehen, das er nicht wirklich wahrgenommen hatte. Ein Name? Ein Satz? Ein Bild? Eine Information, die ihren Weg nicht bis ins Bewusstsein gefunden hatte. Nun versuchte er, den Gedanken zu fassen, der irgendwo in seinem Hinterkopf herumvagabundierte.

Wieder und wieder überflog er die Berichte und Fotos von damals. Das Gefühl, eine Spur nicht erkannt zu haben, blieb. Doch ein erhellender Gedankenblitz wollte sich nicht einstellen. Schließlich schob er die Unterlagen resigniert zusammen und stand auf, um doch noch zum Essen zu gehen. An der Tür machte er kehrt, ging zum Schreibtisch.

»Unbekannter Toter gestern bestattet«, lautete die Überschrift eines Artikels, der wohl nur geschrieben worden war, weil endlich unabhängige Journalisten in der Umbruchphase nach unverfänglichen tagesaktuellen Meldungen gesucht hatten. Das wäre heute wohl kein Thema, dachte Ürdinger. Oder doch? In der sommerlichen Saure-Gurken-Zeit, in der sich unbedeutende Politiker so gern zu Wort meldeten, weil sie damit rechnen konnten, endlich Gehör zu finden. Oder als Zeitungsbeitrag zu den vermeintlichen Reality-Sendungen, mit denen die private Sender die TV-Programme überschwemmten. Nach dem Motto: So sieht die Bestattung eines Menschen aus, der außerhalb seiner Wohnung zu Tode gekommen ist und dessen Angehörige nicht zu ermitteln waren. Deshalb auch keine Einäscherung. Vielleicht meldete sich später ja noch jemand und erhob Anspruch auf die Leiche. – Interessant, man konnte Anspruch auf die Leiche eines Angehörigen erheben, das hatte er nicht gewusst.

Das Foto zu dem Artikel war trist. Der Katafalkwagen in der Nähe eines ausgehobenen Grabes. Fünf Träger, die gerade den Sarg hinabließen. Kein Priester. Kein Trauerredner. Keine Trauergemeinde. Niemand, der dem Toten das letzte Geleit gab.

Moment mal! Da stand doch eine Frau. Eine Spaziergängerin? Die Angehörige eines anderen Dauergastes auf diesem Friedhof, die zufällig hier vorbeigekommen war? Aber sie schien die Grablegung genau zu beobachten. Bloße Neugierde? Oder mehr?

Sein journalistischer Spürsinn war erwacht. Er ließ sich im Zeitungsarchiv das gesamte Bildmaterial zu diesem Artikel heraussuchen, verglich alle Fotos, die den Ablauf der Beerdigung dokumentierten. Auf jedem war die Frau zu sehen. Von wegen Zufall!

Volltreffer, jubelte er innerlich. Es war dieses Gesicht. Im Hintergrund. Die Mimik passte nicht zum Anlass. Er kopierte den Zeitungsartikel, suchte den Abzug heraus, auf dem die Frau am besten zu erkennen war und kramte sein Mobiltelefon aus der Tasche.

Jonas und Hanna würden staunen.

Ohne Vibrationsalarm hätte Jonas Roth den Anruf auf seinem Handy wohl nicht bemerkt. Wellen donnerten gegen den Rumpf, Regen und Hagel prasselten auf das Kabinendach, und der Wind heulte um die Aufbauten der Motoryacht.

Inzwischen tobte der Sturm so heftig, dass die Insassen des Bootes hin und her geworfen wurden, obwohl sie versuchten, sich an den Sitzen festzuhalten. Jonas umklammerte die Tischkante mit der einen Hand und zog mit der anderen das Telefon hervor.

Er meldete sich und nickte Hanna zu. »Das ist Rainer.«

»Was hier los ist?«, rief er in das Gerät. »Wir sind in einem Boot. Auf der Müritz. Und jetzt ist plötzlich Sturm aufgekommen. Diese Nussschale tanzt wie ein Tischtennisball auf der Wasseroberfläche. – Was sagst du? Etwas herausgefunden? Ich kann dich kaum verstehen. Lass uns das später besprechen. Ich rufe dich an, wenn wir wieder festen Boden unter den Füßen haben. Und falls wir das Abenteuer überleben. – Ja, mache ich. Tschüss, Rainer.«

Hanna sah Jonas erwartungsvoll an. Er steckte das Handy zurück in die Tasche. »Rainer hat etwas herausgefunden. Wenn ich ihn richtig verstanden habe, hat er eine Person entdeckt, die sich auffallend für die Beerdigung des ersten Opfers interessierte.«

Für einen Augenblick vergaß Hanna die beängstigende Situation. Ihre Augen leuchteten. »Das ist es! Wir müssen die Informationen von deinem Freund Rainer und die von Königstein zusammenbringen. Ich habe das Gefühl, dass wir auf diesem Weg weiterkommen. Hat er gesagt, um wen es sich dabei handelt?«

Jonas schüttelte den Kopf. »Die Verständigung war schlecht. Wir telefonieren später noch einmal. Aber ich soll dich ...«

Ein dumpfer Schlag irgendwo im Bootskörper unterbrach ihn. Im nächsten Augenblick drehte sich die Yacht und neigte sich beängstigend zur Seite. Von draußen drang ein wütender Aufschrei herein, dann sackte die Drehzahl des Motors ab. Kurz darauf wurde die Kabinentür aufgestoßen, Königstein stand triefend vor ihnen. »Eine Katastrophe«, knurrte er. »Ein Steuerseil ist gerissen. Das Ruder hat keine Wirkung. Ich kann das Boot nicht mehr in den Wind steuern. Ich kann es überhaupt nicht mehr steuern. Wir werden jetzt abgetrieben. Mit etwas Glück landen wir irgendwo im Schilf oder im flachen Wasser. Wenn wir Pech haben, schmeißt uns eine Welle gegen eine Uferbefestigung. Oder gegen ein anderes Boot.«

»Wie kann das passieren?«, fragte Jonas.

Königstein hob die Schultern. »Normalerweise gar nicht. Ich verstehe es selbst nicht.«

»Wir sollten Hilfe rufen«, schlug Hanna vor und klammerte sich fester an die Sitzbank. »Man kann doch telefonieren. Jonas hat gerade ...«

»Schon erledigt. Ich habe die Leitzentrale angerufen. Die Wasserrettung macht sich sofort auf den Weg. Und die Kollegen von der Wasserschutzpolizei kommen auch. Dann können Sie gleich ...« Königstein wurde von einer Bewegung des Bootskörpers zur Seite geworfen, stieß mit dem Kopf gegen einen Schrank und sank aufstöhnend auf den Sitz . Die nächste Welle ließ das Boot zur anderen Seite kippen und presste den schwergewichtigen Hauptkommissar gegen Hanna.

»Es kann eine Weile dauern, bis sie hier sind«, murmelte er undeutlich und rutschte von der Bank.

Hanna packte seine Schultern, um ihn wieder auf den Sitz zu ziehen. Doch auf der nassen Regenjacke rutschten ihre Hände ab. »Warte!« Jonas kam ihr zu Hilfe. Gemeinsam zerrten sie Königstein hoch. Hanna schlug leicht gegen seine Wangen. »Können Sie mich hören?«

Der Hauptkommissar reagierte nicht. Von der Schläfe lief ein blutiges Rinnsal über sein Gesicht. »Verdammt, der hat was abgekriegt.« Erneut bearbeitete Hanna seine Wangen, diesmal etwas kräftiger.

»Es war nicht davon die Rede, die Leute umzubringen.« Der Oberst bellte wütend ins Telefon. »Sie sollten nur einen Schuss vor den Bug bekommen. Und eine Warnung. Damit sie ihre Nasen nicht in Angelegenheiten stecken, die sie nichts angehen.«

»Der Gewittersturm war nicht vorhersehbar«, tönte es aus dem Telefonhörer. »Schon gar nicht in der Heftigkeit. Aber vielleicht überleben sie ja auch.«

»Das will ich hoffen«, knurrte der Oberst. »Ich möchte keine weiteren polizeilichen Ermittlungen. Behalten Sie die Leute im Auge. Erstatten Sie unverzüglich Bericht, wenn Sie das Boot wiedergefunden haben.«

Er warf den Hörer auf das Telefon. Die Angelegenheit nahm eine unerfreuliche Entwicklung. Offenbar hatte dieser Kriminalhauptkommissar aus Röbel seine Kompetenzen überschritten. Die Beobachtungen seiner Mitarbeiter deuteten darauf hin, dass der unbedarfte Beamte Kontakt zu jener westdeutschen Urlauberin hielt, die sich mit dem Zeitungsredakteur getroffen hatte. Eine ungute Verbindung. Natürlich konnte alles Zufall sein und auf privaten Beziehungen beruhen. Aber darauf konnte er sich nicht verlassen. Wenn diese Frau - aus welchen Gründen auch immer - in Zeitungsarchiven recherchierte und womöglich Einblick in polizeiliche Ermittlungsakten nahm, konnte sie auf Zusammenhänge stoßen, die besser nicht an die Öffentlichkeit drangen.

Darum wollte er ihr eine Warnung zukommen lassen. Ein erfahrener Bootsführer wie Königstein würde sich denken können, dass jemand an seinem Boot manipuliert hatte. Doch dieser Schwachkopf, den er mit der Aufgabe betraut hatte, war über das Ziel hinausgeschossen.

Drei Personen konnte man heutzutage nicht mehr ohne Aufsehen aus dem Verkehr ziehen. Außerdem wäre ein solches Vorgehen mit hohen Risiken verbunden. Man würde das Schiff untersuchen, die Manipulation entdecken, Vermutungen anstellen und sehr intensive Ermittlungen einleiten. Nervös rieb der Oberst

Daumen und Zeigefinger aneinander. Zugleich spürte er ein schmerzhaftes Ziehen hinter den Ohren, weil er unbewusst Ober- und Unterkiefer aufeinandergepresst hatte.

Wenn das Boot mit den beiden Männern und der Frau gerettet würde, kämen sie hoffentlich zur Vernunft. Wahrscheinlich würden die Urlauber abreisen. Falls nicht, würde er deren Kontakte im Auge behalten.

Neben dieser Frau, ihrem Begleiter und dem Hauptkommissar sollte er auch den Journalisten von der Müritz-Zeitung überwachen lassen. Er griff erneut zum Telefonhörer und wählte.

Der Major meldete sich beim ersten Rufzeichen. Als hätte er auf den Anruf gewartet.

»Ich habe einen Auftrag für Sie«, sagte der Oberst ohne Einleitung. »Wir müssen uns treffen.«

Solange er in die Arbeit vertieft gewesen war, hatte Rainer Ürdinger den Wetterumschwung nicht bemerkt. Das kurze Telefonat mit Jonas hatte ihn jedoch zum Fenster auf der Südseite des Gebäudes getrieben. Über der Müritz hingen dunkle Wolken, fast schien es, als berührten sie die Wasseroberfläche. Regen peitschte gegen die Scheibe. Keine gute Zeit für einen Bootsausflug. Hoffentlich waren Hanna und Jonas nicht in Gefahr. Sollte er noch einmal anrufen? Ürdinger entschied, es später zu versuchen. Sein Magen knurrte, darum würde er sich rasch etwas zu essen holen.

Er packte die Unterlagen in eine Schublade, fuhr den Computer herunter und wandte sich zum Gehen. Als er die Tür hinter sich schließen wollte, klingelte das Telefon auf seinem Schreibtisch. Ürdinger schwankte einen Moment, doch dann gab der Gedanke an seinen Freund den Ausschlag. Vielleicht versuchte Jonas, ihn zu erreichen. Er kehrte an den Schreibtisch zurück und nahm ab.

Eine männliche Stimme meldete sich. »Bin ich da richtig bei der Müritz-Zeitung?«

»Mit wem spreche ich?«, fragte Ürdinger und sah auf das Display. Die Rufnummer war unterdrückt.

»Mein Name tut nichts zur Sache. Ich bin hier gerade am Ufer der Müritz mit dem Hund unterwegs. Der Sturm hat eine menschliche Leiche angespült.«

»Haben Sie schon die Polizei angerufen?«

»Mit den Bullen will ich nichts zu tun haben.«

Ürdinger fragte sich, ob er es mit einem Spinner oder Wichtigtuer zu tun habe. Anrufe von Leuten, die sich selbst mit übertriebenen oder zusammenfantasierten Ereignissen in die Zeitung bringen wollten, gab es häufig.

»Sind Sie sicher, dass es sich um eine Leiche handelt?«

Der Mann stieß einen Lacher aus. »Mein Hund und ich sind uns einig. Der Typ dürfte zwar eine Weile im Wasser gelegen haben, ist aber noch ganz gut erhalten. Interessiert Sie das nun oder nicht?«

»Natürlich interessiert mich das. Können Sie genauere Angaben machen?«

»Der Mann liegt etwa 400 Meter hinter dem Campingplatz Boek. Können Sie gar nicht verfehlen. Der läuft da auch nicht mehr weg. Und nun machen Sie mal hin. Nicht dass den noch spielende Kinder finden.«

»Okay«, sagte Ürdinger. »Ich mache mich sofort auf den Weg.«

»Ich bin dann aber weg«, klang es aus dem Telefon. »Will mit der Sache nichts zu tun haben.«

Bevor Ürdinger widersprechen konnte, hatte der Anrufer das Gespräch beendet.

Rasch wählte er eine interne Nummer, teilte seinem Stellvertreter mit, dass er dringend weg müsse, schnappte sich eine Kamera und eilte hinaus.

Auf dem Weg zum Auto versuchte er, Jonas zu erreichen. Das Rufzeichen ertönte, aber sein Freund meldete sich nicht.

Ürdinger schnappte sich seine Kamera, sagte im Rausgehen kurz Bescheid, wohin er fahren würde, und verließ mit quietschenden Reifen den Hof des Redaktionsgebäudes.

## 13

Das Haus in der Mittelstraße ähnelte den alten Tagelöhnerkaten, die in vielen Orten rund um die Mecklenburger Seenplatte zu finden waren. Ein niedriges, langgestrecktes graues Gebäude mit mehreren Haustüren. Heinrich Bergmann hatte nur wenige Minuten gebraucht, um die Adresse der Familie Palkow in Erfahrung zu bringen. Schon in der Müritzstraße war er einem älteren Mann begegnet, der seinen Mischlingshund ausführte und bereitwillig Auskunft gegeben hatte.

Auf sein Klopfen erschien eine grauhaarige Frau mittleren Alters. Sie öffnete die Tür nur einen Spalt.

»Ich muss Andreas sprechen.« Bergmann nahm sich keine Zeit für Erklärungen. Doch die Frau schüttelte nur den Kopf. »Andi ist nicht hier. Außerdem weiß ich nicht, wer Sie sind.«

»Es geht um meine Tochter. Andi ... Andreas und sie kennen sich. Sie haben als Kinder miteinander gespielt. Sein Großvater hat bei uns früher oft Fisch gekauft.«

»Dann sind Sie der Vater von ... Kathrin?« Die Miene der Frau war nun weniger abweisend, und sie öffnete die Tür etwas weiter.

Bergmann nickte. »Ja. Meine Tochter ist ... verschwunden. Ihr Sohn weiß vielleicht, wo ich sie finden kann.«

Die Frau hob bedauernd die Schultern. »Andi wohnt nicht mehr bei uns. Er hat ein Zimmer in Waren. In der Nähe seiner Dienststelle. Am Mühlenberg. Er ist bei der Volkspolizei.«

»Welche Nummer?«

»Nummer?«

»Die Hausnummer. Bitte. Ich muss dringend mit Ihrem Sohn sprechen.«

Heinrich Bergmann steuerte die MZ in Richtung Waren. In seinen Gedanken sah er die Begegnung mit Andreas Palkow voraus. Wenn sich der Junge dumm stellen sollte, würde er ihn schon zum Reden bringen, um Kathrins Aufenthaltsort zu erfahren. Aber vielleicht war er kooperativ. Schließlich hatte er sie über die Verhaftung informiert. Sicher nicht ganz ohne Risiko.

Bei Verhaftungen, Razzien und ähnlichen Maßnahmen bediente sich die Stasi manchmal der Volkspolizei. Vielleicht hatten sie sogar ihre Arrestzellen im Polizeigebäude. Wenn der junge Palkow dort in der Nähe wohnte ... Ein verwegener Gedanke schoss Heinrich Bergmann durch den Kopf. Er würde Andreas zwingen, Kathrin herauszuholen. Und noch in der Nacht würde er seine Tochter verstecken.

Am Ortsausgang von Rechlin drehte er das Gas bis zum Anschlag auf. Aufheulend beschleunigte das Motorrad. Bergmann hatte Mühe, die Spur zu halten. Doch trieb ihn die Aussicht auf einen möglichen Erfolg noch mehr zur Eile.

Als er durch Sietow raste, erkannte er zu spät, dass der Wagen, der ihm entgegenkam, ein Polizeifahrzeug war. Erst als er im Rückspiegel die Bremsleuchten und das aufflammende Blaulicht sah, wusste er, was passieren würde. Wenig später hörte er die Polizeisirene hinter sich. Sie kam langsam, aber unaufhörlich näher.

Heinrich Bergmann schaltete das Licht aus und beschleunigte die Maschine bis an die Belastungsgrenze.

Den blauen Barkas sah er zu spät. Gemächlich kam der Transporter aus einem Seitenweg gefahren und bog auf die Straße ein. Bevor die Bremsen der MZ wirken konnten, krachte Heinrich Bergmann gegen die Fahrertür.

Die Wucht des Aufpralls schob den Barkas einige Meter seitwärts und katapultierte den Fahrer an die gegenüberliegende Tür. Das Motorrad steckte mit Vorderrad und Lenker im Transporter fest. Bergmann wurde über den Wagen hinweg auf die Fahrbahn geschleudert.

Die Nacht hatte Kathrin zusammengerollt auf der Matratze verbracht. Obwohl deren übler Geruch und der Gestank ihres Erbrochenen sie lange am Einschlafen gehindert hatten, war sie zeitweise in einen unruhigen Dämmerschlaf gefallen. Zwischendurch war sie aufgeschreckt, weil es in der Nachbarzelle gepoltert hatte. Einmal hatte sie den Wutschrei eines Mannes zu hören geglaubt. Die Stimme drang dumpf zu ihr hinüber, unmöglich, sie zu erkennen, aber unwillkürlich hatte sie an Frank denken müssen. Doch ihn konnten sie nicht gefunden haben, schließlich saß sie hier, weil sie sein Versteck nicht preisgegeben hatte. Dennoch hatte sie ihr Ohr an die schmutzige Wand gepresst, um die Stimme noch einmal zu hören. Vergeblich, danach war es ruhig geblieben.

Obwohl kein Tageslicht in ihre Zelle fiel, spürte Kathrin den Beginn des Tages. Im Haus gab es Bewegung. Kaum wahrnehmbar mischten sich entfernte Schritte und Türenschlagen mit vagen Geräuschen aus der Stadt. Ein Lkw rumpelte vorbei, jemand drehte einen Zweitaktmotor auf, irgendwo erklang eine Hupe.

Was wohl ihre Eltern machten? Inzwischen würden sie in großer Sorge sein. Zumindest ihre Mutter. Ihr Vater war wohl eher wütend. Oder wurden sie bereits ebenfalls von der Stasi bedrängt?

»Das muss ein Irrer gewesen sein. Ohne Licht, aber mit Höchstgeschwindigkeit. Dabei war der Mann bestimmt über vierzig. In dem Alter fährt man keine Rennen mehr.«

Der Volkspolizist warf einen Aktenordner auf den Tisch.

»Was war denn?«, fragte Andreas Palkow, der schon einige Minuten vor Schichtwechsel erschienen war.

»Haben wir gestern Abend noch aufgenommen«, antwortete der Kollege. »Ein verrückter Motorradfahrer ist in einen Barkas gedonnert. Mit Karacho. War sofort tot. Die MZ ist hinüber. Der Lieferwagen wahrscheinlich auch. Damit könnt ihr euch nachher beschäftigen. Ich habe jetzt Feierabend.«

»Habt ihr die Identität des Toten schon herausgefunden?«

»Er hatte keine Papiere bei sich.« Aber ich glaube, er ist Fischer. Bestimmt gibt's bald eine Vermisstenmeldung.«

»Wie kommst du auf Fischer?«

»Mein Onkel ist einer. Der riecht genauso. Außerdem habe ich seine Hände gesehen.«

Palkow durchzuckte ein unangenehmer Gedanke. Konnte es sein, dass Kathrins Vater ...? Unwillkürlich schüttelte er den Kopf.

Nicht wahrscheinlich. Bergmann besaß kein Motorrad. Nur einen alten Framo-Lieferwagen.

Palkow schlug die Akte auf. »Was ist mit dem Kennzeichen der MZ?«

Sein Kollege deutete auf das Unfallprotokoll in dem Ordner. »Steht da drin. Den Halter konnten wir in der Nacht nicht mehr ermitteln.« Er grinste. »Außerdem müsst ihr ja auch noch was zu tun haben.«

Geistesabwesend schloss Palkow den Aktendeckel. Er glaubte den Wagen von Leutnant Jakubzik gehört zu haben. »Danke. Ich kümmere mich später darum. Schönen Tag!«

Er verließ den Raum und eilte dem Leutnant entgegen.

Frank Peters hatte keine Ruhe gefunden. Nicht die Umgebung hatte ihn am Einschlafen gehindert, sondern eine unbändige Wut. Wie war es möglich gewesen, dass die Polizisten ihn in seinem Versteck aufstöbern konnten? Für eine systematische Fahndung war er eigentlich ein zu kleiner Fisch. Niemand wusste von seinen Plänen, weil er mit niemandem darüber gesprochen hatte. Er konnte sich aber vorstellen, dass vielleicht jemand einen ihrer Underwear-Blödel-Abende belauscht hatte und die abenteuerlichen Geschichten und Rumspinnereien vom Mal-Rübermachen für bare Münze genommen und an das MfS als Verdacht der Republikflucht weitergeben hatte. Bei diesem Thema verstanden die Behörden jedoch keinen Spaß. Ob die anderen alle verhört worden waren? Wahrscheinlich war keiner von ihnen so blöd gewesen wie er, nämlich abzuhauen und sich zu verstecken.

Blieb die Frage, wer von der Hütte wissen konnte. Sicher gab es einige, die von ihrer Existenz gehört hatten, die Großvater Bergmann, sogar seine Jagdleidenschaft, kannten. Aber Freunde und Bekannte des alten Fischers hätten niemals ahnen können, dass seine Enkelin dort jemanden verstecken würde. Hatte ihn jemand zufällig beobachtet? Ein Förster vielleicht? Oder war jemand Kathrin gefolgt, als sie ihn auf der Datsche besucht hat?

Die Fragen waren in seinem Kopf gekreist, ohne dass er auch nur den Ansatz einer Antwort gefunden hätte. Vor Wut hatte er den einzigen Stuhl in seiner Zelle gegen die Wand geschlagen und zertrümmert. Nun lagen die Holzteile verstreut auf dem Boden.

Das Schlimmste war der Ärger über sich selbst. Wie ein dummer Junge war er den Volkspolizisten in die Arme gelaufen. Niemals hätte er den unterbelichteten Grünröcken eine solche Aktion zugetraut. Jede Wette hätte er gehalten, dass die Vopos nach den Schüssen die Hosen voll gehabt und das Weite gesucht hätten. Auch, um keinen Bericht schreiben zu müssen. Jeder wusste doch, wie sehr die untersten Knechte der Staatsmacht mit Schriftsprache und Schreibmaschine auf Kriegsfuß standen. Statt für ihre Aufgaben interessierten sich die meisten mehr dafür, wo es gerade günstig etwas zu kaufen gab. Stets waren sie als Erste an der Quelle. Aber diese beiden Spezialisten mussten unbedingt mit ihm Räuber und Gendarm spielen. Und in der Gegend herumballern. Mit dem Gewehr des alten Bergmann hatte der eine Vopo auf ihn gezielt. Und dann seinen Kameraden getroffen. Schwachkopf!

Es war an der Zeit, dass er einem höheren Dienstgrad vorgeführt wurde, damit er seine Aussage zu Protokoll geben und nach Hause gehen konnte.

»Respekt, Genosse Unterleutnant.« Jakubzik nickte anerkennend, nachdem Andreas Palkow Bericht erstattet hatte. »Sie haben also diesen Kerl dingfest gemacht. Bemerkenswerte Leistung.«

»Leider ist der Genosse Thomas Möller verletzt worden, als Peters auf ihn geschossen hat. Aber er ist schon wieder aus dem Krankenhaus entlassen. Es handelt sich lediglich um eine oberflächliche Wunde.«

»Gut.« Der Leutnant zog einen Aktenordner heran, öffnete ihn und schloss ihn wieder. »Ich brauche einen schriftlichen Bericht. Von Ihnen beiden. Können Sie Möller kontaktieren?«

»Selbstverständlich, Genosse Leutnant.«

»Sobald Ihr Bericht vorliegt, beantrage ich Haftbefehl gegen Peters. Er wird wegen versuchten Mordes angeklagt werden. Bis dahin verbleibt er in Untersuchungshaft.«

Palkow nickte unwillkürlich. Den Worten des Leutnants gab es nichts hinzuzufügen. Dennoch zögerte er, das Büro zu verlassen.

»Ist noch was, Genosse Unterleutnant?«

»Da wir den Peters haben ... brauchen wir die Bergmann ... jetzt wohl nicht mehr.« Der Satz klang wie eine Frage.

»Ach ja, die Bergmann.« Jakubzik verzog das Gesicht und starrte auf einen imaginären Punkt an der Wand. Palkow schien es, als arbeitete es in seinem Vorgesetzten. Erst einige lange Sekunden später fuhr der Leutnant fort. »Sie haben Recht. Wenn sich die Eltern auf die Hinterbeine stellen, haben wir nur Scherereien. Lassen Sie sie laufen. Die Akte kommt unter Verschluss.«

Andreas Palkow salutierte und wandte sich zum Gehen.

»Warten Sie«, hörte er Jakubzik sagen und erstarrte. Hatte er es sich anders überlegt?

»Ja, Genosse Leutnant?«

»Sagen Sie der Bergmann, sie soll sich ruhig verhalten. Sonst machen wir von dem gegen sie vorliegenden Material Gebrauch. Bei der geringsten Unbotmäßigkeit wird ihre Akte wieder geöffnet.«

»Verstanden, Genosse Leutnant. Wird ausgeführt.« Palkow salutierte erneut und verließ das Büro.

Auf dem Flur kam ihm der Kollege von der neuen Schicht entgegen. Er wedelte mit einem Zettel. »Wir haben den Halter des Unfallfahrzeugs ermittelt. Die MZ ist auf einen gewissen Günther Marienfeld zugelassen. Jahrgang neununddreißig. Außerdem ist gerade eine Vermisstenmeldung aus Eldenburg hereingekommen. Ebenfalls männlich. Gleiches Alter wie der Fahrzeughalter. Die Namen stimmen aber nicht überein.«

»Aus Eldenburg?« Palkow erschrak. »Wie heißt der Vermisste?«

Der Kollege starrte auf seinen Zettel. »Bergmann. Heinrich Bergmann.«

Mit einiger Mühe gelang es Andreas Palkow, seine Reaktion unter Kontrolle zu halten. »Danke, Kollege. Ich komme gleich, muss nur kurz zum Dienstwagen«, presste er hervor und eilte an ihm vorbei in Richtung Ausgang.

Vor der Tür atmete er tief durch. Kathrin erst mit der Verhaftung ihres Freundes und dann auch noch mit dem möglichen Tod ihres Vaters zu konfrontieren, erschien ihm undenkbar. Er versuchte, sich ihre Reaktion auszumalen, doch dafür reichte seine Vorstellungskraft nicht aus. Sie würde ihn für ihre Situation verantwortlich machen. Damit hätte er das Gegenteil von dem erreicht, was er sich erhoffte. Nein, diese Nachrichten konnte er nicht überbringen. Er würde als derjenige in Erscheinung treten, der sie aus der Zelle holte. Alles andere musste sich später ergeben. Wenn alles vorüber war und Peters langsam in Vergessenheit geriet. So lange würde er warten müssen. Andreas Palkow seufzte und kehrte ins Dienstgebäude zurück. Noch war nicht erwiesen, dass Heinrich Bergmann das Motorrad gefahren hatte. Vielleicht gab es eine andere Erklärung für sein Verschwinden. Bis die Sache aufgeklärt war, hätte er die Tochter zu ihrer Mutter gebracht.

Aber vorher musste er sich um Thomas Möller und das gemeinsame Protokoll kümmern. Das würde er schnell erledigen, um danach umso mehr Zeit für Kathrin zu haben. Es dauerte dann doch eine Stunde, bis er er den Bericht fertig getippt hatte. Er fuhr zu seinem Kollegen, der wie er selbst in der Nähe der Dienststelle, in der Güstrower Straße, bei seinen Eltern wohnte.

Möller empfing ihn in einem gestreiften Schlafanzug. Seine Augen in dem blassen Gesicht wirkten übermüdet. Palkow wurde bewusst, dass sie beide eine freiwillige Doppelschicht hinter sich hatten. Seltsamerweise spürte er keinerlei Müdigkeit.

Er hielt das eng beschriebene Blatt hoch. »Unser Protokoll von der Festnahme. Du musst mit unterschreiben.«

»Komm rein«, murmelte Möller und führte ihn in sein Zimmer.

»Wie geht es dir?«, fragte Palkow, nachdem Thomas ihm einen Stuhl angeboten und sich selbst auf der Kante seines Bettes niedergelassen hatte.

»Danke. Es geht.« Er hob den bandagierten Arm. »Keine große Sache. Ich spüre nicht viel. Bin nur etwas geschafft.«

Das hatte Palkow gehofft. Natürlich tat es ihm leid, Möller angeschossen zu haben, aber er hatte gut gezielt, um ihn nur leicht zu verwunden. Er hatte keine andere Möglichkeit gesehen, um Peters aus dem Verkehr zu ziehen. »Ich will dich auch nicht lange aufhalten. Du brauchst sicher Ruhe. Jakubzik will das Protokoll so schnell wie möglich haben. Da dachte ich ... Es ist fertig. Du musst nur unterschreiben. Aber durchlesen solltest du es. Damit es später keine ... Missverständnisse gibt.«

Er tippte auf die Stelle unter dem Text, wo Möllers Name und Dienstgrad bereits eingetragen waren. Der Kollege nickte und begann zu lesen.

*Festnahme-Protokoll*

*An dem oben bezeichneten Datum wurde der gesuchte Peters, Frank, geb. am 13.10.1961 in Röbel, durch den unterzeichneten Unterleutnant der Volkspolizei Andreas Palkow und Oberwachtmeister der Volkspolizei Thomas Möller festgenommen.*

*Zuvor hatte sich der Peters einer Einvernahme durch einen Beamten des Ministeriums für Staatssicherheit entzogen. Unterleutnant Palkow war es gelungen, den Aufenthaltsort des Flüchtigen ausfindig zu machen. Dieser hatte sich in der Datsche eines gewissen Bergmann versteckt.*

*Bei Annäherung an das Versteck hat der Gesuchte aus einer zu diesem Zeitpunkt noch unbekannten Waffe das Feuer eröffnet. Anschließend ist er in das Waldstück hinter der Datsche geflüchtet.*

*Unterleutnant Palkow ist dem flüchtigen Schützen gefolgt. Unterdessen hat Oberwachtmeister Möller auf der gegenüberliegenden Seite des Waldstücks nahe der Siedlung Eldenburg Stellung bezogen, um ihn beim Austritt aus dem Wald zu stellen. Es wurde vermutet, dass der Peters in Eldenburg Unterschlupf suchen würde.*

*Kurzzeitig verlor Unterleutnant Palkow die Spur des Flüchtigen, konnte diese jedoch in der Nähe des Waldrandes bei der Siedlung wieder aufnehmen. Zu diesem Zeitpunkt hatte die Dämmerung mit verschlechterten Sichtverhältnissen bereits eingesetzt.*

*Als der gesuchte Peters, der sich nunmehr zwischen den Unterzeichnenden befand, das Waldstück verließ, wurde er von Oberwachtmeister Möller aufgefordert, stehen zu bleiben. Unterleutnant Palkow befand sich zu diesem Zeitpunkt hinter Peters.*

*Dieser hob plötzlich ein Gewehr und richtete es auf Oberwachtmeister Möller. Bevor Unterleutnant Palkow eingreifen konnte, gab*

*Peters einen Schuss ab. Oberwachtmeister Müller wurde in den linken Oberarm getroffen.*

*Unterleutnant Palkow gelang es, den Flüchtigen zu entwaffnen und ihn mit Handschellen an einer weiteren Flucht zu hindern. Nach einer Erstversorgung des Verletzten Genossen Möller wurde Peters in Gewahrsam genommen.*

*Bei der von Peters benutzten Waffe handelt es sich um ein doppelläufiges Jagdgewehr aus dem VVB MEWA Gebrüder Merkel Jagdgewehrfabrik Suhl, für das der Täter keine Berechtigung besitzt.*

Thomas Möller schüttelte den Kopf und reichte das Blatt an Palkow zurück. »Mir ist immer noch schleierhaft, woher der Kerl plötzlich das Gewehr hatte. Und wie er es geschafft hat, so schnell zu schießen. Ohne dass ich mitgekriegt habe, wie er gezielt hat.«

»Du konntest es nicht sehen. Es war schon zu dunkel.«

Wieder schüttelte Möller den Kopf. »So dunkel war es nun auch wieder nicht. Der Mann ist im Laufschritt auf mich zugekommen. Er hatte die Hände frei.«

Palkow wurde es warm. Er legte das Blatt auf dem Tisch ab. »Das Gewehr trug er auf dem Rücken. Also war es für dich unsichtbar. Aber ich habe ihn von hinten gesehen. Und das Gewehr. Und ich habe beobachtet, wie er auf dich geschossen hat. Das reicht doch.« Er deutete auf die Seite. »Du musst noch unterschreiben.« Seine Stimme hatte einen beschwörenden Klang angenommen.

Zögernd erhob sich Möller und beugte sich über das Dokument. »Dann wird es wohl so sein«, seufzte er und kramte nach einem Füller.

Kaum war die Tinte getrocknet, faltete Andreas Palkow das Blatt zusammen und steckte es in die Tasche. »Ich muss jetzt zurück. Jakubzik wartet.« Er stand auf. »Und für dich gute Besserung. Nächste Woche bist du vielleicht schon wieder im Dienst.«

Möller nickte stumm und begleitete seinen Kollegen zur Tür.

Kathrin spürte, wie sich ihr gesamter Körper verkrampfte, als an der Stahltür ein Riegel verschoben und ein Schlüssel im Schloss gedreht wurde. Langsam schwang die Tür auf. Zuerst erschien eine Hand, dann ein grüner Ärmel, schließlich eine Uniform. Das Gesicht lag im Schatten einer Uniformmütze, doch es war nicht das des Leutnants.

»Guten Morgen.«

Andreas! Kathrin rutschte von der Liege und schlüpfte in ihre Schuhe. Stumm und erwartungsvoll sah sie den Volkspolizisten an.

»Komm!« Palkow verharrte in der Tür. »Ich bringe dich nach Hause.«

Verblüfft öffnete Kathrin den Mund, schloss ihn jedoch wieder, ohne etwas zu sagen. In der Erwartung, die Erscheinung würde wieder verschwinden und die Tür ins Schloss werfen, machte sie zwei zögernde Schritte.

»Ich habe nicht viel Zeit.« Palkow bedeutete ihr mit einer Geste, näher zu kommen, und trat zur Seite. »Wir sollten uns besser beeilen.«

»Aber ... der Leutnant ...?«

Andreas schüttelte den Kopf. »Leutnant Jakubzik ist einverstanden. Er will deine Akte schließen. Zumindest vorläufig.«

Kathrin erwachte aus ihrer Erstarrung. »Was heißt vorläufig?«

Verlegen senkte Andreas den Blick. »Sie bleibt unter Verschluss, solange du ... solange ... nichts ... vorfällt.«

Ein ungutes Gefühl stieg in Kathrin auf, aber der Drang, die stinkende Zelle zu verlassen, überdeckte alles andere. Sie eilte auf Palkow zu, schlüpfte an ihm vorbei und wandte sich instinktiv in die Richtung, aus der ein wenig Tageslicht in den Kellergang fiel.

Andreas ließ die Zellentür zufallen.

Im nächsten Augenblick begann der Insasse der Nachbarzelle gegen die Tür zu schlagen. »Lasst mich raus!«, brüllte eine dumpfe Stimme. »Ich will eine Aussage machen.«

Kathrins Kopf fuhr herum. Eine eiskalte Faust umklammerte ihr Herz, ihr Puls begann zu rasen.

## 14

Ohne nachzudenken hatte Rainer Ürdinger den Weg über Sietow, Röbel und Rechlin genommen. Sein Gefühl sagte ihm, dass er vielleicht einen Umweg fahren würde, aber wie er Boek durch den Müritz-Nationalpark erreichen konnte, war ihm nicht klar. Je näher er seinem Ziel kam, desto mehr ließ der Regen nach. Als er hinter Röbel auf die Bundesstraße 198 einbog, riss der Himmel auf. Sonnenstrahlen brachen durch die Wolken und ließen unzählige Tropfen auf Blättern und Halmen wie Diamanten glitzern.

Er dachte an Jonas und Hanna. Wenn sie das Gewitter heil überstanden hatten, würden sie jetzt auch wieder in ruhigeres Wasser geraten. Er würde noch einmal mit ihnen telefonieren, sobald er dieser Sache nachgegangen wäre, um sich zu vergewissern, dass sie wieder festen Boden unter den Füßen hätten.

An der Schranke vor dem Campingplatz ließ er den Wagen stehen und eilte in Richtung Wasser. Er würde der Uferlinie folgen müssen, um auf die Fundstelle zu stoßen, den ihm der unbekannte Anrufer beschrieben hatte. Wenn es denn überhaupt eine Leiche gab. Ürdinger schwankte zwischen Skepsis und gespannter Erwartung.

Der Regen hatte den Boden aufgeweicht. Dort, wo Schilf, Gras und Gestrüpp fast bis ans Ufer reichten, sanken seine Schuhe in den schlammigen Untergrund. Von dem schmalen Sandstreifen, der hier so etwas wie einen Strand bildete, war wenig geblieben. Zwar hatte der Wind nachgelassen, doch die Müritz war noch immer in Bewegung und warf ihre Wellen gegen das Ufer.

Ürdinger achtete darauf, seine Füße möglichst nur auf sandigen Boden zu setzen, dennoch waren seine Schuhe bald durchgeweicht. Wenn er keiner Falschmeldung aufgesessen war, musste er jeden Augenblick auf einen toten Mann treffen. Die Vorstellung ließ ihn seine Schritte verlangsamen.

Plötzlich flatterte ein großer schwarzer Vogel vor ihm in die Höhe. Ein weiterer schwang sich krächzend aufwärts, gefolgt von einem dritten Artgenossen, der sich aber gleich wieder auf einen morschen Baumstamm niederließ und ihn aufmerksam beäugte.

Vorsichtig näherte sich Ürdinger der Stelle, von der die dunklen Todesboten aufgeflogen waren.

Dann sah er ihn.

Der Tote lag auf der Seite, mit gespreizten Beinen und ausgestreckten Armen. Es hätte nicht der unnatürlichen Stellung der Gliedmaßen bedurft, um zu erkennen, dass der Mann tot war. Seine Kleidung trug alle Merkmale eines längeren Aufenthalts im Wasser. Sie war nicht nur durchnässt, sondern auch mit Sand, Schlick und Resten von Wasserpflanzen übersät. Der Kopf wies zahlreiche Blessuren auf. Rötliche Schrammen und dunkelbraune, verkrustete Stellen, die wie Löcher aussahen. Von der Nase war nur noch ein kleiner Stummel übrig. Der lippenlose Mund stand weit offen, gelbe Zähne ragten lückenhaft aus bleichen Kiefern. Unter der zerschrammten Glatze zog sich der Rest eines weißen Haarkranzes um den Hinterkopf. Der Mann war sicher nicht mehr jung gewesen.

Es war kein schöner Anblick. Wer oder was hatte den Alten so zugerichtet? Die Fische? Oder war er nach seinem Tod in eine Schiffsschraube geraten? Vielleicht hatten die Vögel ...

Ürdingers Gedankenfluss brach plötzlich ab. Das Gesicht war zerschunden, ja. Aber dem Kopf fehlte mehr als Nase und Lippen. Er spürte eine Mischung aus Unbehagen und Erregung in sich aufsteigen. Rasch nahm er die Kamera zur Hand und begann zu fotografieren.

Der Sturm hatte sich so schnell gelegt, wie er gekommen war. Noch immer schaukelte das Boot auf den Wellen, aber Hanna und Jonas konnten sich in der Kabine bewegen, wenn sie sich mit einer Hand irgendwo abstützten.

Königstein lag ohnmächtig auf dem Boden. Einmal war er kurz zu sich gekommen, hatte etwas Unverständliches gemurmelt und war wieder in die Bewusstlosigkeit gesunken. Hanna beugte sich über ihn und tastete nach seinem Puls. In diesem Augenblick schlug er die Augen auf. Irritiert sah er sie an. Dann lächelte er.

»Sind wir im Paradies?«

Unsicher schüttelte Hanna den Kopf. Hatte sein Gehirn durch den Schlag Schaden genommen? Oder wollte er sie auf den Arm nehmen?

»In den Armen einer schönen Frau zu sterben, muss ein angenehmer Tod sein.« Königstein grinste und richtete sich auf. »Verdammter Sturm. Mein Schädel brummt wie ein Bienenhaus. War ich bewusstlos?«

»Allerdings«, bestätigte Hanna. »Nicht lange. Aber wir haben uns Sorgen gemacht.«

Königstein nickte, als hätte er nichts anderes erwartet, und streckte die Hand aus. »Können Sie mir helfen?«

Gemeinsam brachten Hanna und Jonas den beleibten Hauptkommissar auf die Beine. Er schwankte ein wenig und ließ sich neben Hanna auf die Sitzbank fallen.

Königstein machte eine betrübte Miene. »Was für ein schreckliches Gewitter. Wir hätten von Untergöhren aus direkt zurückfahren sollen. Aber das meine ich nicht. Jemand muss das Ruder manipuliert haben. Es hat sich angehört, als sei ein Bowdenzug gebrochen. Und auch so angefühlt. Das kann eigentlich nicht passieren. Und wir waren dicht vor dem Kentern.«

Hanna war blass geworden. »Sie meinen, jemand hat dafür gesorgt, dass wir in Seenot geraten sind? Aber das Gewitter ...«

»... war in dieser Form sicher nicht vorhersehbar«, unterbrach Königstein sie. »Wer das Wetter genau beobachtet hat, konnte allerdings erkennen, dass es sich auf unser Seengebiet zubewegt hat, und zumindest ordentlichen Wellengang erwarten.«

»Müssen Sie nicht auch Wetterinformationen einholen«, mischte sich Jonas ein, »bevor Sie auf die Seen hinausfahren?« In seiner Stimme klang ein kritischer Unterton mit.

»Eigentlich schon«, gab Königstein zu. »Ich habe die Aufzugsbewölkung gesehen, und der Wetterbericht hat vereinzelte Gewitter angekündigt. Aber erst für den Abend. Ursprünglich wollte ich auch gar nicht so weit ...« Er brach ab und sah Hanna mit unglücklichem Ausdruck an. »Sie waren so begeistert, da wollte ich Ihnen dieses Erlebnis nicht vorenthalten.«

Bevor Jonas eine sarkastische Bemerkung machen konnte, und die lag ihm auf der Zunge, Hanna sah es seinem Gesicht an, sagte sie schnell: »Es war ja auch ein sehr schöner Ausflug. Aber glauben Sie wirklich, jemand hat das Boot manipuliert? Wer könnte daran Interesse haben?«

»Vielleicht dieselben Kreise, die auch verhindern wollen, dass ...« Königstein unterbrach sich und lauschte. »Ich muss an Deck. Ich glaube, der Rettungsdienst kommt. Oder die Kollegen von der Wasserschutzpolizei.« Mit einiger Mühe erhob er sich und hangelte sich zum Schott.

Der Wellengang hatte weiter nachgelassen, so dass auch Hanna den Drang verspürte, die enge Kabine zu verlassen. Überrascht spürte sie warme Sonnenstrahlen auf der Haut und atmete tief die frische Luft ein, als sie den Kopf aus der Luke steckte. Über ihr war der Himmel schon wieder fast vollständig blau, nur noch wenige Wolkenfetzen zogen hastig vorüber. Als wäre nichts geschehen, erstreckte sich der See friedlich zwischen den Uferlinien, die auf der einen Seite zum Greifen nahe erschienen, auf der anderen trotz der klaren Luft nur als dünne Linie am Horizont zu erkennen waren. Die Wellen hatten sich weiter beruhigt, so dass die Yacht nur noch mäßig schaukelte und Hanna es wagte, hinaus aufs Deck zu treten.

Königstein winkte einem Boot zu, das sich mit weißen Bugwellen rasch näherte. Er drehte sich zu Hanna um. »Jetzt sind wir endgültig in Sicherheit. Die schleppen uns zum Hafen.« Er wirkte erleichtert.

Hanna nickte stumm.

In der Kabine hörte sie Jonas' Handy klingeln, dann seine Stimme. Inzwischen war das andere Boot näher gekommen, hatte die Geschwindigkeit gedrosselt und beigedreht. »Ist jemand verletzt?«, rief einer der Männer in den orangefarbenen Overalls über das Grummeln des Bootsmotors hinweg. Königstein winkte ab. »Nicht der Rede wert.«

Was Jonas in sein Telefon sprach, blieb unverständlich. Erst als er den Kopf aus der Kajüte streckte und sich von seinem Gesprächspartner verabschiedete, bekam Hanna mit, dass er mit seinem Freund Rainer von der Müritz-Zeitung gesprochen hatte.

Er steckte das Handy in die Tasche und kletterte an Deck. »Interessante Neuigkeit. Rainer hat eine Leiche gefunden. Also nicht er selbst, ein unbekannter Anrufer hat ihn darauf aufmerksam gemacht, dass ein toter Mann angeschwemmt wurde. Irgendwo hier am See. Rainer ist hingefahren. Jetzt wartet er an der Fundstelle auf die Polizei.«

Erwartungsvoll sah sie ihn an. »Schon ein Opfer des Gewittersturms, oder?«

»Eher oder.« Jonas grinste. »Du und dein Superkapitän könnt euch wieder in die Ermittlungen stürzen. Dem Toten fehlen die Ohren.«

Hanna wandte den Blick nach vorn, wo Königstein gerade von einem Sanitäter begutachtet wurde. Dieser sprach auf ihn ein, der Hauptkommissar schüttelte den Kopf und bückte sich nach einem Seil. Im nächsten Augenblick warf er es über die Reling auf das andere Deck, wo der Schiffsführer es geschickt auffing und befestigte. Der Sanitäter zuckte mit den Schultern und kletterte auf das Boot des Rettungsdienstes zurück.

Königstein balancierte ins Heck seiner Yacht. »Sie schleppen uns nach Waren. Dort warten bereits die Kollegen von der Wasserschutzpolizei auf uns. Die sind über Funk informiert worden und kommen nicht extra raus. Sie wollen sich das Boot im Hafen ansehen.«

»Das wird doch sicher eine Weile dauern«, warf Jonas ein.

Der Hauptkommissar nickte betrübt. »Ich könnte Sie nach Plau bringen lassen. Damit Sie Ihren Wagen abholen können. Es gibt ein paar Kollegen in der Polizeiinspektion Waren, die nach Dienstschluss in die Richtung fahren. Einer von denen würde Sie sicher gerne mitnehmen.«

»Und Sie?«, fragte Hanna.

Königstein deutete auf die Kajüte. »Ich übernachte auf dem Boot. Morgen gegen Mittag ist es sicher wieder einsatzbereit.«

»Gut«, nickte Hanna und wandte sich an Jonas. »Willst du von deinem Telefongespräch berichten? Oder soll ich ...?«

Während Jonas den Hauptkommissar in wenigen Worten ins Bild setzte, verzog sich dessen Gesichtsausdruck zu einer grimmigen Miene. »Das ändert die Sachlage«, brummte er nach kurzem Schweigen und sah Hanna an. »Ich neige nicht zu Spekulationen, aber es würde mich nicht wundern, wenn das Ohr, das Sie mir gebracht haben, zu diesem Toten gehört. Und dieser ... Anschlag ... auf uns hängt möglicherweise damit zusammen. Ich werde der Sache nachgehen. Selbst wenn sich das LKA wieder einmischt. Sind Sie dabei?«

Hanna Wolf nickte. »Sehr gern.«

Der Schiffsführer der Rettungsyacht ließ den Motor hochdrehen, die Schraube wühlte das Wasser auf.

»Hinsetzen!«, rief Königstein. Hanna und Jonas ließen sich auf die Sitzbänke fallen. Im nächsten Augenblick ruckte das Boot an.

Beim Hinausfahren hatte Hanna bisher nur die Dächer der Stadt wahrgenommen, die zu einer roten Linie verschmolzen waren. Allzu rasch hatte sich ihr Blick auf die Weite des Sees konzentriert. Nun bot sich mit jedem Kilometer, den sie sich dem Hafen näherten, ein zunehmend malerisches Panorama. Die höchsten Gebäude schienen zwei Kirchtürme zu sein. Weder Hochhäuser noch andere klotzige Bauwerke störten das Bild.

Im Vordergrund tauchte eine Galerie weißer Yachten auf. Dahinter zog sich eine Uferstraße an der Bucht entlang, auf der Menschen in bunter Sommerkleidung flanierten. Im Hintergrund leuchteten Sonnenschirme. Hatte das Gewitter die Stadt verschont?

Der Anblick ließ Hanna die Schrecken vergessen, die sie soeben durchlebt hatte, und erinnerte sie an Hafenstädte in südlichen Ländern. Die kräftigen Farben – rote Dächer und weiße Mauern zwischen grünen Baumwipfeln – hätten jenseits der Alpen kaum ausdrucksvoller sein können. Die Wellen hatten ihre Schaumkronen verloren, waren flacher geworden und spiegelten zunehmend die Farbe des Himmels.

Hanna war der Stadt dankbar, sie so schnell nach dem furchtbaren Erlebnis zurück in eine Urlaubsstimmung versetzt zu haben. Sie fühlte, wie sie gerade ihr Herz an die Stadt an der Müritz zu verlieren begann.

»Was hältst du davon«, fragte sie Jonas, »wenn wir die Gelegenheit nutzen, um uns ein bisschen in Waren umzusehen? Vielleicht können wir später irgendwo schön essen.«

»Gute Idee.« Jonas zog sein Handy aus der Tasche. »Wir könnten uns mit Rainer treffen und ihn zum Essen einladen. Vielleicht fährt er uns anschließend nach Alt Schwerin ins Hotel. Oder zurück nach Plau, zum Wagen.«

Als sein Mobiltelefon klingelte, zuckte Rainer Ürdinger zusammen. Er hatte den Polizisten bei der Arbeit zugesehen und beobachtet, wie der Leichnam in einen grauen Sarg gelegt und abtransportiert wurde. Dabei waren seine Gedanken zu den Texten und Bildern gewandert, die er aus dem Archiv geholt hatte. Gerade hatte er sich zum wiederholten Mal gefragt, wie die Todesfälle zusammenhängen könnten.

Das Display zeigte ihm, wer anrief.

»Hallo, Jonas. Ist bei euch alles in Ordnung?«

»Hanna denkt schon wieder ans Essen. Mir ist noch etwas flau im Magen. Der Sturm hat uns ganz schön erwischt. Wir sind mit knapper Not einer Katastrophe entkommen.«

»So schlimm?« Ürdinger mochte nicht annehmen, dass sein Freund übertrieb.

»Es war nicht nur das Gewitter. Offenbar hat jemand an diesem Boot herummanipuliert. Wir werden gerade abgeschleppt. Nach Waren. Können wir uns gegen Abend dort sehen?«

»Gern. Ich muss allerdings erst noch mal in die Redaktion. Wollen wir später zusammen essen?«

Während Rainer Ürdinger Jonas den Weg zu einem Restaurant beschrieb, in dem sie sich treffen konnten, legte einige hundert Meter entfernt der Major sein Fernglas ab und griff ebenfalls zum Handy, um den Oberst anzurufen.

Wenngleich der Oberst beunruhigt war, ließ er sich doch nichts anmerken. Die Meldung seines Mitarbeiters nahm er kommentarlos entgegen. Nun würde er sich selbst um die Sache kümmern und im Hintergrund die Fäden ziehen müssen. Was in diesem Fall außerordentlich schwierig werden dürfte. Dass der Mann von der Zeitung noch vor der Kripo am Fundort der Leiche erscheinen konnte, war nicht nur rätselhaft, es war auch ärgerlich. Innerhalb der Polizei stieß er erfahrungsgemäß auf Verständnis, wenn er darauf drängte, nicht allzu viele Details an die Öffentlichkeit dringen zu lassen. Sobald ein Journalist seine Nase in die Untersuchungen steckte, musste er mit der Veröffentlichung von Informationen rechnen, die Anlass zu Spekulationen geben konnten.

Die Konstellation war denkbar ungünstig. Einer seiner Mitarbeiter hatte inzwischen herausgefunden, dass es sich bei der neugierigen Urlauberin um eine Kriminalbeamtin aus Kassel und bei ihrem Lebensgefährten ebenfalls um einen Journalisten handelte. Gemeinsam mit dem Hauptkommissar aus Röbel und diesem Redakteur von der Müritz-Zeitung konnte sie der Organisation allzu nahe kommen, wenn sie sich weiter mit dem Toten aus der Müritz befassten. Aber die Frau und die beiden Männer waren nicht sein einziges Problem. Sollten sich die Beobachtungen des Majors bewahrheiten, konnte es sich bei dem am Ufer der Müritz angespülten Toten um einen Kameraden handeln, den er seit Tagen vermisste.

Vorerst musste abgewartet werden, ob man ihn identifizieren konnte. Da er keine Angehörigen besaß, hatte es keine Vermisstenmeldung gegeben. Mit etwas Glück würde das Ermittlungsverfahren ohne Ergebnis enden, weil niemand den Toten kannte. Ein unbekannter Mann im Rentenalter war in der Müritz ertrunken. Ein Unfall. Kein Anlass für weitere Nachforschungen.

Dennoch würde er die hessische Kriminalistin und die beiden Journalisten im Auge behalten. Der Major würde nicht zufrieden sein über die neuen Aufgaben, die er nun übernehmen musste.

Das Restaurant am Alten Markt erwies sich als Haus mit stilvollem Ambiente. Es gab eine Terrasse mit Blick auf den See, aber auch die Plätze im Inneren boten Sicht auf die Müritz. Offenbar hatte Rainer angerufen und reservieren lassen, denn man erwartete sie bereits und führte sie zu dem einzigen freien Tisch.

Dankbar ließ Hanna sich nieder. »Urlaub kann anstrengend sein. Erst dieses Abenteuer auf dem Wasser und dann der Rundgang durch die Altstadt. Ich bin richtig geschafft.«

»Dabei wolltest du die Tage im Liegestuhl in der Sonne verbringen«, grinste Jonas und setzte sich ihr gegenüber. »Das wäre sicher erholsamer, als die Nase in mysteriöse Kriminalfälle zu stecken, für die du gar nicht zuständig bist.«

»Morgen bleibe ich am Hotel«, versprach Hanna, »und rühre mich den ganzen Tag nicht von der Sonnenliege.«

»Dann muss ich allein zu den Mahlzeiten gehen?«

»Das könnte dir so passen.« Hanna streckte Jonas die Zunge heraus. »Du musst nicht alles wörtlich nehmen, was ich sage.« Sie griff nach der Karte, die von der Bedienung an den Tisch gebracht wurde, und schlug sie auf.

»Das wird wieder eine schwere Entscheidung«, murmelte sie, während ihre Augen die angebotenen Speisen überflogen.

Rainer Ürdinger erschien mit einem Umschlag in der Hand. Kaum hatte er seine Freunde begrüßt und eine Bestellung aufgegeben, ließ er ein Foto auf den Tisch gleiten. »Diese Frau könnte das Verbindungsglied zur Gegenwart sein.«

Hanna kramte ihre Lesebrille aus der Handtasche, nahm das Bild auf und betrachtete es eingehend. Sie sah eine schlanke junge Frau. Ein schmales, ebenmäßiges Gesicht. Unter einem Kopftuch leuchteten ein paar blonde Strähnen.

»Es gehört zu dem Artikel von 1990«, erläuterte Ürdinger. »Ich schätze die Frau auf ungefähr dreißig. Dann ist sie heute Ende vierzig, Anfang fünfzig.«

Die Bedienung erschien mit dem ersten Gang und unterbrach damit das Gespräch. Hanna stieß einen leisen Seufzer aus. »Sieht das gut aus!«

Während des Essens kreiste das Gespräch zunächst um Rainers Arbeit in der Redaktion. Sie unterschied sich kaum von den Verhältnissen bei Jonas in Kassel. »Aber es hat schon gedauert, bis die alten Kollegen sich angepasst hatten. Früher haben sie um sieben angefangen und sind um fünf nach Hause gegangen. So kann man natürlich keine aktuelle Zeitung machen. Aber darauf kam es vor der Wende wohl nicht an.«

»Das hat sich sicher rasch geändert«, vermutete Jonas.

Ürdinger nickte. »Wie so vieles. Auch äußerlich. Die Innenstadt sieht heute völlig anders aus. Habt ihr euch ein bisschen umgesehen?«

»Wir waren im Müritzeum«, bestätigte Hanna. »Das war sehr eindrucksvoll. Besonders das Aquarium über drei Etagen. Aber wir müssen noch mal hingehen. Bei einem Besuch kann man gar nicht alles in Ruhe ansehen. Dann sind wir über den Markt und durch die Fußgängerzone gebummelt. Ich finde Waren richtig hübsch. Und die Lage am See ist schon etwas Besonderes. Fast wie im Süden. Vom Wasser aus wirkt die Stadt geradezu idyllisch.«

»Solange man nicht in ein Gewitter kommt«, brummte Jonas.

Rainer sah ihn fragend an. »Was macht eigentlich euer famoser Bootsführer?«

»Er übernachtet auf seiner Yacht. Übrigens will er sich jetzt in die Ermittlungen stürzen. Der neue Leichenfund hat offenbar seinen Jagdinstinkt geweckt. Vor allem wegen der Ohren, die dem Mann fehlten.«

Der Major war dem Gespräch von seinem Platz an einem der höher gelegenen Tische mit mäßigem Interesse gefolgt. Jetzt waren seine Sinne plötzlich erwacht. Ein Mann ohne Ohren. Das würde den Oberst interessieren. Er zahlte und verließ das Restaurant.

Sein Chef meldete sich sofort. »Was gibt's?«

»Der Mann hat keine Ohren«, flüsterte er hastig ins Mobiltelefon. »Der Tote aus der Müritz, meine ich. Und dieser Zeitungsredakteur ist an der Sache dran.« Sein Gesprächspartner stutzte einen Moment. Der Major hörte ihn atmen. »Dann gehen wir jetzt anders vor«, sagte er schließlich. »Ich schicke noch zwei Leute, und ihr kümmert euch intensiv um den Journalisten.«

## 15

Kathrin starrte abwechselnd auf Andreas und die Zellentür. Sie öffnete den Mund zu einem stummen Aufschrei. Blitzschnell legte Palkow seine Hand über ihren Mund und schüttelte den Kopf. »Wir müssen uns beeilen. Bevor Leutnant Jakubzik es sich anders überlegt.« Er zog Kathrin durch den Gang zur Treppe. Erst hier gab er sie frei.

»Aber ...« sie deutete zurück zu den Zellen. »Das war ...«

Palkow legte einen Finger über seine Lippen. »Wer soll das schon sein? Ein betrunkener Randalierer, den meine Kollegen heute Nacht aufgegriffen haben. Komm jetzt!«

Unschlüssig folgte Kathrin ihm die Stufen hinauf. Die Stimme war dumpf und undeutlich gewesen. Aber sie hatte sie doch erkannt. Konnte sie sich so irren? Wahrscheinlich spielten ihre Sinne verrückt.

»Was ist mit Frank?«, fragte sie, als Andreas sie aus dem Hinterausgang des Polizeigebäudes führte.

Palkow hob die Schultern. »Ich weiß nicht. Er ist untergetaucht. Wir suchen ihn.«

Kathrin blieb stehen und sah ihn an. »Weshalb sucht ihr ihn, Andreas? Er hat doch nichts getan.«

»Die Kollegen vom MfS wollen ihn befragen. Mehr weiß ich nicht. Uns sagen die nichts. Weißt du denn nicht, was passiert ist? Er muss irgendwas angestellt haben. Ich meine, was Politisches. Was Staatsfeindliches vielleicht?«

Kathrin antwortete nicht. Sie hatte sich die ganze Nacht gefragt, was gegen Frank vorliegen konnte. Dass es nur um ein unbedeutendes Gerücht ging, mochte sie selbst nicht mehr glauben. Hatte Frank ihr etwas verschwiegen? Vor ihrem inneren Auge erschienen Szenen von ihren Besuchen in Großvaters Datsche. Wie sie sich liebten. Wie sie zusammen aßen und tranken. Wie Frank von seinen Plänen für Underwear erzählte. Unbefangen und guter Dinge war er gewesen, hatte ihre Bedenken wegen seiner Flucht vor den Vopos mit einer Handbewegung abgetan. Und sie hatte sich beruhigen lassen, hatte sich nicht vorstellen können, dass er ihr etwas vormachte.

»Steig ein!« Andreas deutete auf einen zivilen Trabbi.

Während er den Motor startete und den Wagen auf die Straße lenkte, musterte sie den Fahrer. Seine Züge erinnerten sie an den Andi ihrer Kindheit. Aber er war ihr auch fremd. Einerseits verhielt er sich fürsorglich, hatte sich um sie gekümmert, ihre Eltern informiert, sie aus der Zelle geholt. Wahrscheinlich hatte er sein Möglichstes getan. Andererseits klangen seine Worte seltsam unwirklich. Wie die eines Menschen, der in einer anderen Welt zu Hause war. Hatte er die Wahrheit gesagt? Hatte er mit den Machenschaften dieses schrecklichen Stasi-Leutnants wirklich nichts zu tun?

Die Erinnerung an die Szene in der Zelle ließ sie erschaudern. Und diesen Mann konnte sie nicht vor Gericht bringen! Sie hatte die Warnung verstanden, die Andi ihr überbracht hatte. Die Akte wieder öffnen! Das hieß doch nichts anderes, als sie wegen erfundener Vergehen zu verurteilen. Er hatte von Bautzen gesprochen. Über das Stasi-Gefängnis waren grauenvolle Gerüchte im Umlauf.

Was war das für ein Land, in dem jemand im Auftrag des Ministeriums für Staatssicherheit in ein Studentenzimmer einbrechen konnte, um Beweismittel zu fälschen? In dem eine Behörde versuchte, eine Studentin mit gefälschten Unterlagen nach Bautzen zu bringen? »Die Akte bleibt unter Verschluss«, hatte Andi gesagt. Erneut musterte sie sein Profil. Konnte sie ihm glauben? War der Albtraum jetzt vorbei? Würden sie und Frank wieder ein normales Leben führen können?

Noch heute Abend würde sie ihn aufsuchen. Ihn bewegen, sich zu stellen. Wenn nichts gegen ihn vorlag, mussten sie die Suche nach ihm aufgeben. Zur Not würde sie sich an Herbert Jähn wenden. Er würde Frank bestimmt nicht im Stich lassen.

Kathrin mochte den Ersten Sekretär der SED-Kreisleitung nicht. Sie hatte ihn nur einmal getroffen. Als er die Produktionsgenossenschaft der Binnenfischer besichtigt hatte. Sein Blick hatte länger auf ihr verweilt, als es der Tochter eines unbekannten Fischers zukam. Aber er hatte sich um Frank gekümmert, seit er ein kleiner Junge gewesen war. Nachdem Franks Vater gestorben war, hatte Jähn seiner Mutter eine gut bezahlte Stelle in der Kreisverwaltung besorgt, damit sie ihren Sohn durchbringen konnte. Außerdem hatte Frank einmal angedeutet, dass der Parteifunktionär ihm verpflichtet sei. Wegen einer persönlichen Angelegenheit, die nicht bekannt werden dürfe. Dabei ging es um die Tochter des Staatsratsvorsitzenden. Kathrin hatte die Geschichte nicht recht ernst genommen, nun bedauerte sie, sich an die genauen Zusammenhänge nicht erinnern zu können.

Den restlichen Weg vom Warener *Mühlenberg* bis nach Eldenburg legten sie schweigend zurück.

An der Abzweigung zur Straße *An der Reeck* bat sie Andreas zu halten. »Das letzte Stück gehe ich zu Fuß.« Sie wollte ihre Eltern, vor allem ihren Vater nicht erschrecken oder gar verärgern, indem sie in Begleitung eines Vopos erschien.

»Warte!« Er stoppte den Wagen und drückte ihr einen Zettel die Hand. »Meine Adresse. Wenn du Hilfe brauchst, melde dich. Ich bin immer für dich da.«

Halb dankbar, halb skeptisch verabschiedete sich Kathrin. Ihre Gedanken waren bereits bei den Eltern. Sie fragte sich, ob sie ihnen überhaupt berichten sollte, was geschehen war. Die Antwort verschob sie auf später. Zuerst musste sie duschen und sich umziehen. Und dann mit Frank sprechen.

Den Zettel auf dem Küchentisch hätte Kathrin beinahe übersehen. Erst als sie sich etwas zu essen und zu trinken aus dem Kühlschrank geholt und sich gesetzt hatte, entdeckte sie die Zeilen. »Bin mit Günther auf der Suche nach Papa. Er ist heute Nacht nicht nach Hause gekommen. Mama.«

Während sie Waffelbrot mit der Margarine bestrich und schon mal in eines der Eberswalder Würstchen biss, versuchte sie die Nachricht zu verstehen. Ihr Vater blieb manchmal die Nacht über auf dem See. Da er aber bis zum Mittag nicht aufgetaucht war und ihre Mutter sich mit ihrem Bruder auf die Suche gemacht hatte, musste etwas Ungewöhnliches geschehen sein.

Kathrin erhob sich und sah aus dem Fenster. Der Framo stand im Schuppen. Vielleicht waren sie mit dem Motorrad unterwegs. Ihr Onkel besaß eine MZ.

Sie trank das Glas leer und biss noch einmal in ihr Brot. Der Appetit war ihr vergangen. Sie stellte alles in den Kühlschrank zurück, entdeckte dort eine Tafel Schokolade und steckte sie in ihre Jackentasche.

Dann machte sie sich auf den Weg.

Je näher sie der Datsche kam, desto unruhiger schlug ihr Herz. Obwohl die Tür der Hütte halb offen stand, wirkte das Grundstück verlassen. Der Tisch auf der Terrasse war offenbar umgestoßen worden, ein Klappstuhl lag ebenfalls auf dem Boden. Kathrin unterdrückte den Impuls, laut nach Frank zu rufen. Jemand könnte sich in die Nähe der Datsche verirrt haben und aufmerksam werden.

Hastig eilte sie zur Tür und stieß sie auf. Doch sie wusste bereits, dass die Hütte leer war. Voller Unruhe suchte sie nach einer Nachricht, nach einem Lebenszeichen von Frank. Wenn er sich entschlossen hätte, sein Versteck zu verlassen, hätte er abgeschlossen und den Schlüssel zurückgelegt. War er im Wald unterwegs? Oder zum Wasser gegangen?

Ihr Blick fiel auf die Truhe. Der Deckel war aufgeklappt. Kathrin ging auf die Knie und durchwühlte den Inhalt. Großvaters Gewehr! Es war nicht an seinem Platz!

Sie rannte hinaus und trat auf einen runden Gegenstand. Eine Patronenhülse. Jemand musste mit der Jagdwaffe geschossen haben. Frank?

Andreas Palkow begann die Doppelschicht zu spüren, die er auf sich genommen hatte, um Frank Peters hinter Schloss und Riegel zu bringen. Noch war die Festnahme nicht offiziell registriert. Jakubzik hatte deutlich gemacht, dass er sich ohne den schriftlichen Bericht der beiden Volkspolizisten nicht festlegen wollte, was mit Peters zu geschehen habe. Und es war klar, dass er ihn nur persönlich übergeben durfte. Nun war der Leutnant zu einer

Einsatzbesprechung gerufen worden. Der Genosse Staatsratsvorsitzende war überraschend auf seinem Jagdsitz am Drewitzer See eingetroffen, darum mussten kurzfristig die in solchen Fällen üblichen besonderen Sicherheitsmaßnahmen ergriffen werden. Dafür würden auch wieder zusätzliche Beamte eingesetzt werden. Glücklicherweise war er in der Polizeidienststelle keinem der Verantwortlichen über den Weg gelaufen, sonst wäre er auf der Stelle zu einer weiteren Doppelschicht verpflichtet worden.

Während er herunterschaltete und der Trabbi knatternd den Mühlenberg erklomm, rieb Palkow sich die Augen und gähnte. Den Bericht konnte er auch später noch abgeben. Zurzeit waren Jakubzik und seine MfS-Kollegen ohnehin mit der Einsatzplanung beschäftigt.

Also konnte er ebenso gut eine Runde schlafen. Er stellte seinen Trabbi auf dem Hof des Mietshauses ab, in dem er ein Zimmer mit Kochnische bewohnte.

Tränenblind stolperte Kathrin den Weg von der Datsche ihres Großvaters zu ihrem Elternhaus zurück. Beängstigende Bilder waren ihr durch den Kopf gegangen, als sie das Fehlen der Jagdwaffe und die Patronenhülse auf der Terrasse bemerkt hatte. Wenn Frank geschossen hatte, musste ihn jemand angegriffen haben. Ebenfalls mit einer Waffe. Ein Förster? Wohl kaum. Volkspolizisten? Schon eher. Sie sah Andis Gesicht vor sich. Er hatte so ehrlich besorgt geklungen. Waren vielleicht Kollegen von ihm an der Hütte gewesen? Hatten sie auf Frank geschossen? War er verletzt worden?

Und immer wieder bohrte sich die Erinnerung an die Szene vor den Arrestzellen in ihr Bewusstsein. »Ein betrunkener Randalierer«, hatte Andi gesagt. Er hätte davon wissen müssen, wenn Frank von seinen Kollegen festgenommen worden wäre. Andererseits: Wie hätten sie ihn finden sollen? Sie wussten ja nicht, wo er sich versteckt hatte. Und hätte Andreas ihr so unverfroren ins Gesicht lügen können?

Kathrin fühlte sich wie in einem Irrgarten. Es gab nichts, auf das sie sich verlassen konnte. Nicht einmal auf ihre eigene Erinnerung.

Als sie das Haus erreichte, stand der alte Framo mit laufendem Motor vor dem Schuppen.

Ein Mann trat aus der offenen Haustür, neben sich die gebeugte Gestalt einer Frau, deren Gesicht von einem schwarzen Kopftuch verborgen war. Jetzt erkannte sie Onkel Günther. Aber wer war die fremde Frau, die er stützte und zum Lieferwagen ... Kathrin schrie auf und rannte los. Das war ihre Mutter.

Plötzlich stand Tante Ursula vor ihr und fing sie auf. »Dein Vater hatte einen Unfall«, flüsterte sie. »Günther bringt sie zu ihm.«

Kathrin entwand sich der Umarmung und stürzte zu ihrer Mutter. »Mama! Was ist passiert? Wie geht es Vater?«

Helga Bergmann sah ihre Tochter an. Ihre Augen waren gerötet und lagen tief in den dunklen Höhlen. Die Haut war bleich und voller Falten. Noch nie war sie Kathrin so alt vorgekommen. »Ich muss mich um Papa kümmern«, murmelte sie. »Kümmere du dich ums Haus. In zwei Stunden sind wir zurück. Dann erkläre ich dir alles.«

»Erklären?«, rief Kathrin verzweifelt. »Was willst du mir erklären?«

Ihre Mutter senkte den Blick und wandte sich dem Lieferwagen zu. Onkel Günther half ihr beim Einsteigen, dann kletterte er auf den Fahrersitz. Rumpelnd setzte sich der Framo in Bewegung.

»Komm jetzt rein!« Tante Ursula nahm Kathrins Arm und zog sie ins Haus.

»Wie ist das möglich?« flüsterte Kathrin. »Mit dem Motorrad. Mitten in der Nacht. Bei Sietow. Was wollte er da?«

»Wir wissen es nicht. Er hat Günther nur gesagt, dass es um dich gehe. Und dass es sehr eilig sei. Darum musste er unbedingt das Motorrad nehmen.« Ihre Tante schob einen Becher mit Johannistee über den Tisch. »Komm, trink!« Sie saßen in der Küche. Ursula Bergmann hatte den Tee gekocht und berichtet, was sie von dem Unfall wusste. Heinrich Bergmann sei mit einem Transporter zusammengestoßen und schwer verletzt ins Krankenhaus nach Waren gebracht worden. Dass der Mann ihrer Schwägerin den Unfall nicht überlebt hatte, behielt sie für sich. »Möchtest du was essen?«

Stumm schüttelte Kathrin den Kopf. Sie fasste in ihre Jackentasche und legte die Schokolade auf den Tisch.

»Das ist eine gute Idee.« Tante Ursula griff nach der Tafel. »Gut für die Nerven.« Sie riss das Papier auf und brach einige Riegel ab. »Nimm ein Stück. Und trink noch etwas Tee. Das beruhigt.«

Kathrin sprang auf. »Ich kann trotzdem nicht länger warten!«, rief sie. »Ich muss nach Röbel. Sofort.«

»Aber Kind. Du kannst doch jetzt nicht ...«

»Ich muss, Tante Ursula. Es geht um ... Leben und Tod. Mein Leben.«

Erschrocken schlug die Tante eine Hand vor den Mund.

»Ich nehme das Boot. Und versuch nicht, mich aufzuhalten. In zweieinhalb Stunden bin ich wieder zurück.«

Fünfzig Minuten später klingelte sie an der Tür des Ersten Sekretärs der SED-Kreisleitung, Herbert Jähn. Dessen verärgerter Gesichtsausdruck verschwand sofort, als Kathrin sich vorstellte. »Wie geht es Frank?«

»Schlecht«, antwortete sie ohne Umschweife. »Er braucht Ihre Hilfe. Sofort.«

»Komm erst mal rein, Mädchen.« Jähn warf einen Blick in die Runde und schloss die Tür. Er bat Kathrin in sein Arbeitszimmer, wo er offenbar gerade am Schreibtisch gearbeitet hatte, und bot ihr einen Stuhl an. Er selbst ließ sich in seinen Bürosessel fallen.

Ein wenig atemlos berichtete Kathrin von der Verhaftung ihres Freundes. Dabei ließ sie einige Einzelheiten ebenso aus wie ihre eigenen Erlebnisse in der Polizeidienststelle.

»Frank hat mich gebeten«, schloss sie, »mit Ihnen zu sprechen. Ich soll Sie auch an eine bestimmte Sache erinnern.«

An dieser Stelle runzelte der Parteisekretär die Stirn und öffnete den Mund, als wollte er etwas einwenden. Doch er blieb stumm. Nach einer Pause, die Kathrin unendlich lang erschien, drehte er sich zum Schreibtisch und griff zum Telefonhörer. »Ich werde mich erst mal schlau machen.«

Als Major Kaltenbach von der Einsatzbesprechung in sein Büro zurückkehrte, klingelte das Telefon. Er schloss die Tür und setzte sich an den Schreibtisch. Die kleine rote Leuchte am Apparat signalisierte ihm, dass jemand auf der für besondere Persönlichkeiten eingerichteten Leitung anrief. Kaltenbach meldete sich darum mit seinem Namen.

»Hier ist Herbert«, tönte es aus dem Hörer. »Wie geht es dir, alter Junge?«

»Danke! Ich kann nicht klagen. Und selbst?« Auf einen Anruf des Ersten Sekretärs der SED-Kreisleitung wartete er schon seit Längerem. Jähn hatte einmal angedeutet, dass er etwas für Kaltenbachs Karriere tun könne.

»Hat euch mein Freund Erich mal wieder ein bisschen auf Trab gebracht?« Der Anrufer lachte, in den Ohren des Majors klang sein Lachen ein wenig nach Schadenfreude.

»Das Übliche«, beschwichtigte Kaltenbach. »Wir haben damit keine nennenswerten Probleme.«

»Freut mich zu hören. Und Erich wird's auch freuen. Wir treffen uns übrigens morgen. Drüben am Drewitzer See. Bei der Jagd. Werde die Gelegenheit nutzen und dich und deine Verdienste erwähnen. Normalerweise interessiert sich Erich nicht für Personalangelegenheiten. Aber er ist immer dankbar für Hinweise auf loyale Leute. Die Namen lässt er von Joachim notieren. Der kümmert sich dann um alles Weitere.«

»Das klingt gut, Herbert. Danke. Kann ich etwas für dich tun?«

»Kannst du. In der Tat. Es geht um einen jungen Mann. Frank Peters. Er soll bei euch im Arrest sein. Wegen irgendwelcher Gerüchte, die jemand über ihn verbreitet hat. Kannst du mal nachschauen lassen? Falls nichts Ernstes gegen ihn vorliegt, wäre ich dankbar, wenn er auf freien Fuß käme.«

»Kein Problem. Bleibst du dran?«

»Ich warte.«

Major Kaltenbach drückte einen Knopf und legte auf. Dann betätigte er eine andere Taste. Sofort meldete sich über die Sprechanlage ein Mann aus der Wache.

»Wen haben wir in der Arrestzelle?«, fragte Kaltenbach.

Die Antwort kam mit Verzögerung. Offenbar musste der Beamte erst nachsehen. »Einen gewissen Peters, Herr Major.«

»Weshalb wurde er festgenommen?«

»Einen Moment bitte, Herr Major. Der Peters wurde von der vorherigen Schicht eingeliefert. Es gibt noch kein Festnahmeprotokoll. Ich muss erst nachfragen.«

»Fragen Sie! Und melden Sie mir unverzüglich das Ergebnis.«

Kaltenbach nahm den Hörer wieder auf und drückte die Verbindungstaste. »Bist du noch dran, Herbert?«

»Was ist mit Frank Peters?«

»Er wurde vergangene Nacht inhaftiert. Vor dem Schichtwechsel. Ich bekomme gleich die Meldung, aus welchem Grund er festgenommen wurde.«

»Gut. Rufst du mich dann zurück? Meine Nummer hast du ja.«

»Selbstverständlich melde ich mich sofort bei dir.«

Der Major legte auf. Vor seinem inneren Auge sah er Herbert Jähn mit dem Genossen Staatsratsvorsitzenden in grünem Loden auf einem Hochsitz. Während sie abwechselnd durch ihre Ferngläser auf die Lichtung starren, unterhalten sie sich leise. Neben Erich Honecker sitzt Frank Joachim Herrmann, der Sekretär, und notiert einen Namen. Major Reinhold Kaltenbach, empfohlen als Mitarbeiter für den inneren Kreis im Politbüro des Zentralkomitees der sozialistischen Einheitspartei Deutschlands. Schon lange träumte er davon, die Provinz zu verlassen und in der Hauptstadt der DDR eine bedeutende Position zu bekleiden.

Hoffentlich bekam der Staatsratsvorsitzende das Wild vor die Flinte, das er sich wünschte. Es hieß, seine Laune würde sich mit der Zahl der erlegten Tiere stetig steigern.

Seine Gedanken wurden unterbrochen, als es an der Tür klopfte. »Herein!«

Ein Volkspolizist trat ein und machte Meldung. Kaltenbach winkte ab. »Was ist mit dem jungen Mann?«

»Bedaure, Herr Major. Niemand weiß genau Bescheid. Die Kollegen, die ihn in die Zelle gebracht haben, hatten eine Doppelschicht und sind jetzt nicht mehr im Dienst. Leutnant Jakubzik ist informiert, musste aber vor wenigen Minuten wegen des Sondereinsatzes am Drewitzer See die Dienststelle verlassen. Ein Kollege hat jedoch zufällig gehört, wie Unterleutnant Palkow die Inhaftierung begründet hat. Danach ist der Peters wegen Trunkenheit und Randalierens im öffentlichen Bereich in Gewahrsam genommen worden.«

Kaltenbach nickte zufrieden. »Setzen Sie den Mann unverzüglich auf freien Fuß!« Mit einer Handbewegung schickte er den Polizisten hinaus und nahm den Telefonhörer auf.

Während er wählte, lächelte er unwillkürlich. Dem Genossen Bezirkssekretär einen Gefallen tun zu können, erfüllte ihn mit innerer Befriedigung. Wer vorankommen wollte, brauchte Freunde in wichtigen Positionen. Gegenseitige Gefälligkeiten trugen dazu bei, Freundschaften zu erhalten.

»Ihr Freund hat offenbar einen über den Durst getrunken.« Herbert Jähn legte den Hörer auf und lachte. »Nichts Ungewöhnliches in dem Alter. Man sollte mit den jungen Leuten nicht zu streng sein. Er wird wieder nach Hause geschickt.«

Kathrin schüttelte den Kopf. Betrunken hatte sie Frank noch nie erlebt. Ein neues Rätsel. Aber die Hauptsache war, dass er freikam. Es fiel ihr schwer, ihren eigenen Augen und Ohren zu trauen. Dieser Mann brauchte nur zum Telefonhörer zu greifen, um ihn aus der Zelle zu befreien. Unfassbar.

»Nun schauen Sie nicht so entsetzt!«, forderte Jähn. »Freuen Sie sich, dass Sie ihn wiederbekommen. Und sagen Sie ihm, er soll sich nicht in der Öffentlichkeit zeigen, wenn er ... Sie wissen schon.« Mit der Hand deutete der Bezirkssekretär eine Trinkbewegung an.

»Ja, natürlich.« Kathrin erhob sich. »Vielen Dank für Ihre Hilfe.«

Jähn nickte. »Keine Ursache.« Er musterte sie von Kopf bis Fuß. »Bestellen Sie Frank schöne Grüße. Und Glückwünsche zu einer so schönen Frau. Vielleicht sehen wir uns ja mal wieder.« Er machte keine Anstalten, sie hinauszugeleiten.

Kathrin wandte sich zur Tür.

»Warten Sie!« Jähn stand auf und trat auf sie zu. »Dieser Vorgang muss unter uns bleiben. Das ist Ihnen doch hoffentlich klar.«

»Selbstverständlich«, beeilte Kathrin sich zu versichern und streckte die Hand nach der Türklinke aus. Jähn kam ihr zuvor und öffnete die Tür. »Ich bringe Sie raus.«

In der offenen Haustür blieb er stehen und warf einen Blick in die Umgebung. »Diskretion ist alles«, murmelte er, bevor er ihr mit einem Wink zu verstehen gab, dass sie gehen könne.

An der frischen Luft atmete Kathrin tief durch. Die Begegnung hatte sie beunruhigt, aber auch erleichtert. Noch war sie nicht sicher, ob sie sich dem Gefühl der Befreiung hingeben konnte. Alles war so unwirklich. Würde Frank wirklich in diesen Minuten seine Zelle verlassen können? In das Durcheinander ihrer Empfindungen mischte sich aufsteigende Wut. Andreas Palkow hatte sie belogen. Und sich obendrein als Retter und Helfer dargestellt.

Doch sie vergaß schnell ihre Wut auf Palkow und selbst ihre Erleichterung über Franks Entlassung. Die Angst kehrte zurück. Drohend und unberechenbar wie eine dunkle Wolke über der Müritz. Während sie das Boot losband und den Motor startete, schob sich das Gesicht ihrer Mutter vor ihr inneres Auge. Inzwischen sollte sie im Krankenhaus bei ihrem Vater angekommen sein.

Wie es ihm wohl ging?

# 16

Vielleicht war es eine verspätete Reaktion auf die Schrecken der Bootsfahrt, vielleicht hatte sie der Stadtbummel durstig gemacht. Vielleicht auch beides. Hanna hatte reichlich Wein getrunken und verließ das Restaurant in bester Stimmung. Sie hatte sich bei den Männern eingehakt und zog sie in Richtung Hafen. »Jetzt nehmen wir irgendwo noch einen kleinen Absacker. Müsste doch mit dem Teufel zugehen, wenn es hier keine gemütliche Kneipe gäbe, in der wir einen Calvados bekommen.«

Plötzlich blieb sie stehen und legte den Kopf in den Nacken. »Mein Gott, ist das schön! Wann haben wir zum letzten Mal einen solchen Sternenhimmel gesehen, Jonas?«

Jonas richtete seinen Blick nach oben. »Du, ich glaube, es war in dem Sommer, nachdem wir uns kennengelernt haben. In Portugal.«

Jetzt blickte auch Rainer Ürdinger in den Himmel über der Stadt. Unter dem tiefblauen, fast schwarzen Firmament glitzerten unzählige Sterne in unterschiedlichen Größen und Farben. Einige hellgelb, andere weiß, manche rötlich oder eher blau, flimmernd oder ruhevoll strahlend. Direkt über ihnen ballten sich besonders viele Lichtpunkte zu einem unregelmäßigen Streifen.

Hanna deutete nach oben. »Da ist der Polarstern. Und Kleiner und Großer Wagen.« Ihr ausgestreckter Zeigefinger folgte den gedachten Linien zu den Sternenbildern, wanderte zum breiten Band der Milchstraße, die den Himmel zu teilen schien. »So viele Sterne«, murmelte sie, »sieht man bei uns nie.«

»Zumindest sehr selten«, bestätigte Jonas.

»Das liegt an der Luft.« Rainer deutete zum See. »Und an den unterschiedlichen Lichtverhältnissen. Über einer Großstadt wie Kassel habt ihr mehr Dreck in der Luft und mehr Helligkeit um euch herum. Schaut mal, wie dunkel der See ist. Keine einzige Lichtquelle auf über hundert Quadratkilometern.«

»Traumhaft«, seufzte Hanna. Dann zog sie ihre Begleiter fort. »Trotzdem wünsche ich mir jetzt einen kleinen Calvados.« Sie stieß Rainer in die Seite. »Du kennst dich doch hier aus. Wo bekommen wir jetzt noch was?«

Ürdinger hielt den Umschlag hoch. »Ich bringe eben das Foto ins Auto. Dann zeige ich euch ein paar Kneipen.« Er löste sich von Hannas Arm und eilte zur gegenüberliegenden Seite des Alten Marktes, wo er offenbar seinen Wagen abgestellt hatte.

»Eine genügt«, rief Hanna ihm nach und küsste Jonas auf die Wange. »Netter Kerl, dein Freund. Warum hast du mir nie von ihm erzählt?«

Jonas hob die Schultern. »Wir haben uns ein wenig aus den Augen verloren. Wahrscheinlich, weil die Entfernung einfach zu groß und jeder mit seiner Arbeit beschäftigt war. Ich muss zugeben, ich habe lange nicht an ihn gedacht. Erst als wir uns mit dem Gedanken befasst haben, hier Urlaub ...«

Er wurde von einem gedämpften Aufschrei unterbrochen und wandte den Kopf in die Richtung, in die Rainer Ürdinger verschwunden war. Im nächsten Augenblick erklang ein dumpfer Schlag. Als stürzte jemand gegen eine Autotür oder eine Motorhaube. Dann klappten Fahrzeugtüren, und mit aufheulendem Motor und quietschenden Reifen jagte ein dunkler VW-Golf davon.

»Rainer?« Jonas lief ein paar Schritte über den Platz und sah sich um. Von seinem Freund keine Spur. Rainers Wagen stand unberührt, daneben lag der Umschlag mit dem Foto auf den Pflastersteinen. Er hob ihn auf und hielt ihn hoch. »Rainer ist weg«, rief er. »Ich fürchte ...«

»Wie – weg?« Verständnislos starrte Hanna ihn an. »Er wollte doch nur zum Auto gehen.«

Jonas nickte. »Hast du die Nummer von deinem Kollegen im Handy? Leider habe ich nichts sehen können. Aber es hat sich so angehört, als wäre er überfallen und entführt worden.«

Plötzlich war Hanna stocknüchtern. Sie fand Königsteins Nummer in der Anrufliste und drückte die Wähltaste.

Es dauerte eine Weile, bis er sich meldete. Seine Stimme klang unwillig und verschlafen. »Was ist ...?«

»Sie müssen sofort kommen«, unterbrach Hanna ihn. »Hier ist Hanna Wolf. Und informieren Sie Ihre Kollegen. Wir haben es offensichtlich mit einer Entführung zu tun. Rainer Ürdinger. Der Journalist. Jemand hat ihn gerade in ein Auto gezerrt und ist weggefahren. Vor unseren Augen.«

Königstein schwieg.

»Sind Sie noch dran?« Hanna spürte die Heftigkeit in ihrer Stimme, doch sie konnte nicht anders. »Haben Sie mich verstanden, Herr Kollege?«

»Ja«, murmelte der Hauptkommissar. »Ich habe Sie verstanden, Frau Wolf.« Endlich schien Königstein aufzuwachen. »Wo sind Sie?«

Als Rainer Ürdinger zu sich kam, hatte er ein pelziges Gefühl auf der Zunge und einen widerwärtigen Geschmack im Mund. Kopf und Glieder schmerzten wie bei einer Grippe. Mühsam öffnete er die verklebten Augen und sah sich um. Kahle Wände, von denen die Farbe blätterte, eine graugrüne Tür, gegenüber ein schmaler Lichtschacht. Offenbar befand er sich in einem Kellerraum. Draußen dämmerte bereits der Morgen.

Oder war es Abend? Vielleicht auch Tag? Und der Schacht ließ nur wenig Licht herein? Mit einiger Mühe entzifferte er die Zeitangabe seiner Armbanduhr. Kurz nach fünf. Also doch Morgen. Wieso lag er in einem Keller? Er richtete sich auf. Unter ihm raschelte es. Ein zerknülltes Exemplar der Müritz-Zeitung rutschte vor seine Füße. Er hatte auf einem Haufen Altpapier gelegen. Gab es im Redaktionsgebäude einen Kellerraum, den er nicht kannte? Was hatte er hier gewollt?

Dann sah er die Szene vor sich. Alter Markt. Zwei Männer in Kapuzenjacken springen hinter seinem Auto hervor, ein Dritter ist plötzlich bei ihm, umklammert seinen Kopf, presst ihm einen stinkenden Lappen vor Mund und Nase. Er versucht, sich zu wehren, viel zu schnell lassen seine Kräfte nach. Danach ist nur noch Dunkelheit.

Ürdinger wehrte sich gegen den Gedanken, doch er begann, zur Gewissheit zu werden. Die Männer hatten ihn gezielt entführt und in diesen Keller gesteckt. Aber warum? Seine einzigen nahen Verwandten, seine Eltern, waren nicht vermögend und würden kein hohes Lösegeld zahlen können. Oder sollte die Zeitung erpresst werden?

Die Recherchen zu den Toten ohne Ohren kamen ihm in den Sinn. Gab es jemanden, der verhindern wollte, dass die Zusammenhänge an die Öffentlichkeit kamen? Wer außerhalb der Redaktion konnte von seinen Nachforschungen wissen? Und wer hatte ein Interesse daran, eine Veröffentlichung abzuwenden? Zum Glück hatte er die Meldung über den Toten vom Ufer der Müritz bereits ins System eingegeben. Seine Kollegen würden sich darum kümmern. Sie würde also heute erscheinen. Allerdings ohne nähere Informationen über den Zustand des Mannes. Das makabere Detail hatte er sich für später aufgespart.

Er stand auf und untersuchte die Tür. Sie war aus Stahl, auf der Innenseite befand sich statt einer Klinke ein rostiger Knauf. Zornig schlug er gegen das Türblatt. Jetzt nicht weiter recherchieren zu können, machte ihn wütend. Seine Hoffnungen richteten sich auf Jonas und Hanna. Sie würden dem Polizeiapparat hoffentlich Beine machen.

Erst gegen Morgen waren Hanna und Jonas zur Ruhe gekommen. Noch in der Nacht befragten Königstein und seine Kollegen sie zum Verschwinden des Freundes. Dabei erwähnten sie – in unausgesprochenem Einverständnis – das Foto aus Ürdingers Archiv nicht. Nach der Vernehmung ließ der Hauptkommissar sie ins Hotel bringen.

Gegen Morgen hatte sie eine SMS empfangen. »Keine Spur von Ihrem Freund. Gruß, K.«

Sie hatten nur wenig geschlafen und kamen mit Verspätung im Frühstücksraum ihres Hotels an. Alle anderen Gäste waren offenbar längst fertig und unterwegs zu ihren Ausflugszielen oder machten es sich auf den Sonnenliegen am See bequem. Eine der Damen vom Service war bereits damit beschäftigt, das benutzte Geschirr abzuräumen.

Die Sonne leuchtete durch die großen Fenster. Vom See her reflektierten winzige Wellen tausendfach ihre Strahlen. Hanna blinzelte in die Helligkeit. »Können wir noch frühstücken?«

»Selbstverständlich.« Die Bedienung deutete auf einen Tisch am Fenster. »Es ist für Sie gedeckt. Ich hole Ihnen frischen Kaffee.«

»Das ist sehr freundlich.« Erleichtert ließ Hanna sich nieder und sah sich nach Jonas um, der im Foyer zurückgeblieben war. Durch die Scheibe sah sie ihn eine Zeitung durchblättern.

Er schien gefunden zu haben, was er suchte; mit den aufgeblätterten Seiten in der Hand kam er zum Tisch. »Die Meldung über den Toten von der Müritz steht schon drin. Allerdings ohne Hinweis auf die fehlenden Ohren.«

»Vielleicht wollte dein Freund dieses Detail erst mal für sich behalten. Würde ich genauso machen. Bei uns hieße das dann: aus ermittlungstaktischen Gründen.«

Jonas nickte gedankenverloren, faltete die Zeitung zusammen und ließ sich am Tisch nieder. »Ich kann es immer noch nicht fassen, dass Rainer vor unseren Augen entführt worden ist. Hoffentlich ist ihm nichts weiter passiert.«

»Das hoffe ich auch.« Während Hanna begann, ein Frühstücksbrötchen aufzuschneiden, deutete sie auf die Müritz-Zeitung. »Ich fürchte, jemand möchte verhindern, dass er Zusammenhänge herstellt und Schlussfolgerungen zieht. Vielleicht steckt diese Organisation dahinter, von der er uns berichtet hat. Eine Einzelperson dürfte kaum in der Lage sein, eine spontane Entführung zu organisieren und jemanden von der Bildfläche verschwinden zu lassen.«

»Ich frage mich allerdings«, überlegte Jonas, »wie diese Leute von den fehlenden Ohren erfahren haben könnten. Nur aus dieser Information lässt sich schließen, dass es einen Zusammenhang mit den beiden anderen Fällen gibt. Die Zeitungsmeldung klingt so, als wäre ein älterer Herr in der Müritz ertrunken. Und in Verbindung mit dem Bericht über das Gewitter wird jeder Leser annehmen, der Mann sei Opfer des Sturms geworden. Das Ganze ist und bleibt rätselhaft.«

»Ich denke, wir müssten bei der Frau ansetzen, die bei der Beerdigung aufgetaucht ist. Das ist unser einziger Anhaltspunkt, um in dem Fall weiterzukommen und Rainer zu helfen.«

»Vielleicht sollten wir Königstein die Aufnahme doch zeigen. Er und seine Kollegen haben ganz andere Möglichkeiten.«

Unsicher hob Jonas die Schultern. »Ich weiß nicht. Es ist Rainers Material.«

Hannas Handy klingelte. Sie kramte es aus der Handtasche und meldete sich. Während sie lauschte, schenkte Jonas Kaffee ein, der von der Bedienung an den Tisch gebracht worden war. Erwartungsvoll sah er Hanna an.

Sie bedankte sich für die Information und klappte das Telefon zu. »Das war Königstein. Bei der Zeitung ist ein anonymes Schreiben eingegangen. Darin heißt es, dass es Rainer gut gehe. Er sei für einige Tage bei guten Freunden untergebracht worden. Zu seiner eigenen Sicherheit.«

»Und was macht die Polizei?«

»Was wir in solchen Fällen immer machen, Jonas. Das Umfeld durchleuchten. Sie sind gerade in der Redaktion.«

»Dann kann es sein, dass sie dort auch auf Rainers Foto stoßen. Und wenn deine Kollegen nicht auf den Kopf gefallen sind, werden sie die mysteriöse Frau entdecken und versuchen, sie zu identifizieren.«

Hanna hob die Schultern. »Pech für Rainer. Dann wird nicht er sie aufspüren, sondern Königstein mit seinen Leuten. Und wir müssen uns keine Gedanken über die Frage machen, ob wir die Kollegen auf sie aufmerksam machen sollten. Aber jetzt ist ohnehin wichtiger, dass dein Freund wieder freikommt.«

Der Besuch in der Zeitungsredaktion hatte Kriminalhauptkommissar Königstein in seiner Vermutung bestätigt, dass der Leichenfund vom Vortag mit dem ähnlichen Fall aus der Vergangenheit zusammenhängen musste. Der verschwundene Redakteur hatte offenbar ebenfalls in dieser Richtung recherchiert. So viel war zumindest den Andeutungen seiner Kollegen zu entnehmen. Leider hatte man ihm nicht gestattet, die Unterlagen oder den Computer des Journalisten einzusehen. Wenn er über den Staatsanwalt einen richterlichen Durchsuchungsbeschluss beantragte, musste er damit rechnen, dass sich wieder das LKA einschalten und man ihm den Fall entziehen würde. Doch Königstein war entschlossen, dem Rätsel auf den Grund zu gehen. Auf dem Weg von der Redaktion zur Dienststelle wählte er die Nummer von Klaus Mittelstedt. Eindringlich erklärte er seinem Freund, dass er unbedingt das Ergebnis der rechtsmedizinischen Untersuchung der Leiche benötigte.

Der Kriminaltechniker versprach, sich bei seinen Kollegen von der Rechtsmedizin umzuhören.

Falls der Mann ertrunken war, hatten sie es mit einem Täter zu tun, der seinen Opfern einen qualvollen Tod bescherte. In solchen Fällen war das Motiv meistens Rache. Warum übte jemand in einem Abstand von über zwanzig Jahren Rache? Die Antwort musste in der Lebensgeschichte der Toten zu finden sein. Der erste war nicht identifiziert worden. Aber er würde alles daransetzen, die Identität des Mannes zu klären, dessen Leiche dieser Ürdinger aufgefunden hatte, und dann sein Leben zu durchleuchten, bis er auf die Handlung stoßen würde, die eine späte Vergeltung heraufbeschworen hatte.

Das alte Fischerhaus an der Elde schien sich unter den Bäumen verstecken zu wollen. Es lag vollständig im Schatten, dennoch leuchteten die ockerfarbenen Wände unter dem Reetdach hervor. Fensterläden in der gleichen Farbe vermittelten einen heimeligen Eindruck, der durch dunkelgrüne Sprossenfenster und eine ebensolche Haustür verstärkt wurde.

Das Innere des Hauses wirkte trotz der hohen Bäume, die es umgaben, hell und freundlich. Mochten die Mauern auch zweihundert oder mehr Jahre alt sein - durch einen Umbau und eine gründliche Renovierung war ein komfortables und behagliches Refugium entstanden. Ein großer Teil des Erdgeschosses war zu einem Wohnraum mit angeschlossener Küche umgebaut worden. Von dort aus hatte man einen Blick auf das Wasser und den Bootsanleger. Die Wirtschaftsgebäude befanden sich ein wenig abseits, so dass weder Geräusche noch Gerüche das Wohnhaus erreichten.

Am Küchentisch saß eine blonde Frau, deren Alter schwer zu schätzen war. Sie mochte Anfang fünfzig sein, vielleicht Mitte oder Ende vierzig. Ihr Blick ruhte auf einem Mann, der auf der anderen Seite des Tisches eine Zeitung studierte.

Er ließ das Blatt sinken. »Ist er das?«

Sie nickte. »Offenbar hat er es nicht geschafft, sich zu retten. Wundert mich eigentlich. Er wirkte ziemlich fit.«

»Kein Verlust für die Menschheit. Jetzt fehlt nur noch einer.« Energisch legte der Mann die Zeitung zusammen. »Und den kriegen wir auch noch.«

Die Frau am Tisch erhob sich und ging zum Fenster, von wo aus sie den Anleger im Blick hatte. »Ich habe schon eine Spur.« Sie deutete auf die Zeitung. »Der Weg über Kaltenbach war die einzige Möglichkeit. Wenn der nicht wieder aufgetaucht wäre ... Er hat mir die entscheidende Information gegeben, bevor er ...« Sie ließ den Satz in der Schwebe und beobachtete, wie die Fischer in schnellen Schritten ihre Ladung vom Boot zur Halle brachten.

»Erzähl!«, forderte der Mann und bewegte unruhig die Räder seines Rollstuhls.

»Ein Haus in Waren. Röbeler Chaussee. Dritter Stock.«

»Du weißt, wo er wohnt?« Ungläubig drehte der Mann sein Gefährt und rollte ebenfalls zum Fenster. »Warum hast du mir nichts davon gesagt?«

»Ich habe es noch nicht überprüft. Sein Name steht nicht an der Tür. Außerdem nennt er sich jetzt Kalbow. Deshalb haben wir ihn so lange vergeblich gesucht. Er ist damals noch zur Stasi gewechselt und hat es dort zum Hauptmann gebracht.«

»Oder Kaltenbach hat gelogen.«

»Das glaube ich nicht.« Die Frau wandte sich dem Mann im Rollstuhl zu und strich ihm sanft über den Kopf. »Der hatte die Hosen gestrichen voll.«

Er nahm ihre Hand und hielt sie fest. »Du hast mir nicht erzählt, wie du es geschafft hast.«

Sie lächelte. »Es ist leichter, als man denkt. Das einzige Problem bestand darin, ihn auf das Boot zu bekommen. Aber anscheinend bin ich noch nicht zu alt, um einen Siebzigjährigen zu umgarnen.«

»Ja«, lachte er, »du bist eine schöne Frau.« Er küsste ihre Hand. »Aber jetzt erzähl doch! Wie hast du ihn aufs Boot gelockt?«

»Der uralte Trick, mit dem Frauen Männer dazu bringen, ihnen unbedingt helfen zu wollen, funktioniert immer noch. Nachdem ich herausgefunden hatte, wo er seine täglichen Spaziergänge macht, habe ich ein Problem mit meinem Fahrrad vorgetäuscht. Er wollte mir behilflich sein, hat den Reifen aufgepumpt und mir dabei einen Vortrag über verschiedene Ventile gehalten. Französische und westdeutsche und solche aus der DDR. So sind wir ins Gespräch gekommen. Später habe ich beiläufig erwähnt, dass ich jemanden bräuchte, der mich begleitet, wenn ich mit dem Boot hinausfahre, um Markierungsbojen zu kontrollieren. Er hat sich förmlich aufgedrängt.«

»Und dann?«

»Als wir draußen auf dem See waren, habe ich ihn gebeten, mir beim Zusammenlegen eines Netzes zu helfen. Dabei hat er sich schon fast von allein darin verheddert. Ich brauchte nur noch zuzuziehen und einen Knoten zu machen. Schon saß er in der Falle und konnte sich kaum noch bewegen.«

»Hast du ihm die ...«

Die Frau nickte. »Nach dem ersten hat er mir die Adresse verraten.«

»Und nach dem zweiten ist er über Bord gegangen?«

»Freiwillig«, bestätigte die Frau. »Er hatte es so eilig, ins Wasser zu kommen, dass ich Mühe hatte, das Netz aufzuschneiden. Er hat es mit ins Wasser gerissen und eine ganze Weile strampeln müssen, um sich daraus zu befreien.«

Der Mann im Rollstuhl nickte gedankenvoll. »Hat ihm offenbar nichts genützt. Bei dem Blutverlust. Und die Müritz ist wahrscheinlich zu kalt. Ein guter Schwimmer, der seine Kräfte einteilt, kann sich ans Ufer retten. Wer in Panik ist, schafft es nicht. Er glaubt, er kann sich retten und muss doch irgendwann aufgeben. Er schnappt nach Luft, versucht an der Oberfläche zu bleiben, das Wasser zieht ihn in die Tiefe. Pech für Kaltenbach.«

Eine Weile herrschte Schweigen. Schließlich wandte sich die Frau vom Fenster ab und kehrte zu ihrem Platz zurück. Der Mann rollte ebenfalls zum Tisch. Erneut ergriff er ihre Hand. »Den Palkow-Kalbow übernehme ich.«

Sie sah ihn fragend an.

»Wie willst du ...?«

»Ich weiß es noch nicht. Aber ich bin entschlossen, es zu tun. Ich muss es tun, verstehst du?«

Der Hauptmann schwitzte. Obwohl es in seiner Wohnung nicht sonderlich warm war, machte ihm sein Kreislauf zu schaffen. Unruhig wanderte er zwischen seinem Sessel und dem Fenster hin und her. In seinem Kopf kreisten beängstigende Bilder, seit der Oberst ihn angerufen und ihn über die Umstände eines neuen Todesfalles in den eigenen Reihen informiert hatte.

Er sah einen Mörder durch die Straßen der Stadt schleichen, auf der Suche nach Opfern. In seiner Tasche, vielleicht auch nur in seinem Kopf, gab es eine Liste mit Namen. Einer war bereits durchgestrichen, durch den Zweiten fuhr gerade der Stift.

Der Todesfall vor über zwanzig Jahren hatte ihn nicht sonderlich berührt. Jakubzik. Als sie damals durch einen anonymen Anruf informiert worden waren, dass es sich bei dem Opfer um Jakubzik handle und er nur der Erste sei, an dem für all das Unheil Rache genommen würde, das sie angerichtet hatten, da war er noch ruhig geblieben, zumal so lange Zeit nichts geschehen war. Die Organisation hatte beschlossen, der Polizei die Identität des Opfers nicht zu verraten. Ruhig verhalten, nur nicht auffallen, war die Devise.

Nun also das zweite Opfer aus ihren Reihen. Der von ihnen vermisste Kaltenbach war noch nicht wieder aufgetaucht, und man hatte eine Leiche mit abgetrennten Ohren gefunden. An Zufall mochte er nicht glauben. Die Informationen des Oberst sprachen eine deutliche Sprache. Wozu hatten sie eigentlich die Organisation, wenn sie nicht verhindern konnte, dass einzelne Mitglieder von Unbekannten ums Leben gebracht wurden?

Jedes Mal, wenn der Hauptmann auf seinem Weg das Fenster erreichte, hielt er inne und musterte die Menschen auf der Straße. War der Mörder schon auf dem Weg zu ihm?

Er tastete nach seiner Pistole. Ihm würde niemand die Ohren abschneiden.

## 17

Der Anblick ihres Elternhauses versetzte Kathrin in Unruhe. Obwohl es gerade erst zu dämmern begann, brannte das Licht in allen Räumen. Aus der geöffneten Haustür fiel der Schein der Flurlampe auf die Stufen. Vor dem Schuppen stand der Transporter, eine seiner Türen bewegte sich im Wind. Ihre Eltern achteten stets darauf, dass der Framo unter das Dach des Schuppens gefahren, die Haustür geschlossen und kein Licht verschwendet wurde.

Sie beschleunigte ihren Schritt und näherte sich mit klopfendem Herzen dem Haus. Im Flur begegnete sie ihrem Onkel, der offenbar gerade auf dem Weg nach draußen war.

»Ihr seid schon zurück?«, fragte Kathrin. »Wie geht es Vater?«

Statt einer Antwort zog der Onkel sie in seine Arme. Das hatte er lange nicht getan, und Kathrin empfand die plötzliche Nähe als beunruhigend.

Sie befreite sich aus der Umarmung. »Wo ist Mama?«

»Komm erst mal rein.« Er schob sie vor sich her ins Wohnzimmer. Dort saß ihre Tante mit einer Nachbarin.

»Wo ist Mama?«, fragte sie erneut, diesmal nachdrücklicher.

»Komm zu mir, mein Kind.« Die Tante streckte die Arme nach ihr aus. »Setz dich zu uns!«

Kathrin machte einige Schritte auf sie zu, blieb aber stehen. Eine Mischung aus Angst und Unwillen machte sich in ihr breit. »Was ist hier eigentlich ...?«

Tante Ursula ergriff ihre Hände und zog sie zu sich herab. »Bitte setz dich einen Moment. Ich muss mit dir reden, Kathrin. Deine Mutter ist oben. Sie hat sich hingelegt. Es geht ihr nicht gut. Pastor Hartmann ist bei ihr.«

»Der Pastor?« Ungläubig schüttelte Kathrin den Kopf. Ihre Mutter war Mitglied der evangelischen Kirche, ihr Vater dagegen Atheist, und so hatten religiöse Bindungen in ihrem Leben keine Rolle gespielt. Als kleines Kind war sie gelegentlich mit ihrer Mutter im Gottesdienst gewesen, aber irgendwann hatte ihre Mutter die Besuche in der Kirche aufgegeben.

Die Tante rückte näher an Kathrin heran, der Griff ihrer Hände wurde fester. »Kathrin«, sagte sie leise, aber eindringlich. »Deinem Vater ist etwas zugestoßen.«

Ja, wollte Kathrin sagen, ich weiß, er hatte einen Unfall. Und wie geht es ihm jetzt? Ewas im Tonfall ihrer Tante hielt sie zurück. Gleichzeitig stieg eine dunkle Ahnung in ihr auf. Sie versuchte den Gedanken zu verdrängen, doch in diesem Augenblick begann die Nachbarin neben ihr zu schluchzen.

»Dein Vater«, fuhr die Tante fort, »hat den Unfall nicht überlebt.«

Kathrin erstarrte. Ihr war, als hätte die Welt aufgehört, sich zu drehen. Sie sah sich, Tante Ursula, die Besucherin und Onkel Günther, der zögernd in der Tür erschien und unsicher zu ihr herübersah, wie Spielfiguren in einem Aquarium. Das Wasser dämpfte alle Bewegungen und alle Töne, erstickte den Atem und verzerrte Raum, Personen und Gegenstände zu bizarren Formen.

Es war weit nach Mitternacht, als Kathrin schließlich in ihrem Bett lag. Ihre Augen brannten von den vielen Tränen, die sie in den vergangenen Stunden vergossen hatte. Ihre Mutter war ihr seltsam unbeteiligt erschienen, auf geradezu unheimliche Art gefasst. Ruhig und sachlich hatte sie ihr erklärt, was geschehen war. Ihr Vater hatte sich das Motorrad von Onkel Günther ausgeliehen, um nach ihr zu suchen. Der Gedanke, dass sie auf diese Weise am Tod ihres Vaters schuld sein könnte, hatte ihr zeitweise den Atem abgeschnürt. Sie hatte ihn nicht ausgesprochen, doch ihre Mutter hatte ihr angesehen, was in ihrem Kopf vor sich ging. »Nein«, hatte sie in festem und bestimmten Ton gesagt, »du hast keine Schuld. Schuld haben diejenigen, die dich festgehalten haben. Wir waren Andi sehr dankbar, dass er uns informiert hat. Dein Vater hätte nicht nach ihm suchen müssen. Es hat sich ja dann auch alles aufgeklärt.«

Kathrin hatte widersprechen wollen. Alles in ihr hatte gedrängt, endlich die furchtbaren Erlebnisse loszuwerden und Andreas Palkows falsches Spiel hinauszuschreien. Aber sie hatte es nicht fertiggebracht, ihrer Mutter die Wahrheit zu sagen.

Ihre Gedanken wanderten zurück in die Kindheit. Ihr Vater hatte nie viele Worte gemacht. Manchmal hätte sie sich ein Lob oder ein paar Worte der Anerkennung gewünscht. Aber er hatte nie ein böses Wort für sie gehabt. Wenn sie wegen eines Verbotes oder eines Streites mit ihrer Mutter den Tränen nahe gewesen war, hatte er seine schwielige Hand auf ihr Haar gelegt und »wird schon wieder« gemurmelt.

Nie mehr würde sie diese drei Worte aus seinem Mund hören.

Später, als Halbwüchsige, war sie gelegentlich mit ihm zum Fischen auf den See gefahren. Auch hier hatte er nur das Nötigste gesprochen. Aber sie hatte ihr gemeinsames Schweigen als einvernehmlich empfunden. Und die Nähe ihres Vaters hatte ihr das Gefühl von Sicherheit und Geborgenheit gegeben.

Längst war sie erwachsen, hatte begonnen, ihr eigenes Leben zu entdecken. Doch noch immer hatte sie mit dem Gedanken an ihren Vater Verlässlichkeit verbunden. Sein Tod hatte ein Stück aus dem Fundament ihres Lebens gerissen.

Würde Frank die Lücke ersetzen können? Oder wenigstens einen Teil davon? Sie beschwor Bilder ihrer Zweisamkeit herauf. Erinnerte sich an die ersten Begegnungen in der Schule und bei der FDJ. Den ersten Kuss. Die erste Liebesnacht. Ausflüge mit Fahrrädern. Bootstouren auf Elde, Kölpinsee und Müritz. Und an die Stunden auf der Datsche. Sein Versteckspiel war ein Fehler gewesen. Sie hätte ihn rechtzeitig zur Aufgabe drängen sollen. Wenn es nicht diese Beziehung zum Ersten Sekretär der SED-Kreisleitung gäbe, hätte er viele Tage in der furchtbaren Zelle zubringen können. Warum setzte sich dieser Jähn für Frank ein? Für einen unbedeutenden jungen Mann, der sich weder in der FDJ noch als verdienter Aktivist hervorgetan hatte?

Sie würde Frank danach fragen.

Irgendwann musste sie doch eingeschlafen sein, denn als ein Klirren an der Fensterscheibe sie aufschrecken ließ, dämmerte bereits der Morgen. Als sie vorsichtig die Gardine zur Seite schob, entdeckte sie eine dunkle Gestalt zwischen den Bäumen vor dem Haus. Frank? Sie öffnete einen Fensterflügel und lehnte sich hinaus.

»Frank, bist du es?«

»Kannst du mich reinlassen?«

Kathrin nickte und eilte so geräuschlos wie möglich die Treppe hinunter. An der Tür legte sie einen Finger auf die Lippen und zog Frank rasch ins Haus. Sie bedeutete ihm, die Schuhe auszuziehen und ihr möglichst leise zu folgen. Nachdem Kathrin vorsichtig die Tür ihres Zimmers geschlossen hatte, fielen sie sich in die Arme.

»Die Vopos haben mich geschnappt«, flüsterte Frank. »Und in eine Zelle gesteckt.«

Sie nickte. »Ich weiß. Ich war auch eine Nacht in der Zelle. Direkt neben dir.«

Verständnislos sah er sie an. »Du? In der Zelle? Warum?«

Kathrin brach in Tränen aus. »Mein Vater ist tot.«

Frank schüttelte fassungslos den Kopf. »Wie ... kann das sein?«

Stockend berichtete Kathrin, was sie erfahren hatte. Und dann von ihren Erlebnissen. Wie Andreas Palkow sie nach Waren gebracht und in die Zelle gesperrt hatte. Welche Vergehen ihr der Stasi-Leutnant vorgehalten und wie er sie bedrängt hatte.

»Alles, damit ich dich verrate. Und als sie dich hatten, haben sie mich laufen lassen. Und ich wusste nicht, dass du in der Zelle neben mir ... Dabei habe ich einen Moment geglaubt, ich hätte deine Stimme gehört.« Erneut liefen Kathrin Tränen über das Gesicht. Frank umarmte sie und hielt sie fest. Schließlich führte er sie zum Bett, wo sie sich nebeneinander auf die Kante setzten.

»Wenn es für die so wichtig war, mich zu kriegen, dann verstehe ich nicht, warum sie mich dann doch freigelassen haben.«

Zum ersten Mal lächelte Kathrin. »Ich war beim Ersten Sekretär der SED-Kreisleitung.«

»Du hast mit Herbert Jähn gesprochen?«

Kathrin nickte. »Ich habe mich daran erinnert, was du mal von ihm erzählt hast. Einzelheiten weiß ich nicht mehr. Nur noch, dass er sich früher um dich gekümmert hat – wieso eigentlich?«

Frank winkte ab. »Das ist eine längere Geschichte. Er und meine Mutter waren mal ... zusammen. Aber dann muss es ein unschönes Eifersuchtsdrama gegeben haben. Daran soll auch die Tochter eines hohen Parteifunktionärs beteiligt gewesen sein. Sie hieß

Sonja, und es ging das Gerücht, dass es sich dabei um Erichs Tochter gehandelt habe. Meine Mutter hat darüber einmal Andeutungen gemacht. Als sie meinen Vater geheiratet hat, war sie schon mit mir schwanger. Jähn hat geglaubt, er sei mein Erzeuger. Ob zu Recht oder Unrecht, weiß ich nicht. Ich habe davon erfahren, als er sich einmal im Suff bei meiner Mutter ausgeheult hat. Aber sag mal, wie hat er reagiert, als du aufgekreuzt bist?«

»Er hat jemanden angerufen und herausbekommen, dass sie dich wegen Trunkenheit und Randalierens in der Öffentlichkeit festgenommen haben. Dann hat er gesagt, das dürfe man nicht so ernst nehmen. Junge Leute müssten mal über die Stränge schlagen. Oder so ähnlich.«

»Das erscheint mir ziemlich mysteriös. Ich war nicht betrunken. Und schon gar nicht habe ich ...« Frank brach ab und schüttelte den Kopf.

»Ich konnte mir das auch nicht vorstellen.« Kathrin gelang ein schiefes Grinsen. »Du bist doch nicht an Opas geheime Subotnik-Vorräte gegangen, oder? Aber Andi hat auch so was gesagt. In der Zelle nebenan säße ein betrunkener Randalierer.« Sie hielt inne und kaute auf ihrer Unterlippe. »Aber in Wirklichkeit warst du es wohl doch. Warum hat er mich angelogen?«

Frank starrte stumm geradeaus.

Kathrin sah ihn fragend an. »Was meinst du?«

»Vielleicht hat dein Andi irgendeine krumme Tour versucht.«

»Er ist nicht *mein* Andi!«, widersprach Kathrin.

»Egal.« Frank schüttelte unwillig den Kopf. »Man kann ihm jedenfalls nicht vertrauen. Der führt etwas im Schilde. Ich weiß nur nicht, was. Aber es würde mich nicht wundern, wenn die Vopos wieder auftauchen. Ich muss verschwinden. Und zwar endgültig.«

»Ich komme mit.«

»Das geht nicht.« Franks Stimme klang ernst. »Du kannst deine Mutter jetzt nicht alleinlassen.«

»Nächste Woche müsste ich sowieso nach Greifswald. Nach der Beerdigung. Onkel Günther und Tante Ursula sind hier. Sobald wie möglich gehe ich zurück nach Hause. Und bis dahin hat sich auch geklärt, was mit dir ist. Du kannst dich so lange in Rostock verstecken. Bei Studienkollegen.«

Erneut schüttelte Frank den Kopf. »Mit *verschwinden* und *endgültig* meine ich etwas anderes. Etwas ganz anderes.«

Für eine Weile herrschte Schweigen. Kathrin fühlte ihr Herz schlagen, ihr Puls beschleunigte sich, in den Ohren rauschte das Blut. Dann brach es aus ihr heraus: »Willst du etwa rübermachen?«

Gut gelaunt betrat Unterleutnant der Volkspolizei Andreas Palkow die Polizeidienststelle. Zum wiederholten Male befühlte er das zusammengefaltete Blatt in der Innentasche seiner Uniformjacke. Mit der Aussage von Thomas Möller würde er Leutnant Jakubzik ein perfektes Protokoll vorlegen können. Damit war das Schicksal von Kathrins Freund besiegelt. Peters würde in Bautzen oder einem anderen Gefängnis landen und so für viele Jahre von der Bildfläche verschwinden. Sollte er eines Tages freikommen, wäre Kathrin Bergmann längst Frau Palkow und Mutter von mindestens zwei Kindern. Seinen Kindern.

Er sah sie vor sich. Wie sie in der Küche hantierte, das Radio lauter stellte und mit Helga Hahnemann mitsang.

Er würde Karriere machen und seine Frau schon bald mit einem höheren Dienstgrad überraschen.

Während er den Gang zu Jakubziks Büro entlangeilte, pfiff er die Melodie vor sich hin.

»Na, Samstag einen Kessel Buntes gesehen?« Ein Kollege aus dem Streifendienst hob grinsend die Hand zum Gruß an den Mützenschirm.

Palkow grinste ebenfalls, antwortete aber nicht. Stattdessen klopfte er an Jakubziks Tür.

Da er nichts hörte, drückte er die Klinke nieder und öffnete. Der Schreibtisch war verwaist, weder der Leutnant noch sonst jemand befand sich im Raum. Er schloss die Tür und wandte sich zum Gehen.

In diesem Augenblick kehrte der Kollege zurück, der ihn gerade auf die Fernsehsendung mit der Hahnemann angesprochen hatte.

»Jakubzik ist nicht da. Der musste mit ausrücken.« Er sah sich um und senkte die Stimme. »Zu Erichs Datsche, drüben am Drewitzer See. Große Jagdgesellschaft. Der andere Erich soll auch dabei sein. Und ein hoher sowjetischer Diplomat. Darum das Großaufgebot. Alle verfügbaren Kräfte sind im Einsatz. Und wir müssen wieder sehen, wie wir zurechtkommen.«

Enttäuscht wandte Palkow sich ab. Zu gern hätte er dem Leutnant die schriftliche Aussage seines Kollegen präsentiert. Und insgeheim hatte er gehofft, dabei sein zu können, wenn Jakubzik den Peters in die Mangel nahm. Um dessen Gesicht beobachten zu können. Nun mochte es Tage dauern, bis das Verhör stattfinden würde.

Während Palkow sich zur Wache begab, um sich zum Dienst zu melden, drängte sich eine Idee in sein Bewusstsein. Wenn die Offiziere ausgeflogen waren, konnte er ja schon mal mit der Vernehmung beginnen. Die Vorstellung, den Festgenommenen mit dem Vorwurf des Mordversuchs an einem Beamten der Volkspolizei zu konfrontieren, erfüllte ihn mit freudiger Erregung. Hoffentlich kam kein Einsatzbefehl dazwischen.

Sorgfältig legte er eine Akte an, heftete sein Protokoll und Möllers Bericht hinein, klemmte sich den Ordner unter den Arm und stieg die Treppe zum Keller hinab. Der Blick durch das Guckloch ließ die Zelle leer erscheinen. Versuchte Peters sich neben der Tür zu verbergen, um ihn anzugreifen?

Palkow zog seine Pistole aus der Halterung und entsicherte sie. Geräuschlos schob er den Schlüssel ins Schloss, doch der ließ sich nicht drehen. Irritiert starrte er auf die Mechanik. Sie war nicht verriegelt. Ein Kollege musste unvorstellbar leichtsinnig gewesen sein. Kopfschüttelnd betätigte er den Öffnungshebel. Vorsichtig ließ er die Tür aufschwingen und richtete seine Waffe in die Zelle. Langsam machte er einen Schritt vorwärts.

Der Raum war leer.

Hastig sprang Palkow zurück, stürzte zur Nachbarzelle und öffnete die Tür. Doch auch hier befand sich niemand. Wut und Enttäuschung ballten sich zu einem kaum kontrollierbaren Gefühl zusammen, das seinen Magen zusammenkrampfen ließ. Was war hier passiert? Hatte jemand anderes Peters bereits zum Verhör holen lassen? Vielleicht sogar Kaltenbach selbst?

Auf Palkows Stirn bildeten sich Schweißtropfen. Der Major galt als wendiger Genosse. Er konnte eiskalt und grausam sein, aber auch gleichgültig. Bei allen wichtigen Entscheidungen, hieß es, suchte er die Billigung seiner Vorgesetzten. Sogar mit dem Genossen Bezirkssekretär stimmte er sich in besonderen Fällen ab. Es ging das Gerücht, er wolle den Bezirk Neubrandenburg verlassen, um in der Hauptstadt Karriere zu machen. Wollte er sich mit der Aufklärung des Falles Peters schmücken?

Während Palkow zur Dienststelle hinaufstieg, bemerkte er, dass er noch immer die Pistole in der Hand hielt. Rasch steckte er sie ins Holster zurück. Keine Sekunde zu früh, denn am Treppenabsatz erschien ein Kollege.

»Hast du nach dem Festgenommenen gesucht?«

Palkow nickte vage.

»Der ist entlassen worden. Befehl von Major Kaltenbach.«

Entsetzt starrte er den Kollegen an. »Entlassen? Von Kaltenbach? Aber ...« Er brach ab, als er merkte, dass sein Kollege ihn aufmerksam musterte. Hier war nicht der Ort, die näheren Umstände von Peters' Entlassung zu diskutieren. Schon gar nicht mit einem Vopo-Kollegen. Er würde mit Jakubzik reden. Sobald der Leutnant wieder da war. Er zwang sich zu einem Lächeln. »Ach ja, dann ist ja alles in Ordnung.«

In Palkow arbeitete es fieberhaft. Während er ins Büro zurückkehrte und den Aktenordner in einer Schublade deponierte, sagte er sich, dass Kaltenbach nichts von dem schweren Vorwurf des Mordanschlages auf einen Beamten der Volkspolizei gewusst haben konnte. Wenn er Peters' Entlassung befohlen hatte, musste er von einem anderen Tatvorwurf ausgegangen sein. Da das Festnahmeprotokoll noch nicht vorlag, konnte er sich nur von einem der anwesenden Kollegen informiert haben lassen. Und der musste ihm einen vergleichsweise harmlosen Grund genannt haben, weshalb Peters in der Zelle saß. Aber wieso? Er beschloss, sich unauffällig bei den Kollegen vom Wachdienst zu erkundigen.

Frank zündete sich eine Zigarette an, inhalierte tief und blies den Rauch gegen die schräge Zimmerdecke, bevor er Kathrins Frage beantwortete. »Ich habe schon öfter darüber nachgedacht. Und mich erkundigt. Außerdem habe ich mich umgesehen. Wie du weißt, arbeitet mein Vater beim FDGB-Feriendienst. Zu seinem Bereich gehört ein Gewerkschaftsheim in einem kleinen Dorf im Harz. Ich war im letzten Jahr da. In den Bergen ist das Gelände ziemlich unübersichtlich. An manchen Stellen haben sie die Grenze nicht so gut gesichert. Durch Kontakte unserer Gruppe zu West-Musikern habe ich auf Umwegen einen Plan bekommen.«

»Einen Plan?« Verwirrt schüttelte Kathrin den Kopf.

»Eine Übersicht über den Aufbau der Grenzbefestigungen. Eine Zeichnung, eine Skizze - wie du willst. Jedenfalls ist dort alles genau dargestellt. Vom Kontrollpassierpunkt über Signaldrähte und Lichtsperren bis zur Selbstschussanlage und zum Metallgitterzaun. Die im Westen haben das natürlich unter Kontrolle. Es gibt jede Menge Fotos von den Grenzbefestigungen in Zeitungen und Zeitschriften. Und eben Zeichnungen. Drüben ist das ja schließlich kein Geheimnis.«

»Aber es heißt, die Zäune sind so gut gesichert, dass da niemand durchkommt«, wandte Kathrin ein. »Es soll Tote gegeben haben. Und wenn die Grenzer dich schnappen, wanderst du in den Knast.«

»Im Harz sieht das ein bisschen anders aus. Zum Beispiel gibt es in einigen Abschnitten keine Selbstschussanlagen. Weil sie häufig von Wildtieren ausgelöst werden. Auch mit den Signaldrähten gibt's Probleme wegen der Tiere. Darum sind manche abgeschaltet. Wenn wir eine Chance haben, dann dort.«

Kathrin versuchte, sich die Situation auszumalen. Sie stellte sich vor, wie Frank durchs Unterholz robbte, sich dem Zaun näherte, daran hochkletterte, sich hinüberschwang und auf der anderen Seite fallen ließ.

»Wie hoch ist der Zaun? Steht das auch auf dem Plan?«

»Alles«, bestätigte Frank. »Der Metallgitterzaun hat drei Meter zwanzig.«

»So hoch? Wie willst du darüber kommen?«

»Mit Steigeisen. So ähnlich, wie sie die Kabelaffen bei der Volksarmee verwenden, um an Telegrafenmasten hinaufzuklettern. Die müssen wir noch besorgen. Außerdem eine dunkle Plane. Dann brauchen wir noch Arbeitshandschuhe. Aber die finden wir wahrscheinlich hier bei euch im Betrieb.«

Erschreckt starrte Kathrin ihren Freund an. »Du hast alles durchdacht. Du meinst es ernst.«

Frank zog an seiner Zigarette und nickte. »Ich warte bis morgen. Wenn die Vopos nicht wieder auftauchen, bis übermorgen. Sollte sich herausstellen, dass sie tatsächlich kein Interesse mehr an mir haben, bleibe ich hier.« Er drückte die Zigarette im Aschenbecher aus und wandte sich Kathrin zu. »So lange, bis wir uns entschieden haben, ob wir weiter hier leben oder in den Westen gehen wollen. Sicher weiß ich nur eins: dass ich mit dir zusammen sein will. Immer.«

Kathrin schlang ihre Arme um ihn. »Ich auch mit dir.«

Seine Hand glitt unter ihr Nachthemd, wanderte über den flachen Bauch zu den Brüsten, streichelten sanft die Brustwarzen und bewegte sich wieder abwärts. Kathrin rutschte ein wenig nach vorn und spreizte die Beine, damit Franks Hand ihren Weg finden konnte, gleichzeitig tastete sie nach seinem Geschlecht. Sie fühlte die Erektion unter dem Stoff, öffnete den Reißverschluss und umfasste den schwellenden Penis. Im nächsten Augenblick zog sie ihre Hand zurück und befreite sich aus Franks Umarmung. Die Szene in der Zelle war plötzlich da. Der Geruch in ihrer Nase, das Bild vor ihren Augen, der Druck gegen ihren Unterleib.

»Ich kann nicht, Frank«, schluchzte sie. »Ich kann nicht.«

Mit ein paar unauffälligen Nachfragen war es Andreas Palkow gelungen, die Hintergründe für die Freilassung von Frank Peters herauszufinden. Das Schlimmste daran war: Er selbst hatte die Grundlage für Kaltenbachs Entscheidung geliefert. Ein Kollege musste seine Bemerkung gehört haben, mit der er Kathrin davon hatte überzeugen wollen, dass nicht ihr Freund, sondern ein unbekannter Betrunkener in der Zelle saß.

Die Erkenntnis ließ seinen Blutdruck in die Höhe schießen. Wenn Peters seine unverhoffte Freiheit benutzte, um unterzutauchen, würde Kathrin versuchen, Kontakt zu ihm zu halten. Und sich noch stärker an ihn gebunden fühlen.

Um Kaltenbach zu bewegen, seine Entscheidung zurückzunehmen, würde er ihm das Protokoll mit Thomas Möllers Aussage vorlegen müssen. Aber der Ausgang dieses Versuchs war ungewiss. Womöglich würde der Major das Dokument verschwinden lassen, nur um seinen Befehl nicht aufheben zu müssen. Und es war fraglich, ob Möller seine Aussage wiederholen würde. Er hatte sich schon etwas seltsam verhalten, als er den vorformulierten Text unterschreiben sollte.

Nein, auf den Major konnte er nicht setzen. Und bis Jakubzik zurückkehrte, war es vielleicht zu spät. Er musste die Sache selbst in die Hand nehmen und Peters aufspüren. Auch wenn sie es nicht wollen würde, Kathrin Bergmann würde ihn auch diesmal zu ihm führen.

# 18

Hauptkommissar Königstein saß am Schreibtisch des Dienststellenleiters in Waren. Dessen Büro war kurzfristig zur Einsatzzentrale erklärt worden.

Er rieb sich die übermüdeten Augen. Nur wenige Stunden hatte er in seinem Bett verbracht und die meiste Zeit wach gelegen. Das Verschwinden des Redakteurs bereitete ihm Kopfzerbrechen. Außerdem erschwerte dieser Fall seine Ermittlungen über den Toten aus der Müritz, weil das gesamte Kriminalkommissariat mitsamt seiner Außenstelle Röbel mit der Entführung beschäftigt war.

Trotzdem mochte er den Fall nicht ruhen lassen. Die notwendigen Maßnahmen für das Todesermittlungsverfahren hatte er bereits einleiten können. Dabei war es ihm gelungen, ein wichtiges Detail aus den Berichten herauszulassen. Auch der Journalist war so klug gewesen, in seiner Meldung über den Leichenfund den Zustand des Mannes nicht näher zu beschreiben. Vorerst war mit einer Einmischung durch das LKA nicht zu rechnen. Kriminaloberrat Fritsch befand sich auf einer Tagung des Innenministeriums in Schwerin, würde ihm also in den nächsten Tagen nicht hineinreden. Noch hatte er freie Hand. Die Gelegenheit würde er nutzen, diesmal sollte alles anders laufen.

Trotz des Großeinsatzes wegen der Entführung hatte er sich die Zeit genommen, sich mit der Identität des Toten zu befassen. Glücklicherweise hatte man in einer der Taschen einen Ausweis gefunden. Mit dem Namen und der Adresse waren sie zunächst nicht weitergekommen. In der Nachbarschaft hatte offenbar niemand engeren Kontakt zu dem Mann gehabt. Er wurde als zurückhaltend beschrieben und als Einzelgänger bezeichnet. In der Wohnung hatten sie keinerlei Hinweise auf Angehörige gefunden. Aber sie waren auf Aktenordner mit aufschlussreicher Korrespondenz und Unterlagen zu einem Rechtsstreit gestoßen.

Königstein hatte sich die Mühe gemacht, die dicken Ordner durchzuarbeiten. Und er war fündig geworden.

Der Mann war vor gut einem Jahr aus Chile nach Deutschland zurückgekehrt, um vor dem Landessozialgericht auf eine höhere Rente zu klagen. Diese war ihm unter Hinweis auf seine Tätigkeit als Offizier im Ministerium für Staatssicherheit verweigert worden. Aus einem Schreiben der Birthler-Behörde an das Gericht, das sich als Kopie in der Akte befand, ging hervor, dass der Mann mehrere Jahre im Rang eines Majors in Waren tätig gewesen war.

Plötzlich sah Königstein klar. Er hatte es mit einem Rachefeldzug zu tun! Wahrscheinlich hatten die beiden Toten mit den abgeschnittenen Ohren in einer Dienststelle gearbeitet und waren gemeinsam dafür verantwortlich, dass jemand die besten Jahre seines Lebens in Bautzen verbracht hatte. Durch den Beitritt der DDR zur Bundesrepublik war dieser Jemand freigekommen und hatte begonnen, sich zu rächen.

Für die Rachegefühle eines von den Machenschaften der Stasi betroffenen Menschen hatte Königstein Verständnis, trotzdem war er entschlossen, die Person zu finden. Doch im Augenblick hatte die Suche nach dem Journalisten Vorrang.

Königstein seufzte und sah auf die Uhr. Es würde ein langer Tag werden.

»Ich möchte nicht länger warten«, sagte der Mann im Rollstuhl, nachdem er und seine Frau gefrühstückt hatten.

»Einverstanden«, antwortete sie. »Aber du solltest es dir überlegen. Für mich wäre es einfacher. Er verlässt seine Wohnung selten und sehr unregelmäßig. Ich kann mir nicht vorstellen, wie du es schaffen willst, ihn aus dem Haus und dann zum Wasser zu locken.«

»Er muss ja nicht unbedingt im See enden.« Der Mann im Rollstuhl sah aus dem Fenster und betrachtete die sanfte Wellenbewegung auf dem Wasser.

»Du willst ihn in der Wohnung ...« Die Frau schüttelte den Kopf. »Das ist riskant. Es gibt zu viele Spuren. Wenn er ein paar Tage oder Wochen im Wasser gelegen hat, lässt sich nichts mehr nachweisen. Keine Fingerabdrücke, keine DNA.«

»Ich weiß. Aber das Risiko ist gering. Wie sollte man mit diesen Spuren auf mich stoßen? Schließlich ist von mir nichts im Polizeicomputer abgespeichert.« Er grinste. »Leider ist es mir nicht möglich, ihn mit meinem Charme auf ein Boot zu locken.«

Sie lächelte. »Ich könnte es versuchen.«

»Vielleicht hättest du sogar Erfolg. Andererseits könnte er dich zu früh erkennen. Wie auch immer – ich möchte auf deine Hilfe verzichten und allein mit ihm fertig werden.«

Das Lächeln verschwand aus ihrem Gesicht. »Ich verstehe dich. Aber du darfst kein Risiko eingehen. Wenn sie dich schnappen, war alles umsonst.«

»Ich werde mein Bestes tun. Vielleicht ist heute Abend schon alles erledigt. Ich melde mich, wenn es so weit ist.« Er legte die Serviette zusammen und rollte aus dem Zimmer.

»Du wirst ihn vielleicht nicht sofort erkennen!«, rief sie ihm nach. »Er ist fett geworden und hinkt ziemlich stark.«

»Danke«, rief er über die Schulter zurück. »Die Visage war schon immer etwas teigig. Daran wird sich nicht viel geändert haben.«

Wenig später sah sie durchs Fenster, wie er mit dem Rollstuhl über eine kleine Rampe von hinten in den umgebauten Kleinlieferwagen rollte. Der VW Caddy Aktiv erlaubte ihm, bis hinter das Lenkrad zu rollen und den Wagen selbst zu fahren. Er umrundete ihren kleinen roten Fiat und verließ das Grundstück in Richtung Bundesstraße.

Sie beschloss, ihm zu folgen. Es würde ihm nicht gefallen, aber sie wollte ihn im Auge behalten. Notfalls würde sie eingreifen. Ihn zu verlieren, war eine unerträgliche Vorstellung.

Hanna hatte einige Bücher mitgebracht, die sie schon längst hatte lesen wollen, für die ihr der Berufsalltag jedoch noch keine Zeit gelassen hatte. Mit Sarah Larks »Im Schatten des Kauribaums« gedachte sie, in die Welt neuseeländischer Schafzüchter des neunzehnten Jahrhunderts abzutauchen. Doch offenbar fehlte ihr die Konzentration. Immer wieder schweiften ihre Gedanken zu dem Leichenfund an der Müritz und Rainer Ürdingers Verschwinden. Wie gern hätte sie Königstein angerufen, um sich nach dem Stand der Ermittlungen zu erkundigen. Aber der Kollege hatte alle

Hände voll zu tun und wäre von ihren Fragen sicher nur genervt. Schließlich würde es ihr selbst nicht anders gehen.

Andererseits plagte sie ihr Gewissen. Königstein hatte bei seinem Anruf nichts darüber verlauten lassen, ob er und seine Kollegen in der Zeitungsredaktion auf Ürdingers Fotos gestoßen waren. Natürlich hatte jetzt die Suche nach dem Journalisten Vorrang. Aber das Bild jener Frau, die auf der Beerdigung erschienen war, konnte die Ermittlungen einen entscheidenden Schritt voranbringen. Vor allem, wenn das Gesicht erneut auftauchen sollte.

Hanna klappte das Buch energisch zu. Warum war sie nicht früher darauf gekommen? Sobald die Leiche freigegeben wurde, konnte und musste sie beigesetzt werden. Wenn der Fall, von dem Ürdinger berichtet hatte, mit dem des Toten aus der Müritz zusammenhing, war es möglich, dass die Frau wieder auftauchte. Dann hatte sie in irgendeiner Weise mit den Todesfällen zu tun. Zumindest wäre sie eine wichtige Zeugin.

Nun kramte sie doch nach ihrem Handy.

»Ich habe vielleicht etwas für Sie«, sagte sie, als Königstein sich meldete.

Der Hauptmann fuhr zusammen, als es klingelte. Seit der geheime Kellerraum belegt worden war, machten ihm seine Nerven zu schaffen. Zum ersten Mal nach zwanzig Jahren diente der Raum, der offiziell stillgelegt, von der Hausverwaltung längst vergessen und keinem der übrigen Bewohner mehr bekannt war, wieder als Arrestzelle. Einzelheiten hatte der Major nicht genannt. Aber er hatte ihn dazu bestimmt, gelegentlich nach dem Insassen zu sehen.

Früher hatte er einen solchen Auftrag klaglos und ohne innere Beteiligung ausgeführt. Heute machte ihn der Gedanke an den Mann im Kellerraum nervös. Schon in der Nacht hatte er kein Auge zugetan. Und seine Unruhe wuchs von Stunde zu Stunde. Die Zeiten hatten sich geändert. Mit einem Großaufgebot würde die Polizei nach dem Mann suchen. Er hatte keine Vorstellung von den Möglichkeiten, die Ermittler heute hatten. Wenn die Warener Kripo nur halb so gut ausgestattet war wie die Kommissare aus den Polizeiruf-110-Sendungen, würde sie früher oder später das Haus durchsuchen. Sie würden den Kellerraum entdecken und Spuren sichern. Seine Spuren.

Seit dem Morgen bekämpfte er die Nervosität mit Schwarzbier.

Als es zum zweiten Mal klingelte, stellte er die Flasche auf dem Tisch ab, nahm seine Pistole aus der Schublade, entsicherte sie und schlich so leise wie möglich zur Tür. Der Oberst und der Major wollten noch einmal vorbeikommen, aber erst später. Wer sonst konnte etwas von ihm wollen?

Durch den Spion war nur ein Kopf und ein Oberkörper zu erkennen. Ein bärtiger Mann mit einer Kappe, die den größten Teil des Gesicht verdeckte. Er musste in die Hocke gegangen oder sehr kleinwüchsig sein. Erst auf den zweiten Blick erkannte er den Rollstuhl. Erleichtert sicherte er die Pistole und schob sie in seine Jackentasche. Wie ein Ermittler sah der Rollstuhlfahrer nicht aus.

Für Behinderte hatte der Hauptmann wenig Mitgefühl. Der Anblick eines Mannes, der erkennbar stärker gehandikapt war als er selbst, löste hingegen eine gewisse Befriedigung in ihm aus. Ein Mensch, dem es noch schlechter ging als ihm, vermittelte ihm das Gefühl, unter den vom Schicksal Benachteiligten nicht zur untersten Stufe zu gehören.

Dennoch war er skeptisch, sein notorisches Misstrauen ließ ihn zögern. Er kämpfte mit dem Bedürfnis, die Eintönigkeit des langen Tages durch ein kleines Gespräch zu unterbrechen. Schließlich siegten Neugier und die Erwartung, der Besucher könnte ihn für eine Weile zumindest von seiner nervösen Ruhelosigkeit und seinen Sorgen ablenken. Gefahr konnte von einem Mann im Rollstuhl ohnehin nicht ausgehen.

Er hängte die Sicherungskette ein und öffnete die Tür einen kleinen Spalt.

»Guten Tag. Entschuldigen Sie bitte die Störung.« Der unbekannte Besucher trug Handschuhe. Wahrscheinlich wegen des Rollstuhls. Er hielt einen Ausweis hoch, auf dem inmitten eines goldenen Ährenkranzes das vertraute Symbol von Hammer und Zirkel prangte. »Mein Name ist Robert Meier. Ich komme von der Gemeinschaft zum Schutz der sozialen Rechte ehemaliger Angehöriger der bewaffneten Organe der DDR, kurz GESOR. Kann ich Sie einen Augenblick sprechen?«

»Worum geht es?«

»Wir helfen ehemaligen Angehörigen von NVA, MfS und Volkspolizei bei der Durchsetzung von Versorgungsansprüchen.« Er musterte ihn und ließ seinen Blick durch den Flur schweifen. »Ich möchte Ihnen nicht zu nahe treten«, sagte der Mann im Rollstuhl. »Aber könnte es sein, dass Sie zu den Opfern des Beitritts der DDR zur BRD gehören und ein wenig Unterstützung gebrauchen können?«

Irritiert sah der Hauptmann auf den Unbekannten hinab. »Wie kommen Sie zu der Annahme, dass ich zur ... zu einer ... dieser ... Gruppen gehören könnte?«

»Es gibt zuverlässige Kameraden in allen staatlichen Dienststellen. Hin und wieder bekommen wir einen Hinweis auf in Not geratene Volksgenossen.«

Unsicher musterte der Hauptmann den Fremden. Ein schemenhaftes Signal aus dem Unterbewusstsein drängte an die Oberfläche, doch er bekam es nicht zu fassen. In seiner Erinnerung suchte er nach einem Anknüpfungspunkt. Hatte er den Mann schon einmal gesehen? Oder war es der Name der Organisation, der ihm bekannt vorkam? Hatte der Oberst nicht vor einiger Zeit davon gesprochen, dass es neben der O.D.E.M eine Vereinigung gab, die ähnliche Ziele verfolgte?

Zögernd löste der Hauptmann die Kette aus dem Schloss und ließ die Tür aufschwingen. »Kommen Sie rein! Ich glaube, von Ihrer Gruppe habe ich schon mal gehört.«

»Würde mich nicht wundern. Viele ehemalige Staatsdiener kennen uns.« Geschickt bewegte sich der Rollstuhlfahrer durch den engen Flur zur einzigen offen stehenden Tür. »Hier?«

Der Hauptmann nickte, folgte humpelnd seinem Gast ins Wohnzimmer. Als der Besucher sich umsah, wurde ihm bewusst, wie ärmlich sein Zuhause wirken musste.

Um von der Umgebung abzulenken, deutete er auf die fast leere Flasche auf dem Tisch. »Möchten Sie auch eins? Köstritzer Schwarz.«

»Ja, gern. Wenn's keine Umstände macht.«

Mit einem Ächzen erhob sich der Hauptmann. Als er am Rollstuhl seines Besuchers vorbei aus dem Raum hinkte, zeichneten sich in seiner Jackentasche die Konturen der Pistole ab.

Mit jeweils einer geöffneten Flasche in jeder Hand kehrte der Hauptmann zurück. Neben dem Mann, der sich als Robert Meier vorgestellt hatte, blieb er stehen und drückte seinem Gast das Bier in die Hand. »Möchten Sie ein Glas?«

»Danke, nein. Ich trinke aus der Flasche.«

Als sich der Hauptmann wieder in seinen Sessel setzte und die Bierflasche hob, erstarrte er.

Der Besucher zielte mit einer Waffe auf ihn.

»Was soll das?« Eher verärgert als ängstlich ließ er die Flasche sinken und ließ die freie Hand langsam zu seiner Jackentasche wandern. »Ich denke, Sie wollen ...«

»Sie brauchen nicht zu suchen«, unterbrach ihn der Mann im Rollstuhl, als der Hauptmann seine Hand in seine Jackentasche gleiten ließ. Er hob den Lauf ein wenig an. »Das ist *Ihre* Pistole.«

Dem Hauptmann brach der Schweiß aus.

Königstein war seit dem Anruf der Kollegin hin- und hergerissen. Sie konnte ihm das Foto nicht bringen, weil ihr Freund den ganzen Tag mit dem Auto unterwegs war, um Sehenswürdigkeiten zu fotografieren. Zwar fand er das Verhalten des Journalisten angesichts der Entführung seines Freundes etwas ungewöhnlich, aber ihm kam es gerade recht. Am liebsten wäre Königstein sofort losgefahren. Einen Streifenwagen mochte er nicht losschicken. Außerdem ergab sich die Gelegenheit, Hanna Wolf allein anzutreffen, wahrscheinlich so schnell nicht wieder. Doch stand er wegen der Entführung des Journalisten unter Druck und musste die Arbeit der Sonderkommission koordinieren.

Der Leichnam des Toten aus der Müritz war noch nicht freigegeben, so dass die Beisetzung frühestens in zwei Tagen erfolgen würde. Insofern konnte er mit dem Foto jener Frau, von der Hanna Wolf ihm berichtet hatte, heute und morgen ohnehin nichts anfangen. Ob die zufällig abgebildete Person bei der Beerdigung auftauchen würde, musste abgewartet werden.Seine Gedanken wurden unterbrochen, als es an der Tür klopfte und ein junger Beamter in Uniform eintrat. Erwartungsvoll sah er den Kollegen an.

»Wir haben einen Hinweis aus Waren bekommen«, meldete dieser. »Jemand hat drei Männer beobachtet, die zur fraglichen Zeit, also kurz nach der Entführung, ein Haus in der Röbeler Chaussee betreten haben. Zwei von ihnen haben kurz darauf das Haus wieder verlassen und sind weggefahren. In einem dunklen VW-Golf.«

»Das klingt vielversprechend.« Hauptkommissar Königstein nahm seine Waffe aus einer Schublade, steckte sie ein und sprang auf. Mit erstaunlicher Beweglichkeit erreichte er die Tür. »Sagen Sie den Kollegen vom SEK Bescheid! Wir treffen uns vor Ort. Welche Hausnummer?«

Hanna gelang es nicht, zu ihrer Lektüre zurückzufinden. Königstein hatte sich für die Information über das Foto bedankt, aber nicht gerade Begeisterung erkennen lassen. Dass Jonas sich trotz der Entführung seines Freundes auf den Weg gemacht hatte, um seine Aufnahmen zu machen, hatte sie natürlich verstanden. »Ich kann nicht herumsitzen«, hatte er gesagt. »Ich muss mich mit irgendetwas ablenken.« Jetzt empfand sie es als unglücklich, dass er mit dem Wagen unterwegs war. Der Drang, ihre Kolleginnen und Kollegen bei der Suche nach Rainer Ürdinger zu unterstützen, war übermächtig. Wenn sie einen Wagen zur Verfügung gehabt hätte, wäre sie auf der Stelle losgefahren. Königstein befand sich in Waren, wo er den Einsatz koordinierte. Wahrscheinlich wäre er nicht begeistert, wenn sie auftauchte, aber wegschicken würde er sie auch nicht. Sollte sie Jonas anrufen und ihn bitten, zum Hotel zurückzukehren?

Sie entschloss sich, noch eine Stunde zu warten. Als sie unschlüssig durch die Hotelhalle schlenderte, entdeckte sie auf dem Hof einen Lieferwagen. Die Aufschrift verriet ihr, dass es sich um einen Reparaturdienst für Fahrräder handelte. Aus Waren.

Eine Viertelstunde später saß sie neben einem langhaarigen jungen Mann in einem Sprinter. Während er mit ihr in atemberaubendem Tempo über den Fischweg und die Bundesstraße 192 in Richtung Waren brauste, erzählte er voller Begeisterung von seinem Unternehmen: »Verleih und technische Betreuung von Mietfahrrädern«. Zahlreiche Hotels rund um die Müritz waren seine Kunden. In der Saison war viel zu tun, sein Arbeitstag umfasste vierzehn Stunden.

»Sie glauben gar nicht«, lamentierte er, »wie die Leute mit den Fahrrädern umgehen. Ein Hotel, das zwanzig oder dreißig Räder für seine Gäste bereithält, kommt mit dem Reparieren gar nicht nach.«

Wie gut für dein Geschäft, dachte Hanna.

Unruhig wanderte der Blick des Hauptmanns zwischen der Pistole und seiner Bierflasche hin und her. »Trinken Sie ruhig«, forderte ihn der Besucher auf. »Das beruhigt die Nerven.«

Zögernd nahm der Hauptmann einen Schluck und wischte sich mit dem Handrücken über die Lippen. »Was wollen Sie?«

»Zuerst möchte ich ein wenig mit Ihnen plaudern.« Der Besucher nahm seine Kappe vom Kopf. »Wir haben uns lange nicht gesehen.«

»Kennen wir uns?«

Der Mann im Rollstuhl zuckte mit den Schultern. »Was heißt schon kennen?« Er richtete den Lauf der Pistole auf den Unterleib seines Gegenübers. »Sie humpeln. Hüftschaden?«

Jetzt hob der Hauptmann die Schultern. »Was spielt das für eine Rolle?«

»Keine«, bestätigte der Besucher. »Es hätte mich nur interessiert. In meinem Fall ...« Er stellte die unberührte Bierflasche ab und schlug mit der freien Hand auf den Reifen seines Rollstuhls, »... war es eine Kugel.«

»Eine Kugel«, echote der Hauptmann und nahm hastig einen tiefen Zug aus der Flasche.

»Eine Gewehrkugel. Aus der Waffe eines DDR-Grenzers. In den Rücken.«

»Republikflucht.«

»Ja«, bestätigte der Mann im Rollstuhl. »So habt ihr das damals genannt. Du und deinesgleichen.«

»Ich war Polizist. Habe nur auf Befehl gehandelt. Aber mit der Grenze hatte ich nichts zu tun. Ich habe auch niemals mit einem Gewehr geschossen.«

»Doch!«, widersprach der Besucher. »Einmal hast du geschossen. Mit einer Jagdwaffe. Sogar auf einen Kollegen. An einem Waldrand bei Eldenburg.«

Polternd fiel die Bierflasche zu Boden, rollte durch den Raum und verteilte bräunlichen Schaum auf den ausgetretenen Dielen.

Aus aufgerissenen Augen starrte der Hauptmann auf sein Gegenüber. Sein Atem ging heftig und rasselnd. »Peters!«, stieß er hervor. Von seinem Kinn tropfte Schweiß.

»Das hat lange gedauert«, stellte Frank sachlich fest. »Offenbar hast du dir schon einen Teil deines Gehirns weggesoffen, Genosse Palkow.« Er bewegte die Pistole. »Ich hoffe, dass du trotzdem begreifst, was du angerichtet hast.«

»Aber ich ...«

Frank Peters nickte nachsichtig. »Ich weiß. Du hast nur auf Befehl gehandelt. Aber das ist eine Lüge. Du hast einen Menschen auf dem Gewissen, und du hast zwei Leben zerstört. Dein konstruiertes Mordkomplott sollte mich in den Knast bringen. Auf deinen eigenen Kollegen hast du geschossen, um mir einen Mordversuch anhängen zu können. Damit du freie Bahn bei Kathrin hast. Kathrins Vater ist gestorben, weil er in jener Nacht seine Tochter gesucht hat. Die du eingesperrt hast.«

»Das war ich nicht. Das war ...«

»Ich weiß«, wiederholte Frank. »Jakubzik war der Verantwortliche. Du hast nur auf Befehl gehandelt. Hast du dich nie gefragt, warum er nach der Wende in der Müritz gelandet ist?«

»Schon. Aber ...« Die Stimme des Hauptmanns war nur noch ein heiseres Krächzen. Seine Unterlippe zitterte, Hände und Beine vollführten unkontrollierte Bewegungen.

»Hast du gewusst«, unterbrach Frank in scharfem Ton den bebenden Mann, »dass Jakubzik versucht hat, Kathrin zu vergewaltigen? Habt ihr euch gemeinsam an der Vorstellung aufgegeilt?«

Palkow schüttelte heftig den Kopf. Schweißperlen fielen auf sein Hemd. In seinen Augen standen Tränen. »Jakubzik war ein

Schwein«, krächzte er. »Er hat gefälschte Informationen über ... Ka..., ich meine Fräulein Bergmann, anfertigen lassen.«

»Wie auch immer.« Frank machte eine wegwerfende Handbewegung. »Jetzt bist du dran. Und es wird einfacher, als ich es mir vorgestellt hatte.« Der Sicherungshebel der Pistole klickte. »Dank deiner eigenen Waffe.«

»Können Sie mal kurz anhalten?« Mehrfach hatte Hanna während der Fahrt mit dem redseligen Jungunternehmer versucht, Königstein zu erreichen, doch er hatte sich nicht gemeldet. Ob er bereits einen Einsatz leitete? Als der Sprinter die Stadt erreicht hatte, war ihr eine Wagenkolonne aufgefallen. Eine Reihe auffallend unauffälliger Limousinen in dunklen Farben und mit getönten Scheiben kam ihnen entgegen und verringerte plötzlich die Geschwindigkeit. Einige Fahrzeuge bogen in eine Seitenstraße, die anderen hielten vor einer langen Häuserzeile, deren Fronten offenbar vor einigen Jahren modernisiert worden waren. Niemand stieg aus.

Hanna hatte geahnt, warum. In der Wagenkolonne saßen Männer und Frauen eines Sondereinsatzkommandos. Die Beamten warteten auf den Einsatzbefehl. Genau so sah es aus, wenn sie das SEK für einen Einsatz anforderte. Wieso sollte es hier anders sein?

»Vielen Dank fürs Mitnehmen!« Hanna öffnete die Tür.

»Sie wollen hier aussteigen? Aber bis zur Stadtmitte sind es ...«

»Ich muss aussteigen«, erwiderte Hanna. »Ich habe hier etwas zu erledigen. Danke! Und alles Gute für Ihr Geschäft!« Sie sprang aus dem Sprinter und schlug die Tür zu.

Eilig überquerte sie die Fahrbahn in Richtung der Häuser, vor denen noch immer die dunklen Fahrzeuge standen. Ein roter Kleinwagen mit einer jungen Frau am Steuer musste abbremsen. Hanna winkte entschuldigend. Die Frau lächelte.

Im Weitergehen sah Hanna, wie die Frau den Fiat hinter den SEK-Fahrzeugen abstellte und ausstieg. Zielbewusst ging sie auf eines der Häuser zu, warf einen Blick zu einer der oberen Wohnungen und verschwand hinter der Haustür.

Hanna beschleunigte ihre Schritte. Fast wäre sie mit zwei älteren Herren zusammengestoßen, die ebenfalls auf das Haus zustrebten.

## 19

So oft es ihm sein Dienst erlaubte, beobachtete Unterleutnant Palkow das Haus der Familie Bergmann. Auch seine gesamte Freizeit nutzte er, um Kathrin im Auge zu behalten. Doch sie verließ das Haus nur selten und kehrte stets nach kurzer Zeit zurück. Ihre Gänge führten sie zum Einkaufen, zum Rat der Stadt oder in die Nachbarschaft. Einmal fuhr sie nach Waren zum Friedhof. Wenn sich Frank Peters irgendwo in der Nähe versteckt hielt, vermied sie offensichtlich jeden Kontakt. Rechnete sie damit, dass sie beobachtet wurde?

Am dritten Tag beschloss er, nicht länger zu warten. Mit dem Streifenwagen fuhr er bis zum Haus, befahl seinem Kollegen, die Fenster zu beobachten, und klingelte an der Tür.

Kathrin öffnete. Ihr Gesicht verzog sich zu einer kalten und abweisenden Maske. »Du wagst es noch, hier aufzutauchen? Verschwinde!« Sie machte Anstalten, die Tür zu schließen.

Palkow stellte den Fuß dazwischen. »Der Verlust deines Vaters muss ein schwerer Schock ...«

»Hau ab!«, schrie Kathrin. »Lass dich hier nie wieder blicken! Du bist für den Tod meines Vaters verantwortlich und besitzt die Frechheit ...«

»Ich bin dienstlich hier«, unterbrach Palkow sie. »Wir sind auf der Suche nach Frank Peters. Kannst du sachdienliche Hinweise zu seinem Aufenthaltsort ...«

»Kann ich nicht!« Kathrin schrie noch immer. »Und wenn ich könnte, würde ich es dir nicht sagen. Und jetzt lass mich in Ruhe!«

Hinter ihr tauchte ihr Onkel auf. »Was ist denn hier los?«

Kathrin deutete auf den Volkspolizisten. »Dieses verlogene Subjekt hat offenbar noch nicht genug Unheil angerichtet. Er soll verschwinden.« Sie wandte sich um. »Sprich du mit ihm. Ich kann es nicht.«

»Das ist doch der Andi«, stellte Onkel Günther fest. »Warum bist du so unfreundlich? So spricht man nicht mit einem Polizeibeamten. Schon gar nicht mit einem Freund aus Kindertagen.«

»Guten Tag.« Palkow hob die Hand an den Mützenschirm. »Es tut mir leid, stören zu müssen. Aber wir suchen dringend nach einem gewissen Peters, Frank. Es geht um Mordversuch an einem Beamten der Volkspolizei. Wir gehen davon aus, dass Kathrin, ich meine Fräulein Bergmann, Angaben zum Verbleib des Gesuchten machen kann.«

»Mordversuch?« Kathrin starrte den Vopo böse an. »Seid ihr jetzt total verrückt geworden?«

Palkow wandte sich an Günther Marienfeld. »Peters hat sich mit Waffengewalt einer Festnahme widersetzt und auf einen Polizeibeamten geschossen.«

Unsicher wanderte der Blick des Onkels zwischen seiner Nichte und dem Volkspolizisten hin und her. Schließlich blieb er fragend an Kathrins Augen hängen. »Ein schwerwiegender Vorwurf.«

»Das ist eine Lüge.« Kathrin spuckte die Antwort förmlich aus.

Wieder sprach Palkow ihren Onkel an. »Wissen Sie etwas über den Aufenthaltsort des Gesuchten?«

Günther Marienfeld presste die Lippen aufeinander und schüttelte den Kopf.

Erneut tippte Palkow an seine Mütze. »Wir kommen wieder. Guten Tag!« Er wandte sich um und eilte zum Streifenwagen.

»Hast du was gesehen?«, fuhr er den Kollegen von der Bereitschaft an.

»Im Dachzimmer hat sich die Gardine bewegt. So als würde jemand herunterschauen. Die Person war aber nicht zu erkennen.«

Palkow nickte. Könnte die Mutter gewesen sein, dachte er. Oder der Gesuchte. Kathrins Onkel hatte verdächtig reagiert, so aufgesetzt zuvorkommend, aber Palkow hatte seine zusammengepressten Lippen gesehen. Ob die Familie Bergmann Peters versteckte?

Wütend schlug Palkow auf das Lenkrad. Solange Leutnant Jakubzik wegen der Jagdgesellschaft des Staatsratsvorsitzenden an den Drewitzer See abkommandiert war, hatte er keine Handhabe, gegen Peters vorzugehen. Natürlich könnte er ihn aus dem Haus holen. Aber was dann? In Arrest nehmen durfte er ihn nicht. Jedenfalls nicht offiziell. Und zu den geheimen Verstecken der Kollegen vom MfS hatte er keinen Zugang.

Er warf einen Blick nach oben zum Fenster unter dem Dach. Doch dort bewegte sich nichts mehr.

Missmutig startete er den Motor des Streifenwagens. »Wir fahren nach Röbel«, murmelte er. »Ich glaube zwar nicht, dass er bei seinen Eltern zu finden ist, aber man kann nie wissen.«

»Um wen geht es eigentlich?«, fragte der Kollege von der Bereitschaft.

Mit einem stummen Kopfschütteln und einer Handbewegung wehrte Palkow die Frage ab.

Günther Marienfeld hielt Kathrin am Ärmel fest, als sie die Treppe zum Dachzimmer hinaufsteigen wollte. »Meinst du nicht, dass du mir etwas erklären solltest? Und wenn schon nicht mir, dann wenigstens deiner Mutter. Du versteckst deinen Freund in deinem Zimmer. Angeblich gibt es dafür keinen besonderen Grund. Und jetzt spricht Andreas von Mordversuch. Was, glaubst du, sollen wir davon halten?«

Kathrin hatte Mühe, nicht die Kontrolle zu verlieren. Innerlich bebte sie vor Wut und Angst, sie hatte das Gefühl, am ganzen Körper zu zittern. Wie sollte sie ihrem Onkel eine Situation erklären, die sie selbst nicht richtig durchschaute? Und bevor sie etwas sagte, musste sie mit Frank reden. Er würde wissen, was Andreas Palkows seltsamer Auftritt bedeuten konnte. Und nur er konnte entscheiden, ob sie ihre Mutter und vielleicht auch Onkel Günther ins Vertrauen ziehen sollten.

»Später«, stieß sie rasch hervor. »Ich erzähle es euch später.«

Frank stand am Fenster und hatte den Blick nach draußen gerichtet. Als Kathrin eintrat, wandte er sich um. »Was wollte dieser Palkow?«

Sie stürzte auf ihn zu, warf sich in seine Arme und umklammerte seinen Hals. »Hört das denn nie auf, Frank?« Sie kämpfte gegen die Tränen an. »Angeblich suchen sie dich wieder. Oder immer noch? Ich verstehe es nicht. Sie haben dich entlassen. Und jetzt redet der von Mordversuch. Er behauptet, du hättest dich mit Waffengewalt einer Festnahme widersetzt und dabei auf einen

Polizisten geschossen. Das ist doch nicht wahr, Frank! Warum sagt er so was?«

»Komm, setz dich hin!« Sanft löste Frank ihre Arme von seinem Hals. »Ich glaube, ich weiß jetzt, was für ein hinterhältiges Spiel dieser Mann treibt.«

»Ein Spiel?« Fassungslos schüttelte Kathrin den Kopf. »Das ist kein Spiel!«

»Nein, du hast Recht. Es ist eine Intrige. Eine Riesenschweinerei. Ein Skandal. In einem freien Land wäre das ein Skandal.« Er setzte sich auf die Bettkante und zog Kathrin neben sich. »In Wahrheit geht es um dich.«

»Um mich?« Kathrin zog die Augenbrauen zusammen. »Das verstehe ich nicht.«

»Ich habe lange darüber nachgedacht und jetzt bin ich sicher. Palkow will mich aus dem Verkehr ziehen. Es gibt keine andere Erklärung. Dafür hat er sogar auf seinen Kollegen geschossen. Mit dem Gewehr deines Großvaters, das er an sich genommen hat. Und dann haben die beiden Vopos offenbar verabredet, die Sache so darzustellen, dass ich den Schuss abgefeuert hätte. Damit ich im Knast verschwinde. Und er freie Bahn hat. Bei dir.«

»Das kann ich mir nicht ...« Kathrin brach ab. Vielleicht hatte Andreas Palkow nicht nur gelogen, als es um den Insassen der Arrestzelle ging, vielleicht hatte er auch diese irrsinnige Geschichte mit den staatsfeindlichen Flugblättern erfunden. Vielleicht hatte er hinter der Tür gestanden und gewartet, als dieser Stasi-Leutnant ... Der Gedanke verursachte ihr Übelkeit. Sie schüttelte sich. »Wie war das, als sie dich geschnappt haben? Was genau ist passiert?«

»Dann war deine Entlassung ein Irrtum«, stellte Kathrin nach Franks Bericht fest. »Ein Missverständnis zwischen dem Bezirkssekretär und demjenigen, mit dem er gesprochen hat. Oder was auch immer. Jedenfalls wird Andreas Palkow dafür sorgen, dass sie dich wieder einsperren und dir den Prozess machen.«

Frank nickte. »Wenn sie das nächste Mal auftauchen, werden sie das Haus durchsuchen. Darum muss ich weg.«

»Ich komme mit.« Während Frank von seinen Erlebnissen berichtet hatte, waren die Szenen mit dem Leutnant in Kathrins Bewusstsein gedrungen. Die Akte könne jederzeit wieder geöffnet werden, hatte er durch Palkow ausrichten lassen. Wenn Frank zum Republikflüchtling wurde, musste sie damit rechnen, von der Stasi drangsaliert zu werden. Allein die Vorstellung, diesem Mann weiter ausgeliefert zu sein, versetzte sie in leichte Panik. Und der Gedanke, auf unabsehbare Zeit von Frank getrennt zu werden, erschien ihr vollends unerträglich.

»Und deine Mutter?« Frank sah sie fragend an.

»Sie wird es verstehen. Ich gehe jetzt nach unten und spreche mit ihr.«

Sie hatten sich für eine nicht-kirchliche Bestattung entschieden, um eine Beobachtung durch die Stasi zu vermeiden. Obwohl es ein kühler Tag war, schwitzte Kathrin. Unter ihrem schwarzen Kleid trug sie die schlichte und strapazierfähige Unterwäsche für die Flucht. Nach der Zeremonie würde die Trauergesellschaft zum Haus ihrer Eltern nach Eldenburg fahren. Es gab zwei Trabbis und einen Wartburg aus der Verwandtschaft und dem Kollegenkreis ihres Vaters, auf die sich die Trauergäste verteilen würden. Ihnen hatte man gesagt, dass Kathrin wegen einer Prüfungsvorbereitung unmittelbar nach der Beisetzung zur Universität nach Greifswald fahren müsse. Onkel Günther würde sie mit dem alten Framo zum Bahnhof bringen. Unterwegs konnte sie sich umziehen. Das Gepäck für die Reise war im Lieferwagen verstaut.

Frank war schon auf dem Weg. Ein Freund aus der Band hatte ihn in der Nacht abgeholt und nach Meyenburg gebracht, von wo aus er mit der Reichsbahn nach Magdeburg fahren würde. Hier würde er auf sie warten. Gemeinsam würden sie die Reise fortsetzen, zunächst nach Wernigerode, von dort aus wäre Elend ihr Ziel. Ein beunruhigender Ortsname, fand Kathrin. Doch die Entscheidung über den Weg in den Westen musste sie Frank überlassen. Er kannte sich in diesem Teil des Harzes aus.

Kathrin erreichte Magdeburg am Abend. Um nicht aufzufallen, hatten sie verabredet, sich nicht am Bahnhof zu treffen. Sie sollte nach der Wilhelm-Pieck-Allee fragen und der Straße folgen, bis sie auf das Elbufer stoßen würde. An der Uferpromenade in der Nähe der Neuen Strombrücke würde er auf sie warten.

Mit klopfendem Herzen machte sie sich auf den Weg. Die Stadt erschien ihr grau und düster. Aber das mochte auch an der späten Stunde liegen.

Unter Hinweis auf seine zahlreichen Doppelschichten war es Andreas Palkow gelungen, einen halben Tag Urlaub zu bekommen. In privater Kleidung war er Kathrin gefolgt. Sie hatte sich häufig und unauffällig umgesehen, doch er bezweifelte, dass sie sich verfolgt fühlte. Bestimmt hielt sie Ausschau nach ihrem Freund. Inzwischen war Palkow unsicher geworden. Auf jedem Bahnhof hatte er sich nach Peters umgesehen, doch der war nirgends zugestiegen.

Nun war er in Magdeburg gelandet, und er fragte sich, ob sich eine weitere Verfolgung lohne. Als Kathrin den Bahnhof verließ, sich bei einem Passanten nach dem Weg erkundigte und zügig losmarschierte, schöpfte er wieder Hoffnung. Wahrscheinlich war sie in der Stadt mit Peters verabredet und würde ihn doch noch zu seiner Zielperson führen.

Obwohl sein Magen knurrte, widerstand er der Versuchung, am Bahnhof eine Grilletta zu kaufen. Essen konnte er später. Wenn er Peters festgesetzt und Jakubzik informiert hatte. Der Sondereinsatz für die Staatsjagd sollte inzwischen beendet und der Leutnant morgen früh wieder in der Dienststelle sein.

Frank hatte eine Stulle ausgepackt und eine Flasche Wasser geöffnet. Er saß auf einer Bank am Ufer, und während er aß und trank, folgten seine Gedanken dem Lauf des Flusses. Die Vorstellung, dass die Elbe auch durch Hamburg floss, jene Stadt, die in Westdeutschland als Tor zur Welt bezeichnet wurde, erfüllte ihn mit einer Mischung aus freudiger Erregung und gespannter Erwartung. Darüber, wo Kathrin und er bleiben würden, wenn sie im Westen ankamen, hatten sie sich noch keine Gedanken gemacht. Hamburg war ein gutes Ziel. Eine Stadt am Wasser sollte es schon sein.

Mit zunehmender Ungeduld sehnte er Kathrins Ankunft herbei. Immer wieder stand er auf und musterte die Wege zum Elbufer. Es begann zu dämmern. Wenn es erst dunkel war, würden sie sich vielleicht verpassen.

Als Kathrin vor der Neuen Brücke die Wilhelm-Pieck-Allee verließ, um ans Ufer des Flusses zu gelangen, sah sie sich um. Die fremde Stadt erschien ihr unheimlich, einmal hatte sie das Gefühl gehabt, verfolgt zu werden. Doch dann hatte sie sich gesagt, dass es in Magdeburg niemanden geben konnte, der sich für sie interessierte. Frank hatte Recht, die Anonymität schützte sie vor Entdeckung. Dennoch fühlte sie sich unsicher und fieberte dem Augenblick entgegen, in dem Frank sie in die Arme nehmen würde.

Da sie nicht wusste, in welcher Richtung sie nach ihm Ausschau halten sollte, wandte sie sich zuerst nach rechts. Im grauen Wasser des Flusses spiegelte sich schwach die rötliche Färbung des Abendhimmels. Ein Fußweg, der bereits im Schatten lag, führte am Ufer entlang. Plötzlich erschien es ihr ungewiss, ob sie Frank hier treffen würde. Vielleicht hatten Andreas oder der Stasi-Leutnant dafür gesorgt, dass er in der ganzen Republik gesucht wurde. Vielleicht hatten sie ihn irgendwo aus dem Zug geholt. Vielleicht hatte das Schicksal sie schon für alle Zeiten getrennt. Die Angst beschleunigte ihre Schritte. Trotz ihres schweren Rucksacks hastete sie voran.

Andreas Palkow erkannte seine Chance. Als Kathrin schneller wurde, legte er einen Spurt ein. Bevor er sie erreichte, zog er die Kapuze seiner Windjacke über den Kopf, und ohne zur Seite zu schauen, zog er an ihr vorüber.

In diesem Augenblick blieb sie stehen. Offenbar hatte er sie erschreckt. Aus den Augenwinkeln beobachtete er, wie sie sich umdrehte und angestrengt in alle Richtungen sah.

Palkow rannte weiter. Er war jetzt sicher, in der Nähe des Treffpunktes zu sein. Unwillkürlich tastete er nach seiner Dienstpistole und verringerte das Tempo.

Beinahe wäre er mit Peters zusammengestoßen. Ganz plötzlich war er vor ihm aufgetaucht. Palkow stoppte, vergewisserte sich, dass niemand in der Nähe war, und zog seine Waffe. »Stehen bleiben!«, rief er. »Polizei!«

Ungläubig starrte Peters ihn an.

»Nimm die Hände hoch!«, forderte Palkow ihn auf, ließ den Sicherungshebel klicken und richtete den Lauf der Pistole gegen die Brust des Mannes.

Wie in Zeitlupe wanderten Peters' Hände nach oben.

Palkow grinste triumphierend. »Hab ich dich endlich. Die Reise ist zu Ende.« Er deutete auf den Rucksack, der auf einer Bank neben dem Weg lag. »Und wenn mich nicht alles täuscht, werden wir darin genügend Beweisstücke für eine geplante Republikflucht finden.«

Er zog ein Paar Handschellen aus der Tasche und winkte damit. »Gib mir deine rechte Hand. Schön langsam.«

Zögernd kam Peters der Aufforderung nach.

In dem Augenblick, als Palkow die Bügel zuschnappen lassen wollte, zog Frank die Hand blitzartig zurück und schlug mit aller Kraft gegen den ausgestreckten Arm mit der Pistole. Fast gleichzeitig schnellte er nach vorn und umklammerte Palkows Oberkörper. Der Vopo stieß einen Fluch aus und versuchte, sich zu befreien. Dabei geriet er ins Schwanken. Peters drückte nach und brachte ihn vollends aus dem Gleichgewicht. Ineinander verschlungen fielen die Männer auf den Gehweg. Durch den Sturz hatte Peters die Umklammerung gelockert, und Palkow gelang es, seinen Arm zu befreien. Er drückte den Lauf der Waffe gegen Peters' Schläfe.

In diesem Augenblick explodierte sein Hinterkopf, seine Augen sahen eine rote Wand, die plötzlich schwarz wurde, dann spürte er nichts mehr.

Entsetzt starrte Kathrin auf den reglosen Menschen. Plötzlich wurde ihr bewusst, dass sie die Flasche in der Hand hielt, die sie auf der Bank neben Franks Rucksack gesehen hatte. Als sich der Körper bewegte, erstickte sie einen Aufschrei, indem sie die Hand vor den Mund schlug, aber es war Frank, der versuchte, sich unter Palkow herauszuwinden.

»Willkommen in Magdeburg!«, sagte er, griff nach der Pistole, die noch immer in der schlaffen Hand des Vopos lag, stand auf und schleuderte die Waffe in den Fluss. Die Handschellen warf er hinterher.

»Komm! Wir müssen verschwinden.« Er nahm Kathrin die Flasche aus der Hand, warf sie ebenfalls in die Elbe und schulterte seinen Rucksack. Dann griff er nach Kathrins Ärmel und zog sie mit sich.

Stumm wanderten sie durch die nächtliche Stadt. Eine Schlafgelegenheit fanden sie in einem Hinterhof, wo sie sich in einem Altpapierlager niederlegten. Im Morgengrauen machten sie sich auf den Weg zum Bahnhof und verließen Magdeburg mit dem ersten Zug in Richtung Süden.

»Da vorn beginnt das Sperrgebiet.« Frank deutete auf ein Schild. Kathrin kniff die Augenlider zusammen. »Grenzgebiet. Sperrzone. Das andere kann ich nicht entziffern.«

»Betreten und Befahren nur mit Sondergenehmigung gestattet«, zitierte Frank aus dem Kopf.

»Und was machen wir nun?«

Frank zog zwei rote Ausweise aus der Tasche und drückte Kathrin einen in die Hand. »Für den Notfall.«

»Passierschein«, las Kathrin. »Zum vorübergehenden Aufenthalt in der Sperrzone.« Sie schüttelte den Kopf. »Da steht ja mein Name drin. Woher hast du die?«

»Habe ich schon vor einiger Zeit meinem Vater geklaut. Und unsere Namen eingesetzt. Sind aber wirklich nur für den Notfall. Besser, wir gehen allen Kontrollen aus dem Weg.« Er sah sich um. »Bis es richtig dunkel wird, kriechen wir da drüben ins Stroh. Siehst du den Schuppen?«

Kathrin nickte und folgte ihm über die Stoppeln des abgeernteten Feldes. Sie war dankbar für eine Pause. Ihre Füße schmerzten, die Träger des Rucksacks schnitten an den Schultern in die Haut, sie war hungrig und durstig. Seit Stunden wanderten sie durch

Felder und Waldgebiete. Den Zug hatten sie in Wernigerode verlassen, von dort waren sie von einem freundlichen Lastwagenfahrer mitgenommen worden, der sie in der Nähe von Elbingerode abgesetzt hatte, ohne Fragen zu stellen. Kaum waren sie ins Stroh gekrochen und hatten die letzten Reste ihrer Wegzehrung vertilgt, fielen Kathrin die Augen zu.

Als Frank sie weckte, war es stockfinster. »Wir müssen los.«

Je näher sie der Grenze gekommen waren, desto größer war Kathrins Angst geworden. Bisher hatte Frank sie mit humorigen Bemerkungen und flotten Sprüchen ablenken können. Doch jetzt wirkte auch er ernst und angespannt.

Die nächste Stunde wanderten sie durch die Dunkelheit eines Waldes. Hin und wieder zuckte Kathrin zusammen, wenn ein Käuzchen schrie oder es im Unterholz raschelte. Schließlich blieb Frank stehen. Zwischen den Bäumen vor ihnen schimmerte ein Lichtstreifen. »Beobachtungsturm oder Lichtsperre«, flüsterte er. »Wir müssen versuchen, möglichst weit von den Türmen entfernt zu bleiben.«

Frank öffnete seinen Rucksack und zog den Zipfel einer scheckigen Plane hervor. »Wenn ein Lichtkegel durch die Gegend wandert, legen wir uns hier drunter.«

Kathrins Herz schlug bis zum Hals. Sie nickte stumm und tastete nach Franks Hand. Er drückte sie und schnallte seinen Rucksack wieder auf.

Als sie sich der Lichtquelle näherten, erkannte Kathrin eine Art Lichtung, die sich rasch als abgeholzter Geländestreifen entpuppte. Auf der gegenüberliegenden Seite schimmerte eine metallisch glänzende Linie. »Der Metallgitterzaun«, flüsterte Frank und sah sich um. »Dort drüben scheint eine Lampe ausgefallen zu sein. Da ist es ziemlich dunkel.«

Vorsichtig schlichen sie zwischen den Bäumen näher an die gerodete Fläche heran. Frank musterte den Boden vor ihnen.

»Kann es hier Minen geben?« Kathrins Stimme zitterte.

»Sieht nicht so aus. Wir gehen jetzt langsam weiter. Und wenn ich es sage, laufen wir los. Zum Zaun. Und dann wie besprochen. Du zuerst.«

Kaum hatten sie das schützende Dunkel des Waldes verlassen, ertönte ein Motorengeräusch. Kathrin schrak zusammen. Rasch zog Frank sie unter die Bäume.

Ein Fahrzeug näherte sich rumpelnd auf dem ausgefahrenen Erdstreifen, steuerte auf die dunkle Stelle unter der defekten Lampe zu und hielt mit laufendem Motor. Ein paar Wortfetzen drangen zu Frank und Kathrin, dann rangierte der Kübelwagen ein paarmal hin und her und fuhr in die Richtung zurück, aus der er gekommen war.

Als das Geräusch schwächer wurde und sich schließlich verlor, trat Frank erneut aus dem Schutz der Bäume. »Komm, ich glaube, jetzt ist es günstig.«

Sie hasteten voran. Kathrin stürzte über eine Bodenwelle, Frank riss sie hoch. »Vorwärts!«, zischte er.

Zuerst erreichte Frank den Zaun. Hastig zerrte er die umgebauten Klettereisen aus seinem Rucksack und legte sie für Kathrin bereit. Sie steckte ihre Füße in die Gurte, Frank schnallte sie fest. »Die Handschuhe!« Mit fliegenden Fingern streifte Kathrin sie über. »Los!« Frank schob sie gegen den Zaun.

Zögernd setzte sie den ersten Fuß in das Metallgeflecht. Er schien zu halten. Sie griff in das Gitter und krallte den zweiten Fuß hinein.

»Weiter!«, feuerte Frank sie zischelnd an.

Stück für Stück arbeitete Kathrin sich nach oben, erreichte den oberen Rand, schwang ein Bein hinüber, die Metallkante schnitt ihr in den Oberschenkel. Nur mit Mühe und unter Aufbietung aller Kräfte gelang es ihr, die Klettereisen zu lösen. Sie warf sie in Franks Richtung und hob das zweite Bein über den Zaun. Sie wusste, dass sie nun springen musste, doch das Gelände unter ihr war abschüssig, der Zaun viel zu hoch.

Unter ihr bewegte sich das Drahtgeflecht. Frank kletterte nach oben. »Spring!«, flüsterte er eindringlich. Kathrin zögerte, schließlich ließ sie sich fallen.

Der Aufprall war weniger hart, als sie erwartet hatte. Sie fand aber keinen Halt, rutschte und rollte einen Abhang hinunter, bis ein Erdhügel sie stoppte. Ein schmerzhaftes Stechen im Fuß ließ sie scharf die Luft einziehen. Sie warf die Handschuhe von sich, um nach dem Knöchel zu tasten, und spürte, dass ihre Hände bluteten.

Im nächsten Augenblick war Frank neben ihr.

»Sind wir jetzt drüben?«

Frank schüttelte den Kopf. »Wir müssen einen Bach erreichen. Der ist die eigentliche Grenze. Hier ist Niemandsland.« Er stand auf. »Komm!«

»Mein Fuß«, stöhnte Kathrin. »Ich glaube, ich habe ihn mir verknackst.«

Frank zog ihren Arm über seine Schulter und umfasste ihre Hüfte. »Geht es so?«

Kathrin nickte mit zusammengebissenen Zähnen. Schritt für Schritt näherten sie sich dem schützenden Wald.

Plötzlich flammten Scheinwerfer auf. Eine Lautsprecherstimme im Befehlston stieß unverständliche Worte aus.

»Schneller!«, rief Frank. Kathrin humpelte vorwärts, stolperte, schlug lang hin. Frank zerrte sie hoch, stieß sie voran. Nur wenige Schritte trennten sie noch von den Bäumen. Kathrin hörte das Rauschen des Baches.

In dem Augenblick, als sie den Schutz des Waldes erreichten, erfasste sie der Lichtkegel, fast gleichzeitig krachte ein Schuss. Frank stürzte, versuchte sich aufzurichten, stöhnte und sackte wieder zu Boden.

Kathrin schrie auf. »Lauf weiter!«, ächzte Frank. »Du hast es gleich geschafft.«

Sie schüttelte den Kopf, packte seine Schultern und zog ihn über den Waldboden tiefer unter die Bäume. Wie Lichtfinger geisterten die Strahlen des Scheinwerfers zwischen den Ästen hindurch. Von nun an handelte sie mechanisch, tat instinktiv Dinge, über die sie vorher nie nachgedacht hatte, getrieben von einem Überlebenswillen, von dem sie nicht geglaubt hätte, dass sie ihn besaß. Sie nahm Franks Rucksack ab, zerrte die Plane hervor, breitete sie neben ihm aus und rollte ihn darauf. Dann verknotete sie die Enden über seinen Beinen, packte die freien Ecken und zog ihn hinter sich her – in die Richtung, aus der sie Wasser plätschern hörte. Den Schmerz in ihrem Fuß spürte sie nicht mehr. Auch nicht die Nässe, die in Schuhe und Strümpfe drang, als sie durch flaches Wasser stapfte. Die Angst trieb sie voran. Erleichtert und verzweifelt zugleich zerrte sie ihren Freund voran.

Irgendwann sank sie erschöpft nieder. Frank stöhnte kaum hörbar. Er lebt, dachte sie und flüsterte beschwörend: »Halt durch! Wir schaffen es. Du musst nur durchhalten.« Als sie sich wieder aufraffte, hörte sie Stimmen. Kurz darauf tanzten kleine Lichtkegel in der Dunkelheit.

»Hier«, rief ein Mann. »Hier ist jemand.«

Kathrin erstarrte. Sekunden später blinzelte sie in das Licht einer Taschenlampe.

»Keine Sorge«, sagte die Stimme. »Sie sind in Sicherheit. Willkommen im Westen.«

»Mein Freund«, flüsterte sie und deutete auf Frank. »Er ist verletzt.«

# 20

»Hat die Wohnung ein Bad?« Statt des Plaudertons hatte Frank nun Schärfe in der Stimme.

Palkow nickte stumm.

»Mit Badewanne?«

Erneutes Nicken.

»Ich gebe dir noch eine Chance. Wenn du tust, was ich dir sage, kommst du vielleicht mit dem Leben davon.« Er griff in die Tasche, holte ein Medizinfläschchen heraus, nahm die Flasche mit dem Köstritzer Schwarzbier, goss die Hälfte des Inhalts auf den Boden und tröpfelte die Flüssigkeit aus der kleinen Flasche hinein.

Dann rollte er auf sein Gegenüber zu und streckte ihm das Bier entgegen. »Trink!«

»Was ist das?«, stieß Palkow hervor.

»Ein Beruhigungsmittel. Ich möchte nicht, dass du mir vorzeitig an einem Herzinfarkt verreckst.«

Erst zögernd, dann mit zunehmender Hast, leerte Palkow die Flasche. Ein Teil der Flüssigkeit lief ihm über das Kinn und in den Kragen. »Was immer du vorhast«, murmelte er, nachdem er die Flasche abgesetzt hatte, »wenn du hier schießt, hört man das im ganzen Haus.«

Frank zuckte mit den Schultern. »Das lass ruhig meine Sorge sein.« Er griff an die Räder seines Rollstuhls. »Und jetzt ins Bad!«

Palkow erhob sich unsicher und bewegte sich in Richtung Flur. Frank klemmte die Pistole zwischen seine Oberschenkel und folgte ihm. Die Wanne war ausreichend groß für seine Zwecke.

»Zustöpseln, reinlegen, Wasser aufdrehen!«, befahl Frank. »Kalt oder warm, ganz nach Belieben.«

Palkow blieb regungslos stehen. Frank stieß ihm die Pistole zwischen die Hinterbacken. »Wenn du dich noch lange zierst, schieße ich dir die Eier weg. Danach gibt's Löcher in die Füße. Später in die Knie.«

Während Frank sich in dem kleinen Badezimmer umsah, begann Palkow seine Befehle auszuführen. Er bewegte sich wie in

Zeitlupe, aber schließlich lag er angezogen in der Badewanne, und das Wasser lief ein.

Auf der Ablage über dem Waschbecken hatte Frank etwas entdeckt, das ihn mit Genugtuung erfüllte. Er rollte näher und griff nach dem Rasiermesser. »Sieh an! Der Herr lebt nicht nur mental in der Vergangenheit, er benutzt zum Rasieren auch noch ein Messer.«

Als Hanna etwas atemlos die Haustür erreichte, drückte sie auf mehrere Klingeln. Eine Stimme quäkte unverständlich aus der Gegensprechanlage, dann eine weitere, schließlich summte der Türöffner.

Der Hausflur war leer. Hanna hielt inne und sah sich um. Wo waren die Kollegen? Die Männer des Einsatzkommandos hatten ihre Limousinen nicht verlassen, doch wenn ihr Einsatz dem Haus galt, musste irgendwo der Einsatzleiter sein. Unschlüssig bewegte Hanna sich durch den Flur. Plötzlich hörte sie Männerstimmen. Sie folgte der Richtung, aus der die Laute zu kommen schienen, und stieß auf eine offene Tür, hinter der eine Treppe abwärts führte.

Die Stufen endeten vor einer Stahltür, hinter der die Unterhaltung geführt wurde. Sie vernahm die Stimmen von drei Männern, verstand jedoch nicht, worüber sie sprachen. Die Tür war mit einem Knauf versehen und ließ sich offenbar nur mit einem Schlüssel öffnen.

Hanna klopfte.

Beim dritten Mal wurde die Tür geöffnet. »Was machen Sie denn hier?« In Königsteins Miene spiegelten sich Verständnislosigkeit und Verblüffung.

»Ich habe Ihre Leute gesehen.« Hanna lächelte. »Sieht nach einem Sondereinsatz aus.«

Königstein schüttelte den Kopf. Hinter seiner Stirn arbeitete es sichtlich. Wahrscheinlich überlegt er jetzt, dachte Hanna, ob er mich wegschicken soll. Oder wie er seinen Kollegen meine Anwesenheit erklärt.

Schließlich ließ er die Tür aufschwingen. »Kommen Sie rein. Wir suchen nach Rainer Ürdinger. Haben einen Tipp bekommen.« Er deutete auf die beiden anderen Männer. Einer trug eine dunkle Uniform, der andere einen grauen Kittel und eine Schiebermütze. »Das ist mein Kollege vom SEK. Und das ist der Hausmeister. Er informiert uns gerade über die räumliche Situation. Offenbar gibt es hier einen ungenutzten Kellerraum aus Vor-Wende-Zeiten, zu dem aber niemand Zutritt hat und der seit mindestens zwanzig Jahren nicht mehr benutzt worden ist. Den schauen wir uns gleich mal an.«

»Und wozu hat der früher gedient?«, fragte Hanna

Der Hausmeister hob die Schultern. »Angeblich hat die Stasi dort gelegentlich Leute versteckt. Ist aber nur ein Gerücht.« Er nahm seine Mütze ab und kratzte sich am Kopf. »Im dritten Stock wohnt einer, der es vielleicht wissen könnte. Er soll bei der Firma gearbeitet haben.«

»Gut.« Königstein nickte seinem Kollegen zu. »Du und deine Leute lasst euch den Raum zeigen. Wenn er benutzt wird, muss es Spuren geben.« Er wandte sich an Hanna. »Und wir gehen nach oben und reden mit dem Herrn ... Wie heißt der Mann?«

Der Hausmeister zuckte erneut mit den Schultern. »Ich kenne nicht alle Mieter mit Namen. Und der hat ohnehin keinen an der Klingel. Aber Sie können die Wohnung nicht verfehlen. Es ist die letzte Tür auf dem Gang links. Den Fahrstuhl finden Sie am Hinterausgang. Der ist nachträglich angebaut worden.«

»Wir gehen zu Fuß«, sagte Hanna rasch. Sie mied Fahrstühle, wann immer es möglich war. Als sie mit dem keuchenden Königstein den dritten Stock erreichte, kam ihnen auf dem Flur ein Paar entgegen. Der Mann saß in einem Rollstuhl, der von einer Frau geschoben wurde.

Als die beiden am Ende des Ganges verschwanden, hielt Hanna inne. Ihr war plötzlich, als hätte sie die Frau schon einmal gesehen, aber es fiel ihr nicht ein, wo oder in welchem Zusammenhang. Sie runzelte angestrengt die Stirn.

»Hier muss es sein.« Königstein riss sie aus ihren Gedanken. Er drückte auf den Klingelknopf und klopfte.

Niemand öffnete, und auch in der Wohnung rührte sich nichts. Auch nicht nach weiterem Klingeln und Klopfen.

»Was würden die Kollegen im Fernsehkrimi jetzt sagen?«, knurrte Königstein, nachdem er noch einmal sein Ohr an die Tür gelegt hatte.

»Der Vogel ist ausgeflogen«, antwortete Hanna.

Die missmutige Miene des Hauptkommissars verzog sich zu einem Grinsen. »Sie kennen sich aus, Frau Kollegin.«

Sie wandten sich zum Gehen. Im Gegenlicht, das von einem Fenster am Ende des Flures auf dem glatten Boden fiel, entdeckte Hanna zwei schmale, parallel verlaufende, feuchte Spuren. »Der Rollstuhl«, murmelte sie.

Königstein sah sie an. »Bitte?«

Hanna trat einige Schritte zurück und zog ihren Kollegen am Ärmel zur Seite. »Schauen Sie mal, unser Mann hatte soeben Besuch.« Sie deutete auf den Boden. Die Reifenspuren kamen aus der Tür, an der sie gerade geklingelt hatten. »Oder er saß selbst im Rollstuhl. Aber der Mann war zu jung für einen Stasi-Rentner.«

»Trotzdem können wir nichts machen.« Königstein zuckte mit den Schultern. »Wenn er nicht öffnet, haben wir keine Handhabe.«

»Vielleicht kann er nicht öffnen. Vielleicht ist ihm etwas zugestoßen. Kreislaufschwäche, Herzinfarkt, Schlaganfall – was weiß ich. Falls der Mann in der Wohnung liegt und Hilfe braucht ...«

»Sie meinen Gefahr im Verzug?«

Hanna nickte.

In Königsteins Gesicht arbeitete es. »Sie könnten Recht haben«, murmelte er schließlich. »Gehen Sie mal zur Seite!« Er trat ein paar Schritte zurück und nahm Anlauf. Sein massiger Körper krachte gegen die Tür. Sie sprang sofort auf.

Bierdunst schlug ihnen entgegen, als sie den schmalen Flur betraten. Im Wohnzimmer verursachten ihre Schuhe schmatzende Geräusche. Sie wateten durch eine klebrige Lache. Ein tröpfelnder Wasserhahn lockte sie fort ins Badezimmer.

Was Hanna zuerst registrierte, war ein blutiger Männerkopf mit gebrochenen Augen. Er ragte zur Hälfte aus dem rötlich gefärbten Wasser. Auf der ihr zugewandten Seite fehlte das Ohr.

»Der Mann im Rollstuhl!«, rief Hanna. »Die Frau!«

Königstein reagierte sofort. Er zog sein Handy aus der Tasche und drückte eine Kurzwahltaste. »Wir brauchen eine Ringfahndung«, bellte er ins Telefon. »Waren muss abgeriegelt werden. So schnell wie möglich.«

»Roter Kleinwagen!«, rief Hanna dazwischen. »Die Frau fährt einen roten Kleinwagen. Ich habe sie vorhin gesehen. Auf der Straße. Vor dem Haus.«

»Saß er mit drin?«

Hanna schüttelte den Kopf.

»Können Sie die Frau beschreiben?« Königstein hielt Hanna das Handy hin. In diesem Augenblick durchzuckte sie die Erinnerung. »Es ist bestimmt die Frau auf dem Zeitungsfoto«, antwortete Hanna. »Die Aufnahme, die auf der Beerdigung des ersten Opfers war. Sie hat sich kaum verändert.«

»Volltreffer!«, Königstein strahlte. »Damit kriegen wir sie. Selbst wenn sie uns jetzt entwischt.«

Er nahm das Telefon wieder ans Ohr, beorderte zwei Beamte an den Tatort und gab weitere Anweisungen durch. Schließlich klappte er das Handy zu. »Sobald die Kollegen hier sind, kümmern wir uns um den Journalisten.«

Rainer Ürdinger war eingedöst. Er schreckte aus dem Halbschlaf hoch, als Geräusche in sein Bewusstsein drangen.

Mit einer Mischung aus Hoffnung und Misstrauen starrte er auf die Tür seines Gefängnisses. Offenbar machte sich jemand am Schloss zu schaffen. Würde er jetzt erfahren, was die unbekannten Kidnapper von ihm wollten?

Die Geräusche hielten an, ohne dass sich die Tür bewegte. Ürdinger stand auf und schlich vorsichtig näher heran. Ihm war, als hörte er gedämpfte Stimmen jenseits der Stahltür. Er hob eine Faust, um dagegen zu schlagen, aber etwas ließ ihn zögern. Er senkte die Hand. Wenn seine Bewacher das Schloss öffnen wollten, müssten sie längst im Raum sein. Was führten sie im Schilde?

Der Oberst fluchte verhalten. »Wir hätten doch den Schlüssel von oben holen sollen. Dieser hat schon immer geklemmt. War überhaupt eine Schnapsidee, den Mann einzusperren.«

»Soll ich den Schlüssel holen?«, fragte der Major. Er hatte die Festsetzung des Journalisten veranlasst. Nicht zuletzt, um dem Oberst zu zeigen, wozu er fähig war. Nun hatte sich die Maßnahme als Fehlgriff erwiesen. Der Oberst war sauer, und bevor sie überhaupt Profit aus dieser Entführung ziehen konnten, sollte er diesen Pressemenschen beseitigen. Offensichtlich traute der Oberst ihm aber nicht und wollte persönlich dabei sein. Sie würden den Mann hier rausholen und an einem abgelegenen Ort erledigen, was zu erledigen war.

»Einen Versuch mache ich noch.« Der Oberst umfasste den Schlüssel mit beiden Händen. Knirschend drehte sich der Schließzylinder. »Na also«, brummte er zufrieden und gab dem Major ein Zeichen. Der zog seine Waffe und verschwand im Kellerraum. In diesem Augenblick gab es hinter dem Oberst eine Bewegung. Er fuhr herum

»Was machen Sie da?«

Ein dicklicher Mann und eine Frau standen hinter ihm.

»Das geht Sie nichts an«, fauchte der Oberst.

»Ich glaube schon.« Der Dicke hatte plötzlich eine Pistole in der einen Hand. Mit der anderen hielt er einen Ausweis hoch. »Kriminalpolizei. Bitte weisen Sie sich aus!«

Königstein beobachtete den älteren Mann vor sich genau. Im Hintergrund stand noch der Einsatzleiter, neben ihm der Hausmeister, der ihnen den Weg gewiesen hatte. Sie hatten ja nicht ahnen können, hier und jetzt auf die Entführer zu stoßen, sonst hätten sie ihn rechtzeitig weggeschickt.

Der Mann griff zögerlich in die Innentasche seines Jackets. Bevor er jedoch etwas daraus hervorziehen konnte, tauchte aus der geöffneten Tür neben ihm Rainer Ürdinger auf.

Der deutlich kleinere Mann hinter dem Journalisten wurde erst auf den zweiten Blick sichtbar. »Nehmen Sie die Waffe runter!«, rief er. »Sonst hat dieser Herr ein Loch im Rücken.«

»Er hat eine Pistole«, presste Ürdinger hervor.

Der Kriminalbeamte senkte den Lauf seiner Dienstwaffe. »Geben Sie auf! Sie kommen nicht weit. Draußen wartet ein Einsatzkommando.«

»Maul halten!«, knurrte der ältere Mann. »Und rein da!« Er deutete auf die offene Tür des Kellerraums. »Aber schnell, wenn ich bitten darf!«

Sekunden später fiel die Stahltür hinter ihnen ins Schloss.

»Na, bravo!« Wütend trat Königstein gegen das Türblatt.

Sein uniformierter Kollege zog ein Funkgerät aus der Halterung. Rasch und konzentriert gab er Anweisungen an die Beamten in den SEK-Fahrzeugen.

Rainer Ürdinger blinzelte in der ungewohnten Helligkeit, als er zwischen den Männern ins Freie trat. Sie schauten sich um und musterten die Umgebung. Was sie sahen, schien ihnen nicht zu gefallen. »Scheiße«, zischte der kleinere seiner Begleiter. »Waren die vorhin schon hier?«

Jetzt entdeckte Rainer die dunklen Limousinen am Straßenrand. Offenbar hatte der Kommissar nicht geblufft. Wenn in den Wagen bewaffnete Polizisten saßen, hatte er gute Karten.

»Ich glaube«, sagte er und nickte in Richtung der Autos, »der Ausflug ist zu Ende.«

»Halt die Klappe!«, zischte der Mann mit der Pistole. »Wir marschieren da gemeinsam durch. Eine falsche Bewegung, und es knallt.«

Ürdinger zuckte mit den Schultern und machte ein paar zögerliche Schritte.

»Da lang!« Die Waffe bohrte sich in seine Hüfte.

Seine Chance kam, als sie die Straße überquerten. Während sie auf eine Lücke im fließenden Verkehr warteten, war der Mann neben ihn getreten. Rainer rieb sich mit zwei Fingern die Nase. Blitzartig schoss seine Hand nach unten, traf das Handgelenk des Mannes. Die Pistole fiel zu Boden. Rainer trat mit dem Fuß gegen die Waffe, so dass sie über die Fahrbahn schlitterte und auf der gegenüberliegenden Seite im Rinnstein landete. Es dauerte nur wenige Augenblicke und sie waren von bewaffneten Polizisten umstellt.

»Ich würde Sie gern ins Hotel bringen.« Königstein klang bedauernd. »Aber ich muss noch mal nach oben zum Tatort.« Er deutete zur Wohnung im dritten Stock. »Und dann zur Dienststelle.«

»Nicht nötig, vielen Dank für den guten Willen.« Hanna zog ihr Handy aus der Tasche. »Ich rufe Jonas an. Er kann mich abholen.«

»Schöne Grüße«, murmelte Königstein. »Vielleicht können wir mal wieder einen Bootsausflug machen. Natürlich nur bei garantiert gutem Wetter.« Er grinste ein wenig verlegen.

»Wir werden darüber nachdenken.« Hanna schmunzelte ebenfalls. »Ich glaube, in den nächsten Tagen machen wir erst mal gar nichts. Ich wäre Ihnen aber sehr dankbar, wenn Sie mich über den Fortgang der Ermittlungen informieren würden. Besonders interessiert mich diese Frau . Ob sie wirklich an der Tat beteiligt war. Und wenn sie es war, ihr Motiv.«

Königstein nickte. »Selbstverständlich, Frau Wolf. Ich rufe Sie an. Bis dahin.« Er hob eine Hand und strebte zum Gebäude zurück.

Nachdem der Hauptkommissar im Haus verschwunden und das SEK abgerückt war, verabschiedete sich auch Rainer Ürdinger. »Ich werde die Geschichte heute noch schreiben, damit wir sie morgen ins Blatt bringen können.«

Hanna sah ihn kritisch an. »Willst du dich nicht erst einmal erholen? Nach den Strapazen?«

Energisch schüttelt Ürdinger den Kopf. »Der Fall brennt mir auf den Nägeln. Was immer mit diesem Mann im Rollstuhl und seiner Begleiterin gewesen sein mag – ich habe meine eigene Theorie zu den Morden.«

»Du glaubst, dass die Organisation dahintersteckt, von der du uns erzählt hast?«

»Diese Leute wollten verhindern, dass ich im Zusammenhang mit den Todesfällen von der O.D.E.M berichte. Wenn ich dich und Königstein richtig verstanden habe, war der Tote hauptamtlicher Stasi-Mitarbeiter. Und auch er ist mit abgeschnittenen Ohren gefunden worden. Ich glaube immer noch, dass die Männer sterben mussten, weil sie im Begriff waren, geheime Informationen preiszugeben.«

»Klingt einleuchtend«, gab Hanna zu. Doch ihre Miene blieb skeptisch. Zu deutlich sah sie das Gesicht der Frau vor sich, die ihr und Königstein auf dem Flur begegnet war. Ihr Ausdruck war eine Mischung aus Anspannung und Triumph gewesen.

Kathrin und Frank kamen fast gleichzeitig zu Hause an. Nachdem sie den Rollstuhl gereinigt hatten, versenkte Kathrin alle Kleidungsstücke, die sie getragen hatten, in einem der nahe gelegenen Sumpflöcher. Schließlich trafen sie sich in der Küche. Frank öffnete eine Flasche Rotkäppchen Sekt Weißburgunder und füllte zwei Gläser.

»Gut, dass du noch gekommen bist. Auch wenn es gegen die Verabredung war. Aber ohne dich hätte es knapp werden können. Es war zwar einfacher, als ich erwartet hatte - ich musste nicht einmal den alten Tesching meines Vaters benutzen, Palkow trug eine geladene Pistole mit sich herum - doch es hat seine Zeit gedauert.«

Kathrin lächelte, nahm ein Glas und ließ es leicht an seinem klingen. »Niemand konnte ahnen, dass die Polizei sich für Palkow interessiert. Auch ich nicht. Ich bin dir gefolgt, weil ich mir Sorgen um dich gemacht habe.«

»War das der einzige Grund?«

Kathrin nahm einen Schluck und schloss die Augen. »Nein«, antwortete sie schließlich. »Ich wollte, ich musste einfach ... den ... das Ergebnis sehen.«

»Ende gut, alles gut.« Frank trank ebenfalls.

»Sie werden nach uns suchen«, gab Kathrin zu bedenken.

»Das tun sie schon. Ich habe vorhin in den Taxifunk reingehört. Es gibt Staus wegen der Straßensperren.«

»Früher oder später werden sie uns finden.«

»Ich weiß.« Frank füllte die Gläser nach. »Aber sie werden uns nichts nachweisen können.«

Trotz des Calvados', den Hanna sich nach dem Abendessen gegönnt hatte, war ihr Schlaf unruhig gewesen. Als sie endgültig wach wurde, war das Bett neben ihr leer. Auf dem Kopfkissen fand sie einen Zettel. »Laufe schon mal eine Runde. Freue mich aufs Frühstück mit dir. Jonas.«

Hanna schloss die Augen, um ein wenig zu dösen. Doch die Morgensonne warf bereits ihre Strahlen ins Zimmer und verbreitete eine solche Helligkeit, dass sie schließlich ihre Beine über die Bettkante schwang. Dort verharrte sie eine Weile und bewegte ihre verspannten Schultern. Die Szene aus dem Warener Mietshaus erschien vor ihrem inneren Auge. Der Mann im Rollstuhl. Die Frau. Königstein. Rainer Ürdinger. Ob er seinen Artikel noch geschrieben hatte? Die Neugier trieb sie zur Eile.

Hoffentlich war die Zeitung schon da.

Jonas kam vom Joggen zurück, als Hanna sich gerade schminkte. »Das wird ein schöner Tag!«, rief er. »Blauer Himmel, Sonnenschein und – kein Kriminalfall.« Er schlüpfte aus den Laufschuhen, ließ Hemd und Hose fallen und stieg in die Dusche. »Was machen wir heute?«, fragte er durch das Rauschen des Duschwassers.

»So genau kann man das vorher nie wissen«, murmelte Hanna und zog ihre Lippen nach. Laut sagte sie: »Erst mal Zeitung lesen. Dann sehen wir weiter. Ich warte unten auf dich.«

Der Aufmacher der Müritz-Zeitung füllte fast die ganze erste Lokalseite. Hanna setzte ihre Lesebrille auf.

**Mysteriöser Todesfall in Waren.**

*Von Rainer Ürdinger*

Polizei sucht nach Rollstuhlfahrer und seiner Begleiterin. Im Badezimmer einer Mietwohnung an der Röbeler Chaussee wurde gestern die Leiche eines Mannes gefunden. Nach ersten Ermittlungen der Kriminalpolizei ist der Wohnungsinhaber erschossen worden. Der oder die Mörderin hat dem Mann unmittelbar vor oder nach seinem Tod zudem mit einem Rasiermesser beide Ohren abgetrennt. Dieses Merkmal hat es nach Informationen unserer Zeitung bereits zwei Mal bei Mordfällen im Müritz-Kreis gegeben. Das Landeskriminalamt, das in den anderen Fällen die Ermittlungen führte, hat dieses Detail jedoch aus ermittlungstaktischen Gründen nicht öffentlich gemacht. Kriminalhauptkommissar Peter Königstein vom Fachkommissariat für Tötungsdelikte (Foto rechts) vermutet einen Zusammenhang zwischen den Fällen.

Der gesuchte Rollstuhlfahrer und die ihn begleitende Frau könnten vor der Tat in der Wohnung des Getöteten gewesen sein. Für Hauptkommissar Königstein sind sie wichtige Zeugen, möglicherweise auch mit der Tat selbst in Verbindung zu bringen. Eine sofort eingeleitete Ringfahndung blieb gestern ohne Erfolg. Die Kriminalpolizei Waren und ihre Außenstelle Röbel setzen weiterhin alles daran, die beiden Personen ausfindig zu machen. Ein Bild der Frau findet sich links neben diesem Artikel. Die Polizei bittet um sachdienliche Hinweise.

Recherchen unserer Zeitung deuten auch noch in eine andere Richtung. Bei den Tötungsdelikten könnte es sich um Auseinandersetzungen innerhalb einer geheimen Vereinigung ehemaliger bewaffneter Organe der DDR handeln. Wir haben Grund zu der Annahme, dass zwei in unmittelbarer Nähe des Tatorts festgenommene Männer der »Organisation der ehemaligen Mitglieder des Staatssicherheitsdienstes« (O.D.E.M) angehören. Es kann daher nicht ausgeschlossen werden, dass einzelne Mitglieder daran gehindert werden sollten, Informationen aus ihrer früheren Tätigkeit preiszugeben.

Sie kamen drei Tage später. Der Himmel hatte sich bezogen, und von Nordwest wehte ein kühler Wind. An der Elde war seine Wirkung kaum spürbar. Doch auf der Müritz kräuselte er die Wasseroberfläche zu kleinen Wellen. Frank saß am Computer und bearbeitete die Fangstatistik. Kathrin kehrte gerade vom Friedhof zurück, wo sie das Grab ihres Vaters für den Sommer frisch bepflanzt hatte. Zuvor hatte sie ihre Mutter besucht, die seit fast zehn Jahren im Ansgar-Wohnstift lebte, wo sie ein Zimmer mit Blick auf den Tiefwarensee bewohnte. Obwohl ihr die körperlichen Beeinträchtigungen des Alters zunehmend zu schaffen machten, genoss sie ihr Dasein ohne Verpflichtungen und ohne finanzielle Sorgen. Kathrin war froh, ihre Mutter gut untergebracht zu wissen.

Sie begrüßte den Mann, der sich als Kriminalhauptkommissar Königstein vorgestellt hatte, und bat ihn ins Haus. Sein Kollege blieb im Wagen. Ein Mannschaftswagen mit einem halben Dutzend Polizisten parkte dahinter.

»Ich wusste, dass Sie kommen würden«, eröffnete sie das Gespräch. »Ich habe das Foto in der Zeitung gesehen.«

»Warum haben Sie sich nicht gemeldet?«, fragte Königstein.

»Das ist schwer zu erklären.« Kathrin hob die Schultern. »Vielleicht hängt es mit Erfahrungen von früher zusammen.«

»Ganz bestimmt tut es das!« Frank Peters rollte ins Zimmer. »Außerdem habe ich ihr abgeraten. Dieses Foto zeigt zwar Ähnlichkeit mit Kathrin, aber mehr auch nicht. Kein Grund, sich einem polizeilichen Verhör zu unterziehen.«

»Verhöre gibt es seit 1990 nicht mehr. Wir führen Befragungen durch.« Königsteins Blick wanderte zwischen Frank und Kathrin hin und her. »Darum geht es auch nicht. Wir sind uns schon einmal begegnet. Vor drei Tagen. In Waren. Im dritten Stock eines Wohnhauses. Sie kamen aus der Wohnung eines gewissen Andreas Palkow, der sich Kalbow nannte. Er wurde ermordet. Kennen Sie ihn?«

Versonnen betrachtete Kathrin ihre Hände, unter den Fingernägeln klebten noch Reste der Blumenerde, die sie auf dem Grab ihres Vaters verteilt hatte.

»Ich kannte jemanden, der so ähnlich hieß. Es ist lange her.«

»Warum haben Sie ihn aufgesucht?«

»Ich wollte zu ihm«, warf Frank ein. »Aber er war bereits tot. Die Tür stand offen, er lag in der Badewanne.«

»Was wollten Sie von ihm?«

»Mich vergewissern. Ich hatte ihn auf der Straße gesehen. Wissen, ob es sich wirklich um Andreas handelt. Mit ihm sprechen.«

»Warum?«

»Weil er dafür verantwortlich ist.« Frank klopfte mit beiden Händen auf die Lehnen seines Rollstuhls.

»Ein Mordmotiv«, stellte Königstein fest.

Frank hob die Schultern. »Es ist Ihr gutes Recht, das so zu sehen.«

»Wir müssen das Haus durchsuchen.« Der Hauptkommissar legte ein Formular auf den Tisch. »Hier ist der Durchsuchungsbeschluss.«

»Kein Problem.« Frank lächelte. »Sie werden nichts finden.«

Der Anruf erreichte Hanna im Schlossgarten von Neustrelitz. Jonas hatte sie zu diesem Ausflug überredet. Sie waren in die alte Residenzstadt gefahren, um das spätbarocke Stadtbild und seine Sehenswürdigkeiten anzusehen. Jonas fotografierte gerade das Denkmal des Großherzogs Georg vor dem Hintergrund der neugotischen Schlosskirche, als Hannas Handy klingelte.

»Wir haben die Frau gefunden«, berichtete Königstein. »Sie und der Mann im Rollstuhl sind ein Paar. Sie bestätigen, in der Wohnung Palkow gewesen zu sein, bestreiten aber dessen Tötung.«

»Gibt es keine Spuren?«, fragte Hanna.

»Leider nicht. Wir haben ihr Haus durchsucht und haben nicht den geringsten Hinweis gefunden.«

»Was ist mit den beiden Männern?«

»Die befinden sich in U-Haft. Aber nur wegen des Verdachts auf Entführung und Geiselnahme. Sie könnten Palkow getötet haben. Aber auch dafür fehlen die Beweise.«

»Sie sind nicht zu beneiden«, stellte Hanna fest. »Vier Tatverdächtige und kein Beweis. Das läuft auf einen Indizienprozess hinaus.«

»So ist es.« Königstein seufzte. »Ich würde gern mit Ihnen tauschen, Frau Wolf. Urlaub an der Müritz, das wär's.«

»Ganz ohne Risiko ist das aber auch nicht«, versetzte Hanna. »Man kann auf diesem wunderschönen See durchaus in Gefahr geraten.«

Königstein schwieg einen Moment. »Es tut mir leid«, sagte er leise. »Ich mache es wieder gut. Beim nächsten Mal. Versprochen.«

Hanna lachte. »Beim nächsten Mal?«

»Wenn Sie wieder zu uns kommen. Sie kommen doch wieder?«

»Darüber haben wir noch nicht nachgedacht. Aber es gefällt mir sehr. Ja, ich glaube, wir kommen wieder.«

»Dann melden Sie sich bei mir?«

»Bestimmt.«

Königstein verabschiedete sich, und Hanna sah sich nach Jonas um. Er verstaute gerade seine Kamera.

»Kommen wir wieder?«, fragte sie.

»An die mecklenburgische Seenplatte?«

Hanna nickte.

Jonas setzte eine nachdenkliche Miene auf. »Unter einer Bedingung.«

»Und die wäre?«

»Dass du dich aus allem heraushältst, was nach Kriminalfall aussieht.«

Strahlend hakte Hanna sich bei ihm ein. »Wenn's weiter nichts ist!«

ENDE

# Vom selben Autor

*Wolf S. Dietrich, Letzter Abflug Calden*
*232 Seiten, Paperback, Originalausgabe 2002*
*5., neu gesetzte Auflage 2009*
*ISBN 978-3-935263-09-2 / 12,00 EUR*

Zuerst stirbt ein Mechaniker. Dann stürzt eine einmotorige Propellermaschine in den Wald. Nach offizieller Darstellung Unfälle. Ohne Zusammenhang. Kurz darauf versetzen Morddrohungen gegen Mitglieder einer Bürgerinitiative die Menschen der Region um Kassel-Calden in Unruhe. Die Auseinandersetzung um den Ausbau des Flugplatzes eskaliert.

Die Kasseler Hauptkommissarin Hanna Wolf übernimmt die Ermittlungen, aber man gibt ihr zu verstehen, dass an höherer Stelle kein Interesse an der Aufklärung besteht. Sie erwägt, den Fall zu den Akten zu legen. Da fällt ihr – im wahren Sinn des Wortes – ein weiterer Toter vor die Füße. Nun ist sie überzeugt, dass sie es nicht mit Unfällen zu tun hat, und erkennt bald das ganze Ausmaß der Bedrohung hinter den Ereignissen.

# Vom selben Autor

*Wolf S. Dietrich, Die Tränen des Herkules*
*221 Seiten, Paperback, Originalausgabe 2004*
*5. Auflage 2010*
*ISBN 978-3-3935263-27-6 / 12,00 EUR*

Heike läuft beim Joggen in den Kunst- und Antiquitätenhändler Alfred Colberg hinein. Sie hätte aufpassen müssen. Er konnte ihr nicht ausweichen, er hing in einem Baum, er war tot. Was wie ein Selbstmord aussieht, wird von Hauptkommissarin Hanna Wolf und ihrem Mitarbeiter Florian Stöber bald als Mord entlarvt. Aber Täter und Motiv bleiben im Dunkeln.

Dann tauchen Hinweise auf, dass verloren geglaubte Bilder des Kasseler Malers Anselm Grünberg wieder aufgetaucht sein könnten, an denen Kunstsammler- und Kunsthändler aus der ganzen Welt Interesse haben. Einer von ihnen schreckt auch vor einem Mord nicht zurück.

# Vom selben Autor

*Wolf S. Dietrich, Weinbergbunker*
*230 Seiten, Paperback, Originalausgabe 2008*
*3. Auflage 2010*
*ISBN 978-3-3935263-57-3 / 12,00 EUR*

Hauptkommissarin Hanna Wolf ermittelt mit ihrem Team in rechtsextremen Kreisen. Ihr junger Mitarbeiter Florian Stöber versucht, sich undercover Informationen zu verschaffen. Das ist schwieriger, als er geglaubt hat – und gefährlicher.

Wieder nimmt Wolf S. Dietrich seine Leser mit in die jüngere Geschichte Kassels. Das Ende des Zweiten Weltkrieges ist greifbar, die amerikanischen Truppen rücken auf Kassel vor. Menschenleben haben in dieser Zeit nur wenig Wert, und beim Versuch, Nazigold dem Zugriff der Amerikaner zu entziehen, geht ein hoher Parteifunktionär über Leichen. Das unvorstellbare Chaos in der total zerbombten Stadt wird in dem Schicksal einiger Personen lebendig. Die Spuren ihres Lebens führen in die Gegenwart.

# Vom selben Autor

*Wolf S. Dietrich, Grobecks Grab*
255 *Seiten, Paperback, Originalausgabe 2001*
*4., neu gesetzte Auflage 2009*
*ISBN 978-3-935263-05-4 / 12,00 EUR*

Die Journalistin Anna Lehnhoff gerät an einen mysteriösen Fall. Im Keller einer Göttinger Bank wird bei Umbauarbeiten eine Leiche gefunden. Die Gerichtsmediziner können keinen Anhaltspunkt für einen unnatürlichen Tod finden. So zeigt die Polizei wenig Interesse an der Aufklärung dieses Falls. Doch Anna will wissen, warum der Tote nicht beerdigt worden ist. Sie glaubt an ein Verbrechen und beginnt, in der Göttinger Vergangenheit zu recherchieren. Schon bald stößt sie auf den unaufhaltsamen Aufstieg eines Geschäftsmannes, späteren Ratsherrn und Bürgermeisterkandidaten. Ihm gehörten Haus und Grundstück am Kornmarkt, bevor 1964 die Westbank dort ihre Filiale errichtete. Hatte schon er die Leiche im Keller?

# Vom selben Autor

*Wolf S. Dietrich, Johannisfeuer*
*233 Seiten, Paperback, Originalausgabe 2006*
*2. Auflage 2010*
*ISBN 978-3-935263-40-5 / 12,00 EUR*

Eine Serie von Bränden versetzt Göttinger Bürger seit Monaten in Unruhe. Nach dem verheerenden Feuer, das im Januar 2005 den Nordturm der Johanniskirche zerstörte, brennen im Lauf des Jahres mehrere Häuser im Stadtgebiet. Im Dezember steht der naturwissenschaftliche Trakt eines Gymnasiums in Flammen. Im Zentrum der Brandstelle wird eine Leiche gefunden. Kriminalkommissar Sven Petersson glaubt an einen Mord und ermittelt gegen einen Kollegen des Verstorbenen. Damit fordert er seine Freundin, die Journalistin Anna Lehnhoff, heraus, die von der Unschuld des Verdächtigen überzeugt ist und auf eigene Faust nachforscht. Sie kommt auch dem Brandstifter in die Quere, der bereits das nächste Großfeuer plant.

# Vom selben Autor

*Wolf S. Dietrich, Rote Straße*
*248 Seiten, Paperback, Originalausgabe 2009*
*2. Auflage 2010*
*ISBN 978-3-935263-63-4 / 12,00 EUR*

1968. Der zwanzigjährige Rainer will dem bürgerlichen Elternhaus entfliehen und zieht in eine Studenten-WG in der Roten Straße. Dort stehen auch freie Liebe und der Kampf für eine bessere Welt auf dem Studienplan. Doch bald muss Rainer erleben, dass nicht jeder seine Kräfte in den Dienst der Gemeinschaft stellt. Einer verfolgt rücksichtslos ganz eigene Ziele.
Vierzig Jahre später. Professor Aschenbrandt steht auf dem Gipfel seiner Hochschulkarriere. Der erfolgreiche Göttinger Wissenschaftler soll die Leitung eines neuen Forschungsinstituts übernehmen. Doch das möchte offensichtlich jemand verhindern. Aschenbrandt wird Opfer gemeiner Intrigen. Mehr und mehr wird er in die Enge getrieben, verfolgt von einem Schatten aus seiner Vergangenheit.

# Vom selben Autor

*Wolf S. Dietrich, Wattläufer*
*222 Seiten, Paperback, Originalausgabe 2005*
*7. Auflage 2010*
*ISBN 978-3-935263-31-3 / 12,00 EUR*

Ein Dorumer Fischkutter fischt eine unbekleidete Frauenleiche aus dem Meer. Wo soll Hauptkommissar Röverkamp von der Kripo Cuxhaven mit seinen Ermittlungen ansetzen? Keine Kleider, keine Papiere, keine Übereinstimmung mit Vermisstenmeldungen. An seiner Seite eine junge Absolventin der Polizeischule. Die gräbt in alten Ermittlungsakten und zieht Parallelen.
Als wieder eine Frau spurlos verschwindet, kommt Bewegung in die Sache. Aber ausgerechnet jetzt fällt Hauptkommissar Röverkamp aus, und seine Assistentin muss allein ermitteln. Sie ahnt nicht, dass es jemanden gibt, der sie ständig beobachtet. Wird die Jägerin zur Beute?

# Vom selben Autor

*Wolf S. Dietrich, Hotel Alte Liebe*
*246 Seiten, Paperback, Originalausgabe 2010*
*2. Auflage 2011*
*ISBN 978-3-935263-73-3 / 12,00 EUR*

Im Cuxhavener Watt kommen kurz nacheinander zwei Männer ums Leben. Sie waren einer Einladung zu einem Jahrgangstreffen gefolgt, zu dem aber nur sie beide eingeladen waren. Im Hotel Alte Liebe begegnen sie ihrem Mörder. Welche Rolle spielt der angesehene Hotelier und Ratsherr Christopher Hansen? Hauptkommissar Konrad Röverkamp und Kommissarin Marie Janssen bleiben in ihren Ermittlungen zunächst stecken. Als jedoch ein wegen mehrfachen Mordes verurteilter Straftäter aus der JVA entkommt und in Cuxhaven auftaucht, geraten die Tötungsdelikte in ein völlig neues Licht. Und Marie Janssen in Gefahr ...